寻找幸福

阿尔卑斯的另一种生活

The Pursuit of Happiness: Another Way of Living in the Swiss Alps

薄义群 肖琳 著

区念中 摄影

廣東省出版集團

广东人民出版社

·广州·

图书在版编目(CIP)数据

寻找幸福：阿尔卑斯的另一种生活/薄义群，肖琳著；区念中摄影. 广州：广东人民出版社，2010.1（2011.6 重印）

ISBN 978-7-218-06325-6

Ⅰ.①寻… Ⅱ.①薄…②肖…③区 Ⅲ.①风光摄影—中国—现代—摄影 ②阿尔卑斯—摄影集

③散文—作品集—中国—当代 Ⅳ.J424 I267

中国版本图书馆CIP数据核字（2009）第218832号

南方电视丛书

寻找幸福：阿尔卑斯的另一种生活

薄义群，肖琳著；区念中摄影

出版人 / 金炳亮

责任编辑 / 柏 峰

装帧设计 / 傅锦文

责任技编 / 黎碧霞

出版发行 / 广东人民出版社

地 址 / 广州市大沙头四马路10号

印 刷 / 恒美印务（广州）有限公司

开 本 / 787mm × 1092mm 1/16

印 张 / 22.5

字 数 / 100千字

版 次 / 2010年1月第1版 2010年1月第1次印刷 2011年6月第2次印刷

书 号 / ISBN 978-7-218-06325-6

定 价 / 70.00元

如发现印装质量问题，影响阅读，请与出版社（020-83795749）联系调换

售书热线：（020）83790604 83791487 邮购：（020）83781421

阿尔卑斯山区的野花

山区的石阶路

在尘世的喧嚣中，

停下来。

在这个安静的环境里，

你会重新发现自己

……

山区郊外的铁铲

五月的阳光泼撒在伯尔尼高原的大地上，敲打着修道院的狭小窗户，斑驳石墙上的一块陈旧木牌雕刻着上面的文字。阿尔卑斯的阳光奔放，但并不猛烈，一个苦行僧在田间挥锄劳作，偌大的修道院空空荡荡，微风偶尔吹来几声鸟鸣，更显山谷的寂静。心里默念着这几行文字，此情此景，平静的思绪不时泛起阵阵涟漪。

写于瑞士戈姆斯

2009年5月

序

阿尔卑斯的别样生活

像世界任何一个地方一样，乡村和城市的生活截然不同，生活在山区的人们的生活尤其如此，在这里，气候、所处海拔高度和与世隔绝的环境都在他们日常生活中扮演着重要角色。

住在阿尔卑斯山区的瑞士人非常贴近大自然。150多年来人们对大自然的热爱始终不减。 许多外国和瑞士本国的游客在夏日或冬日到这里来度假、运动、休闲、锻炼以及放松。 旅游业给阿尔卑斯地区带来了巨大变化，人们开始大兴土木，修建道路、桥梁和缆车以及大量基础设施，为的就是方便人们登上山峰。

您将会在本书中看到，瑞士仍然有许多与外界隔绝的地方，这里的人们依然过着简朴的生活，他们自己养牛，夏天到山上放牧，挤牛奶，做奶酪。还有一些地方位于高山深处，远离村庄，有些机构在这里研究气候变化。而在一些山谷中，有些农民在不失时机地寻找着机会，销售他们生产的有机产品。

我们相信，在这些艰苦条件下生活的许多人是幸福的。他们在艰辛的岁月中享受着别样的生活。

在本书中您还会看到，瑞士是极具现代化气息及创新力的国家，然而就是在这样一个现代化国家，那些祖祖辈辈生活在乡村和阿尔卑斯山区的人们一直扮演着重要角色。

在此，我要感谢广东南方电视台出版这本富有启迪意义的图书以及同名电视纪录片，让更多的人有机会感受阿尔卑斯山区人们的别样生活。

瑞士驻广州总领事馆总领事

聂伟

preface

Another Way of Living

Like everywhere in the world, the life in rural areas is much different than in cities. Especially, when people live in the mountains, where the climate and the altitude as well as isolation play a big role in the daily life.

Swiss people living in the mountains – the "Alps" – live very close to the nature. This nature has been beloved since about 150 years. A lot of foreign and Swiss tourists come during the summer as well as the winter holiday for sports, recreation, and health care or just for relaxing. The tourism brought enormous changes to the Alps and was also the reason to build roads, trains, cable–cars and a lot of other infrastructures to go up to the highest peaks.

As you will see in the book, there are still a lot of isolated places, where some people live during the summer time with cows and produce milk and cheese. There are also places in the high mountains, far away from any village, where some institutes research about the climate–changes. Or, in the valley, where a farmer searches for new possibilities to sell his organic products.

We believe that a lot of people who live under these uneasy conditions are happy and enjoy their hard and tough life. They have another way of living.

In this book you can see that Switzerland is a very modern and innovative country where traditionally the people in the rural and alpine areas play an important role.

I thank Southern Television Guangdong (TVS) for this enlightening book and the beautiful documentary as a spinoff of the book.

Werner E. Nievergelt
Consul General of Switzerland in Guangzhou

前言

寻找幸福

列夫·托尔斯泰说："人生就是追求幸福。"

什么是幸福？有人说这是只有傻子和哲学家才会研究的问题。我不是傻子，当然更不敢称是哲学家，那就以常人的心态尝试着去推开这扇"幸福的大门"，哪怕推开一条缝去窥视一下也好。

有必要吗？

《世界是平的》中有这样一段描述：在非洲，瞪羚每天早上醒来时，它知道自己必须跑得比最快的狮子还快，否则就会被吃掉。狮子每天醒来时，它知道自己必须追上跑得最慢的瞪羚，否则就会被饿死。不管你是狮子还是瞪羚，当太阳升起时，你最好开始奔跑。

世界被美国作家托马斯·弗里德曼碾平了。这不是夸张。2008年，一只蝴蝶在华尔街扇动了两下翅膀，金融危机转瞬间袭卷全球，国人自然不能幸免。股市从6000点俯冲到了1600点，账户缩水，钱包缩水，资产贬值，紧接着是裁员，减薪，工厂倒闭……在奔小康的道路上，中国人在焦虑中前行：为高房价焦虑，为油价上涨焦虑，为孩子上学焦虑，为找工作焦虑，为钱少焦虑……

我们幸福吗？不知道，但最起码在英国新经济基金会（NEF）发布的"幸福星球指数"上找不到中国。

2009年7月4日，英国新经济基金会发布了最新"幸福星球指数"，根据这一指数，拉丁美洲是全球最幸福的地区，其中该地区的哥斯达黎加是全球最幸福也是最环保的国家。而一些公认的发达国家却无缘前茅，英国排第74位，加拿大排第89位，澳大利亚排第102位，美国则远远地排到了第114位。

全球幸福指数Top10

1　哥斯达黎加
2　多米尼加
3　牙买加
4　危地马拉
5　越南
6　哥伦比亚
7　古巴
8　萨尔瓦多
9　巴西
10　洪都拉斯

看了排名，您是愿意做一个幸

福的哥斯达黎加人，还是一个“不幸”的美国人呢？或者另外一个选择：瑞士人？

爱因斯坦的相对论把我们送回到公元2008年11月中的一个夜晚。南方电视台台长区念中一行来到瑞士驻广州总领事聂伟先生家里做客并汇报大型生态纪录片《莱茵河：人与自然的对决》的进展情况。这是一栋临江高层公寓，波澜不惊的珠江在夜色中蜿蜒向东。华灯初上，川流的车辆划下优美的光弧，在这里我们发现广州的夜景别有一番滋味。闲谈中，聂伟先生说在瑞士山区生活着这样一群人：他们收入微薄，居于“陋室”，生活简朴，但是，他们很幸福。“幸福”二字一下子触动了我们的神经，他们为什么生活得幸福？他们的幸福生活又是什么样的？对他们来讲什么又是幸福呢？

在一连串的问号后，系列纪录片“寻找幸福”诞生了。在阿尔卑斯山区我们要去寻找黑塞所描写的那种生活：“生活艰难，并不容易。但您看，夜晚一杯葡萄酒，周日享受欢娱及音乐，就能弥补一切了。”在托斯卡纳去寻找弗朗西斯·梅耶斯形容的甜美生活；在普罗旺斯去寻找彼得·梅尔笔下的宁静与悠闲；在莱茵河畔去寻找海德格尔期许的“诗意地栖居”。在经历了物质生活的极大丰富之后，他们对幸福的理解也许更有借鉴意义。

为什么要去寻找？也许是因为幸福的感觉似乎已经变成了曾经的记忆，也许是因为忙碌的现代人已经没有时间去回味生活，也许是因为我们蝇蚁般地追寻目标却忘记了享受过程……对于我们这些媒体人尤其如此，收视率、收听率、点击率、发行量……一个个阿拉伯数字牵动着所有编辑、记者的神经，我们在努力做大媒体经济这块蛋糕，但似乎却忘记了媒体的社会责任。除了一味满足迁就受众的爱好，除了娱乐大众，除了每年的赢利指标，我们的媒体是否也应该负起社会责任，引导大众消费口味、弘扬积极向上的价值取向？

“人于自己的面目，其实看不清楚的，”陈丹青曾这样说，“白纸黑字留下来，这才好比照镜子”。作为电视人，我们不仅要自己“照镜子”，而且还要让观众从我们的节目中能引发思考。美国艺术家巴巴拉·克鲁格（Barbara Kruger）认为：“现在电视如此强大是因为最好的写作是在电视上。”按照总领事的话，生活在阿尔卑斯山区的人们应该是幸福的，我们不仅要“白纸黑字留下来”，而且还要用电视这个“最好的写作”来展现他们的幸福。

何为幸福？对于饥饿的人一个馒头就是幸福，对于口渴的人一碗水就是幸福……“所谓幸福，极端地说，就是欲望和要求得到满足，也可以说是‘满意’或‘充实感’吧。”日本佛教思想家、哲学家池田大作这样回答，“但是，欲望是无穷的。一种欲望得到了满足，就以为这是理所当然的，必然会产生下一个新的欲望”。池田大作认为“现代文明是为欲望效劳的文明”。我们的焦虑是否来源于无穷的欲望呢？

欲望与不切实际的梦想正在变成“压死骆驼的最后一根稻草”。古希腊哲学家德谟克里特告诫人们：“不应该贪图那些不属于自己的东西，而应该满足于自己所有的东西，将自己的生活与那些不幸的人比一比。想想他们的痛苦，你就会庆幸自己的命运比他们的好了。采取这种看法，就会生活得更安宁，就会驱掉生活中的几个恶煞：忌妒、眼线、不满。”我们的焦虑是来源于这几个“恶煞”吗？

幸福是什么？我更欣赏王安忆的回答：“幸福就是自己觉得幸福。”幸福是抽象的，我们只能用快乐、高兴、满足来描述。在某种意义上，幸福更是一个过程，而非目的。“幸福是一只蝴蝶，不速而来，轻轻落在我们的肩膀上。”哲学家纳撒尼尔·霍桑这样形容。

有人说不到阿尔卑斯，你就不懂瑞士人。带上黑塞，带上班德瑞，带上王若琳，我出发了，去寻找那只“幸福蝴蝶”飘落的地方，去寻找“阿尔卑斯的另一种生活”。

清新的空气，整洁的街道，清澈的河水，工整的草坪，洁白的雪山，这就是瑞士。我乘坐齿轮火车登上少女峰，与火车司机攀谈；在夜晚的布里恩茨湖边倾听退休老人曾经的故事；在邮政巴士上发掘司机平淡生活的闪光之处；在山区的农民家里一起品尝正宗瑞士cheese；在饭店里分享年轻厨师与众不同的生活理念……这些人正是巴尔扎克所定义的“劳动者”，我称他们为普通人。他们过的是巴尔扎克描述的典型的“劳碌生活”，但在我看来他们有时却过着“风雅生活”。

美国人埃里克・韦纳在《世界上最幸福的地方》一书中把这种“风雅生活”定义为“瑞士式的幸福”。“这种幸福感往往能从一些平凡小事获得，如扫地，收拾垃圾，或者找出落满灰尘的CD，倾听鲍勃・迪伦那久违的唱腔。”他这样写到，“没错，我想明白了，瑞士人也许并不见得有多幸福，但却深谙知足常乐的道理”。就是这样！

幸福是一种主观感受。既然这样，每个人的幸福都可以是不同的，无固定模式可寻。因此，我们希望这本书给您的不是一个结论性的答案，而是希望透过这扇“幸福之门”去寻找一种不同的生活态度。

我们去寻找，因为我们深知“所谓人生的意义，全凭我们对于人生的了解”，而不是每天醒来就要奔跑的狮子。

目录

上 篇
幸福是什么?

瑞士的富裕程度众所皆知，但瑞士人却不愿摆阔气，低调是他们的一大特点。笔者曾多次造访瑞士，也曾留心观察，在这样一个盛产名表的国度，很少有人追求奢侈的名表，豪车也不多见。甚至漫步在苏黎世享誉全球的班霍夫大街，也很少有人背着LV或Burberry，偶尔有几个，看上去也多是亚洲面孔。但是有人提醒我，千万别小看那些穿着T恤衫、牛仔裤，背着双肩包的年轻人，或是那些看着不太起眼，穿着随意的老人家，他们很可能就是百万或千万富翁！这就是阿尔卑斯地区的瑞士人，他们崇尚的是一种简单、自然的生活。

这是一群低调而会享受生活的人。埃里克·韦纳在《世界上最幸福的地方》一书中有这样一段描述："研究表明，瑞士几乎处于费恩霍芬教授的幸福金字塔塔尖，黄金地带。没错，瑞士人就是一群幸福的家伙。"

2009年7月，我有机会再次来到了瑞士的阿尔卑斯山区，再次见到了这群"幸福的家伙"。我走近了他们的工作，走近了他们的生活，希望通过我的眼睛和描述向您展现他们真实的生活，也希望找到幸福是什么的答案。

01

幸福就在家门口

安迪·伊姆菲尔德

Andy Imfeld

农 民

很多人总觉得要到远方寻找幸福，总想寻找新的幸福，

但实际上，幸福就在你的家门口。

以前我也是老想着要离开这里不想当农民，但我最后还是留在这里，

而且在这里生活了。

最后在这里在自己家门前我找到了幸福，

而且在自己的家乡享受这种生活。

喜欢对牛弹琴的安迪

人们常说不到阿尔卑斯就不了解瑞士人，为了这句话，我深入到了瑞士真正的山区：瓦莱州。“瓦莱”在德语中是山谷的意思。顾名思义，瓦莱州坐落在瑞士阿尔卑斯山脚下。这里有陡峭的悬崖和雄伟的阿尔卑斯山，汇集了众多海拔4000米以上的山峰和山口，马特宏峰、大圣伯纳德山口和采尔马特峰都是这一地区的佼佼者。在过去的一百年中，瑞士城市化飞速发展，如今只有一小部分人生活在山区。对山里人，莎士比亚曾经有过这样一段描述：“宁愿做个牧人，吃着家常的乳酪，喝着葫芦里的淡酒，睡在树阴底下，清清闲闲，无忧无虑，也不愿当那高贵而不得安宁的国王。”这些宁愿做“牧人”也不愿做“国王”的山里

上图：安迪家所在的村庄

瑞士的富裕程度众所皆知，但瑞士人却不愿摆阔气，低调是他们的一大特点。笔者曾多次造访瑞士，也曾留心观察，在这样一个盛产名表的国度，很少有人追求奢侈的名表，豪车也不多见。甚至漫步在苏黎世享誉全球的班霍夫大街，也很少有人背着LV或Burberry，偶尔有几个，看上去也多是亚洲面孔。但是有人提醒我，千万别小看那些穿着T恤衫、牛仔裤，背着双肩包的年轻人，或是那些看着不太起眼，穿着随意的老人家，他们很可能就是百万或千万富翁！这就是阿尔卑斯地区的瑞士人，他们崇尚的是一种简单、自然的生活。

这是一群低调而会享受生活的人。埃里克·韦纳在《世界上最幸福的地方》一书中有这样一段描述："研究表明，瑞士几乎处于费恩霍芬教授的幸福金字塔塔尖，黄金地带。没错，瑞士人就是一群幸福的家伙。"

2009年7月，我有机会再次来到了瑞士的阿尔卑斯山区，再次见到了这群"幸福的家伙"。我走近了他们的工作，走近了他们的生活，希望通过我的眼睛和描述向您展现他们真实的生活，也希望找到幸福是什么的答案。

01

幸福就在家门口

安迪·伊姆菲尔德

Andy Imfeld

农 民

很多人总觉得要到远方寻找幸福，总想寻找新的幸福，

但实际上，幸福就在你的家门口。

以前我也是老想着要离开这里不想当农民，但我最后还是留在这里，

而且在这里生活了。

最后在这里在自己家门前我找到了幸福，

而且在自己的家乡享受这种生活。

人真的那么幸福吗？他们的生活真的如此写意吗？我迫不及待想知道个究竟。

在中国人传统观念中，农民就是脸朝黄土背朝天，汗珠子掉地上摔八瓣，从土里刨食吃的一群人。但是这次我要见的这位瑞士农民朋友却与众不同，从某种意义上讲他所做的工作更像职业经理人，而且有意思的是他还喜欢对牛弹琴。

中国人常说“对牛弹琴”，白费力气，但是我与安迪·伊姆菲尔德的见面就是在这种场景下发生的。蓝蓝的天上白云飘，白云下面牛儿跑，溪水淙淙，微风习习。别误会，这里不是内蒙古大草原，而是瑞士瓦莱州戈姆斯地区的一个山谷。安迪在这里经营着一家农业公司。在山上，他与四户农户共同拥有一个养牛场，放养着50头奶牛。

“怎么样阿丽卡，你们好吗？有什么不舒服吗？一切都好吗？”安迪走进牛群用手抚摸着其中一头，嘴里念念有词。在这个山上的养牛场里安迪有十几头牛，而且每头牛它都起了名字。安迪跟牛说话时的表情更像一位慈祥的父亲。

安迪说他喜欢有时间的时候背上手风琴，给这些牛儿弹上一曲。“其实奶牛挺爱听音乐，这也是一个古老的秘诀，如果它听着音乐的话，它们会产更多的奶。”安迪在讲述他的秘诀时，脸上充满了神秘，不知道它的奶牛是否真的比别人的产奶多。但不管是真是假，安迪对着奶牛弹琴的照片却真的出现在了当地一家报纸的头版。看来一向严谨的瑞士人也不乏好奇心。瑞士人也从来都不缺乏娱乐精神。

安迪是瑞士地地道道的农民，但他又不完全是个农民。他组织过乐队，出过CD；他办养牛场，开公司；他带领山里的农民联合发展；国际足联主席布拉特

安迪家的牛圈

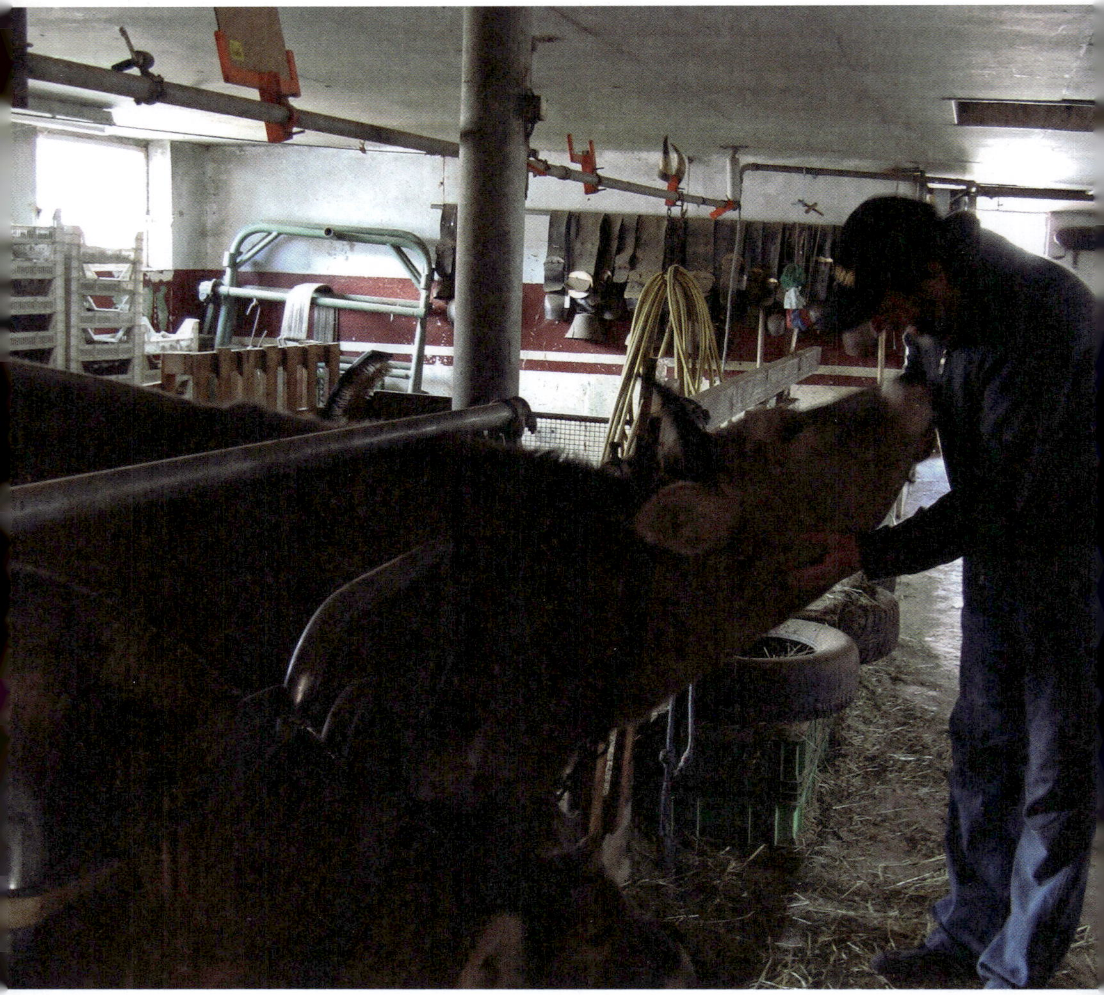

还是他的老朋友。他的身上有着太多传奇色彩。然而就这样一个被当地人看作是“能人”的人，却曾经梦想着离开家乡，到山外去寻找自己的幸福，他总觉得自己的幸福是在某个遥远的地方。究竟是什么原因让他有过这种想法呢？他的幸福之地又在何处？

在农场干活很辛苦

阿尔卑斯山脉是欧洲最高大的山脉。它西起法国尼斯附近地中海海岸，呈弧形向北、东延伸，经意大利北部，瑞士南部，列支敦士登、德国西南部，最终延伸到奥地利的维也纳盆地。它就像一位伟岸的父亲把整个欧洲呵护在自己的臂膀之下。

瑞士植根于阿尔卑斯山脉的崇山峻岭中，其三分之二的国土面积是山地。在20世纪初瑞士70%的人是“农村户口”。高大耸立的山脉将瑞士人分割在相对孤立的谷地聚居，农牧民基本上靠天吃饭，弱小无助。现在中国存在的城乡差别当时在瑞士同样存在。但是近一个世纪以来，

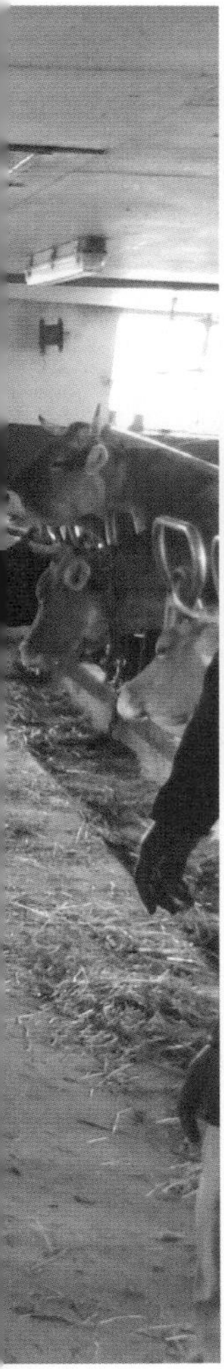

瑞士交通业迅速发展，高速公路在瑞士境内全线通车，铁路网络四通八达。现代工业和银行业飞速发展，大部分农民因此走出了大山，来到了城市。如今在瑞士广袤山区生活的农民只占全国人口的10%。安迪生活的地方叫戈姆斯（GOMS），是瑞士瓦莱州的一个小镇，属于典型的阿尔卑斯山区。畜牧业一直是当地的主要产业。

安迪年轻时候的山区条件依然艰苦。对于阿尔卑斯山区生活的艰苦，安迪再了解不过，每天要干10多个小时的农活，没有节假日，没有固定工作时间。如果要上山放牧、挤奶，还得早起晚归。到了冬季，大雪封山断路后，一连几个月几乎与世隔绝。

“在农场干活很辛苦，比如说割草，以前都是手工做，现在有机器好多了。一大早就得起床，从早干到晚。”安迪站在山坡上，习惯性地折了一根草，叼在嘴里，慢慢咀嚼着，远处是他从小生活和成长的村庄，安迪若有所思的目光把我们带回了曾经的峥嵘岁月，“年轻的时候在农场干活很辛苦，很多年轻人都离家远走，我曾经也因为种种原因，想过去新西兰和加拿大”。安迪说在当时的瑞士人眼中，加拿大和新西兰地广人稀，工作容易找，但事实上，有些人走出去以后才发现那里并不是想象中的天堂。

安迪出外发展的梦想最终因为一场家庭变故而不能成行。由于父亲早逝，留下母亲和五个尚且年幼的弟妹，安迪只能留在山里，帮助母亲支撑起这个家。如果说安迪不得不向现实低头，还不如说他是一个勇于承担责任的人。

被迫留下来的安迪慢慢习惯了山里的生活，但他并没有像父辈一样屈服于山区恶劣的生存环境，作一名普通的农民。他在思考着如何改变

左图：安迪的养牛场　　右图：瑞士山村（摄影　薄义群）

这里的现状，如何为乡亲们做些事情。“这里的环境比较恶劣，运输不便，也不像平地上有大片土地可以使用机械，”安迪的目光依然透露着一种深沉，“所以总想着要改变，心里觉得应该有一些变化”。但是该从哪里入手呢？

要为农民做些事

安迪的养牛场坐落在戈姆斯的一个山谷里，向南走可以进入意大利。放眼望去，两边群山起伏，蓝天白云低垂在远处的山峰上，谷底绿草茵茵，一群群奶牛背着瑞士特有的牛铃散落在山坡河谷，一簇簇野花点缀在小河边，牛铃声声，回响在狭长的山谷里。

安迪带着我来到了他的奶牛场，两个工人正在给奶牛挤奶，都是自动设备，工人只要把牛赶进围栏，安上挤奶设备就行了。安迪说现在山上养牛场的条件变好了，卫生标准也提高了。但在过去，养牛场大多非常简陋，有的只是临时搭建的小木棚，挤奶完全靠人工或是简单的挤奶工具。奶酪生产也都是家庭作坊式的。由于无法达到政府规定的卫生标准，农民的产品根本无法摆到超市的货架上销售。

安迪之所以与众不同，就是因为他马上意识到了问题的存在，并想

左图：安迪的书房　右图：现代机器挤奶（摄影：薄义群）

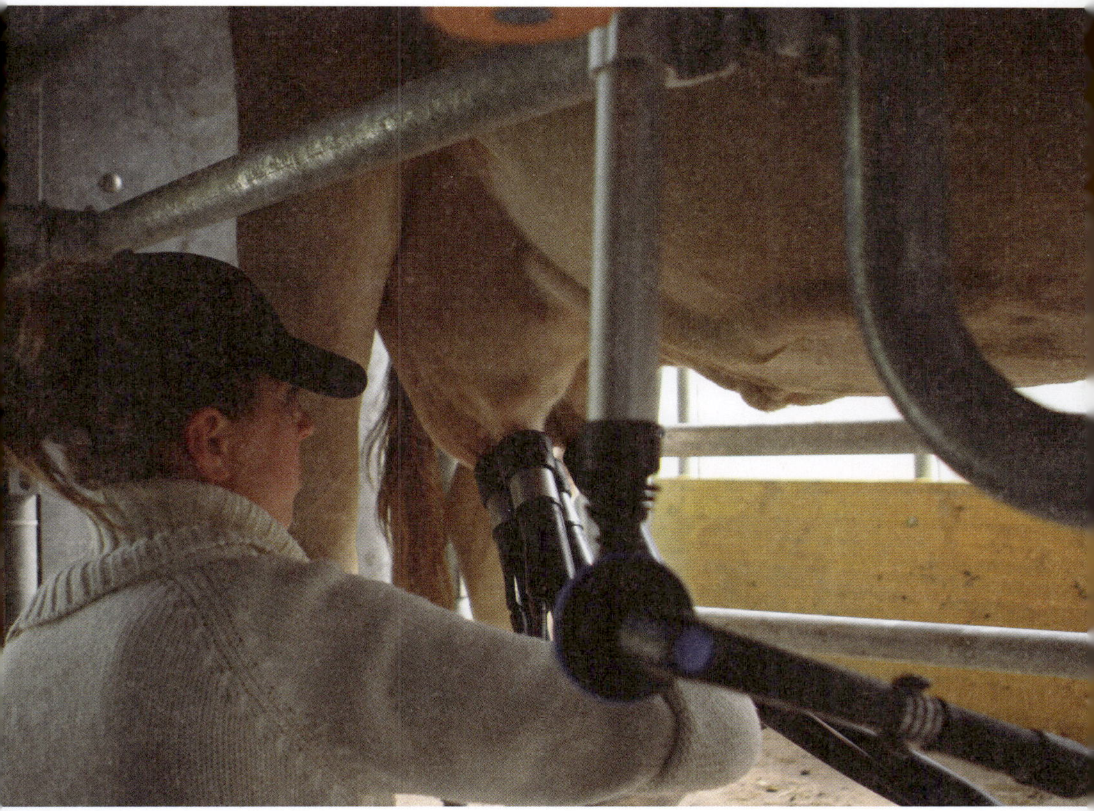

办法去解决。安迪认为农民生产条件落后，又是单打独斗，要把自己的产品打出去，必须走联合发展、合作经营的道路。他的这些想法现在听起来颇有些中国改革开放之初农村致富带头人的感觉。

别看安迪是农民，他家里书房的书还真不少，桌子上摆着一个超大电脑液晶显示屏。他熟练地操作着电脑，调出了一个LOGO，上面是一个人在吹瑞士长号，背景是阿尔卑斯雪山，下方的文字是Pro Montagna，是“支持山区产品”的意思。我们的话题就从这里开始了。

决定留在山里的安迪要为自己，也为山里的农民做些事。这是他当年筹划的一件大事：把山里农民的产品以一个统一品牌打进超市。但这绝不是一件易事。他不得不说服当地的农民，找关系，找资金。不知道是不是命运在跟他开玩笑，曾经梦想着到远方寻找幸福的他，如今却在为家乡农民的出路四处奔波。这些忙碌奔波能为他带来幸福吗?

“这个过程中遇见很多困难，第一个难题就是农民们很独立，只为自己打算，跟他们说要联手发展的话，他们会有很多顾虑。”虽然自己也是农民出身，但在说起农民的问题时安迪没有丝毫隐讳，“我们以前有一个说法，如果10个农民的话，很难给他们戴上一顶大帽子”。在安迪晓之以理，动之以情之后，终于有农民同意加入他的合作公司，联合发展。但是产品质量要提高，农民必须添置设备，改善牧场和工厂的生产条件，这些都需要资金投入，钱从何而来？超市又凭什么接收这些产品？这些问题切切实实地摆在了安迪的面前。

安迪认为，这个项目必须直接与超市的总裁谈，这样才有机会实现，但一个普通农民想与总裁谈判，又谈何容易，周围的人都劝他别妄想了。

2005年11月在离戈姆斯不远的布里格（BRIG），有一家COOP超市要开张，总裁会亲自参加剪彩仪式，经过多番努力，安迪终于有机会面见瑞士第二大连锁超市COOP的总裁，但是，只有一个小时的会见时间。他能成功吗？

“总裁答应说，好的，我可以跟你见一次面，给你一个小时的时间，成与败就看你的了。我们是2005年11月见的面，晚上6:30开始聊，一直聊到凌晨也没有结束。”回忆起当时的情景，安迪的脸上流露出一丝满足和骄傲，“我觉得那个时候，两个人就像触电一样，而且老总也感到了这个项目的潜力，先做一下市场调查，然后内部也会做一个详细的调研”。

有志者事竟成。这位负责人被安迪的想法打动了。经过四个小时的详谈，他联合农民发展，打造山区农产品统一品牌的想法不仅得到了COOP超市的认可，也得到了政府部门的支持。2007年2月，第一批带有“支持山区产品”（Pro Montagna）标志的产品正式在超市上架销售。

目前，瓦莱州已经有二十多种带有“支持山区产品”标志的产品在销售，这种合作方式很快被推广到其他山区。如今在瑞士这一品牌下的产品已经有80种，包括各种奶酪、葡萄酒、Pasta和肉制品等。

上图：朋友们在安迪家的露台吃饭

通过自己的努力，不仅自己的产品可以在超市销售，其他的农民也可以从中受益，安迪要为家乡做点事的愿望实现了。但这会使他感到幸福吗?

“在整个过程中当支持山区项目成功推出后，我就有一种特别的满足感，就是达到目标了，得到了别人的信任。其实山区的农民很简单，不像有钱人，他们的需求也很简单，要求也不高。但他们还是需要帮助，通过推出这个项目，对于超市来说有好的产品去销售，对农民来说也有好的回报，总的来说还是挺欣慰的。 这种感觉特别好，因为我觉得我做了一件有意义的事情，这时候感觉特别幸福。”安迪讲话的时候眼

睛一直看着我，此时我能感觉到他的眼睛里泛着光，那是一种成功后的喜悦，“每当我现在去COOP总部开会的时候，我会觉得特别自豪，也感到山民对于我的感激，觉得这个项目是个好项目。当我看到别人买这个产品的时候，对于我个人来说也是一种幸福感和成就感”。

做事执著的安迪

山区的天气变化无常，即使是在夏季，刚才还是阳光明媚，一会儿就大雨倾盆，温度一夜之间可以降低十多度，郁郁葱葱的山顶又见白雪覆盖。早上7点多，当我推开窗户，已经换了人间。一夜大雨过后，蒸腾的云雾不知道什么时候飘落在半山腰，整个村子被笼罩在雾霭之中，山顶还在飘着雪花，仿佛仙境一般。走过前台时，一位中年女服务员热情地跟我打招呼，看着我对着天气一副不可思议的表情，她说：“在这里7月份下雪是很正常的事情。”显然她对天气的突变已经习以为常

了。中国人有6月飞雪的说法，看来这世间还确有此事，只不过我不知道除了诗人和艺术家会对这朦胧的飘雪大加赞美之外，山里的农民会怎么想。

恶劣的天气阻挡不住安迪的脚步，一大早他又开着车出发了。今天他要去附近的一家COOP超市看看“支持山区产品”销售的情况，搜集一些市场反馈意见。接待安迪的是超市的经理，他说：“我们这里冬季和夏季是两个旺季，有很多来旅游的，是我们最重要的季节。销得最好的是奶酪、面食和黄油，最近也引进了山区的酒。这里客源有一部分是当地居民，一部分是来旅游的，他们从城市中来，特别喜欢山区的产品，他们是很重要的顾客来源。”

这位经理从小就认识安迪，而且还在教堂里一起玩过音乐。这样一位从小一起光屁股长大的发小又是怎么评价安迪这样一个传奇人物呢？“他是一个凭直觉做事的人，”这位经理的观点相信应该是比较客观的，“他很执著，很正直，做事很执著，有始有终”。

左图：安迪家门口　　右图：山谷景色（摄影：薄义群）

除了执著，安迪还是一个有头脑有创意的人。今天安迪还有一件非常重要的事，他策划邀请了瑞士一位非常有名的女长号乐手艾丽雅娜（Eliana Burki）来为“支持山区产品”做宣传。

当我们冒着雨回到安迪家的时候已经中午。安迪的女朋友艾丽丝正在准备午餐，艾丽雅娜的鼓手和经理人已经在这里等候。一阵寒暄之后才知道，这位鼓手是位墨西哥裔美国人，个子不高，体形肥胖，不知道是不是跟他经常坐着打鼓有关系。他时不时拿出iPhone手机甩来甩去，玩钓鱼游戏。他叫Eman，是一位健谈又比较有意思的仁兄。之所以说他有意思是因为后来我在他Facebook上看到了这样一段文字，大意是说像他这样一个胖子在瑞士看起来有点怪（weird），今天我遇到了一些来自中国一家电视台的人，他们看起来更怪（bizarre）。看了他的这段文字，我不禁努力回想着我是否有什么比较古怪的言行。上下打量一下自己，虽然不够“潮”，但总归还算中规中矩，言谈虽然说不上高贵典雅，但也算得体不失尊严，自我觉得跟bizarre还是有点距离的。为什么会给他留下这样的印象呢？不知道美国人是不是喜欢从对别人的调侃中寻找快乐。

安迪家里的苍蝇特别多，大有赶不尽杀不绝的势头。安迪对此已经很有经验，他拿来了吸尘器，玩起了“吸蝇大法”，但是好像效果并不太好。就在苍蝇的集体轰炸中，艾丽丝端上了午餐，有风干肉，有汤，有面包。虽然不是很习惯瑞士传统农家菜，但因为肚子已经咕咕直叫，吃得还算津津有味，尽管一只苍蝇不小心“降落”在了我的红酒杯里，还有几只倔犟地在汤盆里“游泳”。只不过这位Eman仁兄味口并不是很好，吃了几口就草草收兵了。后来才知道他是因为苍蝇太多了，不敢吃。我开玩笑地说：“没问题，瑞士的苍蝇也是‘绿色’的。”

我们吃饭的时候，安迪又开车到火车站接艾丽雅娜去了。等他回来已经下午两点。艾丽雅娜穿着朴素，说话随和，很容易接近，没有什么明星的架子。

瑞士民间传统乐器阿尔卑斯长号，被视为瑞士的灵魂，在任何地方只要一听到阿尔卑斯长号声，瑞士人的自豪感和认同感便油然而生。“支持山区产品”就是采用这个长号作为标志的。

艾丽雅娜是瑞士著名的阿尔卑斯长号乐手，也是瑞士第一位女长号乐手。她的长号的最大特点是把传统乐器演奏出了现代Jazz的味道。如今她已经成了“支持山区产品”的形象代言

上图：饼干与红酒　下图：午餐

人。为了扩大“支持山区产品”的品牌影响，安迪和COOP超市专门安排了一场小型演出。

“我演奏的是瑞士传统的乐器，但我给它加入了现代的色彩，而这个支持山区项目的产品也是瑞士本土的产品，但以一种新的、现代化的方式生产的，在国际上都会有潜力，就像我的音乐一样，我经常做巡回演出，我所到的地方都会宣传这个项目，让这个项目被更多的人了解。”找到像艾丽雅娜这样的人来做代言，看得出安迪确实非等闲之辈，如果他不做职业经理人确实有些可惜。艾丽雅娜也是在阿尔卑斯山区出生长大，做这个代言应该说再适合不过了，“我希望有机会专门为这个项目做一个曲，为它创造知名度”。

下午4点，小型演奏会如期举行。安迪时而倾听，时而跟旁边的人交流着。对于这个安排他很满意。

我们不能为孩子设计未来

与中国的城乡二元结构差距之大不同，瑞士的城市与乡村差异不大，在很多人眼里，它的城市像乡村，乡村像城市。瑞士的城市虽已高度城市化，但瑞士人大多对此不以为然，心里仍存着浓重的乡村情结。但是钱钟书老先生的所说“围城”现象在瑞士依然存在，城里人渴望到乡村拥抱自然，村里人梦想着到城市闯荡一番。

虽然现在瑞士山区的生活条件较之以前已经大大改善，但跟安迪年轻时候一样，很多年轻人都依然梦想着离开这里。“在戈姆斯，以前有23个小村，现在慢慢合并了，我们整个村子大概三千多户人家，而现在确实有一种感觉，留在山区的都是老人，越来越多的年轻人想要离开，”安迪给我列举着一组数字，“举个例子，15岁我读的那个学校，那时有150名学生，现在只有65名，这里的家庭也越来越少了。这就说明确实这里存在问题，需要去解决”。

安迪的家庭有6个成员，与前妻生育的4个儿女，以及交往两年的女友艾丽丝。生育了4个儿女，安迪笑称已经完成任务了。4个孩子中最大的女儿21岁，原来在卢塞恩工作，现在暂时失业在家。两个儿子都在山区工作，一个是木工，一个是森林工。最小的女儿12岁还在念书。

虽然安迪不断在当地创造就业机会，想留住年轻人，但他的儿女们却还是想着有机会能到外面去发展。“尽管我很喜欢动物，但我从来没

左图：长号手艾丽雅娜（摄影：薄义群）　右图：安迪家后门红色的铲子

阿尔卑斯山区

想过去接管农场，目前我在卢塞恩住，还要在那里找工作。”安迪的大女儿阿迪娜背上刺了三个汉字文身：福、安、康，在谈到是否愿意留在山区时，她直言不讳，“我觉得卢塞恩地理位置很中心，去哪儿都方便，卢塞恩有湖，气候也喜欢，从我的就业来说机会也会更大一些”。把中国的“福”字刺在了背上，而且是在遥远的阿尔卑斯山区的山谷里，这有点出乎我的意料，相信阿迪娜对幸福会有自己独到的理解。

“你现在幸福吗？”

“如果我可以重新找到一个全职的工作，那就更幸福了，不过现在我在这里与我喜欢的动物在一起，还有以前的同伴在一起也挺幸福

的。”

“你觉得你老爸幸福吗？”

“当然啦，因为他推动了支持山区产品，项目和风车项目，他已经获得了很多成功，当然他幸福啦。”

安迪的大儿子塞谬尔今年19岁，是个腼腆的小伙子。因为要上班，他一边吃饭一边跟我聊着：“我觉得很幸运能找到木匠学徒工，我写了很多求职信，还有老师的推荐，最后才得到这个机会的。如果有机会，可能会离开这里，到更大的城市去，当然还是要看机会了，我的同伴们也都是这样的。”虽然没有去到大城市，但塞谬尔至少找到了一份稳定的工作，他会觉得幸福吗？“这个问题很难，什么叫做幸福？健康比较重要，要有一定的经济基础，这个问题太难了。”塞谬尔面露难色，又继续低头吃饭了。

对于子女的选择，安迪并没有强求。和所有父母一样，他也希望自己的孩子无论是留在山区，还是去城市，都不要忘记自己的根在哪里。“孩子是我们的未来，我们可以给他们举例子说我们走过的路，但不能给他们设计未来，他们要自己决定什么是重要的，他们应该出去看看世界，年轻的时候看世界的角度也是不一样的，希望我的孩子会认识到回到家乡会感觉到一种归属感。”在对待孩子的态度上安迪是宽容的，也尊重他们的选择，“他们出去后，也希望有机会回来，在这里工作，这正是我们这一代的人要为他们做的事情，创造就业机会，让他们能够在这里长久地生活下去”。

如何能让年轻人留下来呢？如何能让他们在家门口找到自己的幸福呢？安迪一直在思考着这个本不属于自己的问题。

上图：安迪与艾丽丝

幸福就在家门口

今天天气不错。一大早，安迪就从邻居家借来了割草机，他要在入冬之前把牧草割回家，为奶牛和马准备过冬的饮料。正在放暑假的小女儿也到山上来帮忙。

“你一定要把它提得高高的，抖下来才干得快，高点高点，可以吗，就这样。好，就按照这样做。”安迪经常会放下割草机过来指点一下孩子如何干活。虽然一天下来累得腰酸背痛，有时孩子也会抱怨手臂痛，但安迪却安慰说疼痛也是生活的一部分。此时安迪对待生活的态度显然跟以前不同了，“疼痛也是生活的一部分”相信年轻时候的他不会有这么富有哲理的认识。

由于安迪经常在外面忙碌，家务事基本由艾丽丝来打理。有时间，安迪也会帮忙做些事。只要二人在一起，总少不了深情对望，轻轻地一吻。艾丽丝说安迪就是她的幸福源泉：“和安迪一起生活让我觉得很快乐，因为他不复杂，两个人可以一起做很多事情。”

在阿尔卑斯山中的戈姆斯，安迪找到了家的感觉：一杯咖啡，一杯葡萄酒和一个可信任的伴侣。多年奔波之后蓦然回首，年过不惑的安迪现在常说年轻时寻找的幸福竟然就在家门口。“很多人老觉得要在远方寻找幸福，老是想寻找新的幸福，但实际，幸福就在你的家门口。以前我也是老想要离开这里不想当农民，但我最后还是留在这里，而且在这里生活了，最后在这里、在自家门前也找到了幸福。”安迪喝了一口咖啡，目光望向了远方。他说这种幸福感与金钱无关，有时候也很简单。“我对我现在的生活很满意，我可以直接打一个10分。我感觉很好，我在

上图：安迪家的牛群

这里有一个家的感觉，当然我现在是生活在今天，站在这里，每天晚上我会自问一下，我今天做了什么，实现了什么。第二天早上起来又是新的一天，看见天上的星空，感觉到好冷呀，但这种感觉就是特别好。再加一上杯好的咖啡。”

从梦想到远方寻找幸福的懵懂青年，到发现幸福就在家门口的不惑之年，相信安迪对自己幸福观念的转变是始料不及的。但也许这就是生活，能得到，会珍惜，就是幸福。人人都可以成为自身幸福的建筑师。

没有农民就不能吸引旅游者

安迪的家中时常高朋满座。今天来了一位特殊的客人，她是戈姆斯地区旅游局的负责人玛雅。难得轻松的安迪给大家做起了瑞士著名的烤奶酪（Raclette）。“烤奶酪是瓦莱州古老的食品，是一千四五百年前留下来的。以前是用木柴烤，当奶酪融了，就要刮下来，与土豆和酸黄瓜拌着一起吃，这是一道传统的菜，很有名的。”安迪一边烤着奶酪，一边向我讲解着。

用冒着热气的水煮土豆蘸着热乎乎的奶酪，就着生肉片、小酸黄瓜，呷着白葡萄酒、红茶，家人和朋友们津津有味地吃起来。我也平生第一次发现奶酪竟然如此美味。

上图：安迪的家乡

玛雅显然不是为了这顿烤奶酪而来，她是来跟安迪商量如何能让农民和年轻人留下来的，因为农民联合发展的Pasta和奶酪工厂暂时还不能提供足够的就业机会。

“农业和旅游业是紧密相关的，像今天所看到的一样，这里需要农业和旅游业。如果旅游者来这里想看这里的自然环境，比如说花草牛，但这自然环境需要农民来看管。如果这里没有农民，只是荒草也没有动物，都荒废了，就不可能吸引旅游者。”作为地方旅游局的负责人，玛雅在考虑如何能把农业和旅游业结合起来，如何能把年轻人留在这片土地上。在玛雅看来，她们可以利用安迪的个人魅力、在当地人中的影响力，去推动很多项目。

如何能让年轻人留下来呢？如何能让他们在家门口找到自己的幸福

呢？安迪一直在思考着这个本不属于自己的问题。安迪之所以与众不同，就是他的很多点子不是一般人能想到的，而且难能可贵的是他并不是完全从自己的私利出发，从这一点上说他是阿尔卑斯山区中比较特殊的农民。

开着小吉普车，安迪又上路了。他要去查看立在山口的测风仪器。两年前一个外地人到戈姆斯旅游，在与安迪闲聊中谈到，这里山谷中的风太大了，还不如去发电呢。这一句无心的话一下子提醒了安迪。他毫不犹豫地又找到了COOP的老总。因为上次的合作，双方已经有了很好的默契。双方当即决定成立风力发电公司，并由安迪担任负责人。

“这是一个高科技项目，收集风力制造新的能源，这可能将是瑞士最大的风力发电基地，这个项目COOP投入了200万瑞士法郎作为启动基金，这对我们来说很重要。”站在高高的测速杆下，安迪在大风中向我喊着他的宏伟计划，“我们估计在五年之内完成，明年我们这里就会安装风车，这样我们可以创造新的就业机会，给年轻人创造就业，将来更远的目标是建立瑞士风力发电研究所，也可以在这里研究大自然，预计到2015年整个项目基本完成”。

安迪说虽然不能一下子让年轻人理解幸福就在家门口的道理，但是创造好的就业机会是让他们留在山里的前提。

上图：安迪养牛场的门口　下图：安迪开着吉普车上路了

02

幸福是享受生活中的小事

汉斯·乌厄里·弗吕克

Hans Ueli Flück

退休老人

幸福是人们内心的一种态度，

要是人们内心觉得幸福，那就是幸福。

其实很多事情都可以从中感受到幸福，比如去采蘑菇，

这对我来说也是一种幸福。

幸福就是要跟随自己内心的感觉去做，

不需要做很多，很小的事情也可以感到幸福。

采蘑菇的老人

瑞士有700多万人口，在儿童与青少年人数减少的同时，瑞士的老龄人口却在不断增加。到2004年底，将近16%的人口在65岁以上，大约有120万，人口老龄化严重。在这个全世界富裕程度首屈一指的国家，老人们的生活是什么样的？在这个盛产美味巧克力的国度，老人们的生活幸福吗？对于未富先老的中国来讲，我们又能从这些老人的生活态度和生活方式中学到些什么呢？

7月19日早上，天上下起了小雨。我离开酒店向布里恩茨出发。天雨路滑，司机开得格外小心。从瓦莱州到布里恩茨一段全是山路，单程要三个多小时。当车行驶到格林塞尔山口（Grimselpass）的时候，毛毛细雨变成了雪花飞舞。我走下车来欣赏这难得一遇的异国雪景，远处山峰层峦叠嶂，白雪像一层棉被裹住了山顶不多见的一丝绿意。就在此时，几个人抬着一副担架从酒店里跑出来，据说是一位老人突发心脏病，不一会儿，停在平台上的救援直升飞机在马达轰鸣声中消失在了茫茫的冰雪之中。

然而过了这道山，却是晴空万里，绿油油的草地，成群的牛羊，美不胜收。这条山路是户外运动的天堂，有人骑着摩托车飞驰而过，有人骑着自行车在上坡路上卖力地踩着脚蹬，虽然辛苦，但看上去他们却乐在其中。

汽车沿着山路一路下行。当我们来到瓦莱州和伯尔尼州的交界处，眼前的一切吸引了我的视线。一座稍显破旧的小木屋矗立在路边，一位老人正坐在屋前的桌子上清理刚刚采回来的蘑菇，旁边放了一杯白葡萄酒，一只狗躺在他的脚边似睡非睡。阳光透过树叶打在屋顶和旁边一排摆放

上图：阿尔卑斯山区

整齐的木柴上，风吹树摆，暗影浮动，色彩斑驳，老人时不时喝上一口，这是一幅画，也是一首诗。走上前去，老人并不拒绝，热情地跟我打招呼。他叫玛雅尼·切塞里，今年60岁，住在瑞士南部的提契诺州。现在他已经退休了，有时间他就开着车带上狗来这里小住一段，也算是度假休闲。

无意间在路上遇到的一位老人都生活得如此写意，我要采访的这位汉斯老人又会如何呢？对这样一个像花园一样的国度的老人的退休生活和幸福晚年，我充满了期待。汽车飞快地向布里恩茨驶去。

汉斯的打猎生活

随着汽笛一声长鸣，现在已经很少见的蒸汽机车竟然在瑞士还有保存，只见它喷云吐雾，一根白色汽柱向天上飘去。瑞士历史最悠久的蒸汽火车从布里恩茨火车站徐徐开出，向海拔2244米高的洛特宏峰(Rothorn Kulm)爬去。

汉斯·乌厄里·弗吕克已经熟悉了蒸汽火车的汽笛声。他在半山腰的树林里搜索着，时而拿出望远镜仔细观察，时而快步行走在厚厚的落叶上，发出沙沙的声响。汉斯老人喜欢打猎，自从1960年通过了打猎考试，他已经在这座山里行走了49个年头。

微微有些驼背，头发花白，年过七旬的汉斯有些消瘦，但身手矫健，精力十足，也许是常年跟大山打交道的缘故吧。这里是他熟悉的森林，猎物一般很难逃脱他的枪口。

有人说瑞士人的幸福源自自然，这话有一定道理，最起码在汉斯的身上得到了印证。“他很喜欢大自然，所以他很喜欢去爬山。”汉斯的老伴丽娣雅介绍道，“当我们一起去爬山的时候，他总是很安静，总是在欣赏周围的景物，看看野花或者其他的什么”。

9岁的班卡是汉斯忠诚的伙伴，也是汉斯的第三条狗，前两条狗的名字也叫班卡。汉斯走到哪里，班卡就跟到哪里。经过汉斯的调教，班卡已经成了一只训练有素的猎犬。曾经有一次一个猎人打伤了一只猎物，猎物带伤逃跑了，大家找了一天也没有找到，结果第二天班卡找到了，汉斯说当时他们找到那只猎物后的喜悦比自己去打猎还要多。如今班卡已经成了汉斯生活中不可或缺的一部分。

临近中午，汉斯在树林中找了一块坡地坐下，拿出自备的午餐，和班卡慢慢吃起来。这是一顿简单的午餐：一块面包、一片奶酪和一根香肠。

对汉斯来讲打到什么也许并不重要，重要的是享受这个过程。阳光透过树林照射到泛黄的枯叶上，周围林木苍翠，高大挺拔。诺大的山林里只有汉斯和班卡，鸟儿不时哼唱一曲，大片大片的绿色，斑驳的阳光，遍地枯枝残叶，初秋时节阿尔卑斯的美似乎无法用语言来形容。在这里生活、打猎会不感到幸福吗?

看着眼前的一切，我深深地吸了几口气，势图把每个负离子都吸到肺里。相信在这种环境下的谈话也一定是让人愉悦的。汉斯的话匣子打开了，他说他的祖父也喜欢打猎，只不过那个年代打猎是为了生存。等到了他父亲这一辈已经有足够的钱，不需要去打猎了。他之所以喜欢打猎，是因为他喜欢大自然和动物，对他来说打猎就是可以从大自然中获得肉类食物，充分利用大自然的资源。

右图：汉斯老人在山上打猎（摄影：薄义群）

在瑞士，打猎有严格的规定，而且每个州都不尽相同。要想打猎还必须通过资格考试，在获得许可之后才允许打猎。许可证也有很多种，有的只能在村庄附近不能上山打猎，这种证可以打一些野鹿和野兔。还有一种证可以到山上去打猎，可以打岩羚羊、狐狸和獾。一说起打猎的规矩，汉斯老人口若悬河，如果不打断他，相信他可以一直讲下去。实际上他说这些规定主要是不让人们乱捕乱杀，尽量保证自然界的生物链不会遭到人为破坏。在瑞士打猎，许可证每年都要重新考过，主要是针对情况的变化，让猎人知道当年哪些动物可以打，哪些不可以打。到今年，汉斯老人已经拿了49个打猎许可证，打猎已经成了他生活的重要组

成部分。

细节决定成败。对自然环境和生态环境保护重视到如此细节的国家不得不让人心生敬佩。更重要的是在相关规定出台之后，在下面会得到不折不扣的执行，即便是年逾古稀的老者也不会越雷池一步。这就是瑞士，一个时常被冠以刻板、保守的国度。

上图：傍晚的灯光使小镇显得格外宁静

人们应该乐观地生活

布里恩茨是瑞士的一个小镇，位于美丽的布里恩茨湖畔。伯尔尼高原典型的木结构房屋，在这里得到了很好的保存。今年73岁的汉斯在这里出生长大。

今天的瑞士已经挤身世界富国前列，但在二战以前，很多瑞士人的生活仍然十分艰苦。汉斯当年结束三年木工学徒期后的收入还不如农户的帮手赚得多。“在第一年每天工作10小时，就只赚1瑞士法郎。然后第二年是2瑞士法郎一天，第三年就每天3瑞士法郎。从星期一工作到星期五，每天10小时，星期六还要工作到下午4点。”汉斯在记忆中搜索着当年的艰辛。也许只有经历了当年的艰苦，才会更珍惜今天的拥有。

每天长时间的工作，微薄的薪水，汉斯在思考着如何改变现状。他离开家乡前往因特拉肯学习地板建材，经过对市场调研后，他决定回布里恩茨开办自己的公司。可是资金从哪里来呢？“很艰难，真的很艰难。”汉斯加重了语气，“我没有从家里拿钱开公司，我必须自己去干活挣钱”。

汉斯没有放弃，他一边自己干活挣钱，一边考虑如何向银行贷款。1960年，汉斯的地板建材公司开张了。贷款是由父亲和妹夫来担保的，这也就是说如果公

司失败，家人都要受到连累，年仅24岁的汉斯承受着前所未有的压力。

“当时我们向银行贷了款，每年要还8%的利息。我不得不干苦活，把利息还清。很辛苦，很多工作。”至今回想起当年的创业经历，汉斯老人还有些嘘唏不已。

雄伟的阿尔卑斯山给了他一副坚毅的性格。在汉斯的苦心经营下，公司平稳发展。目前已经成为布里恩茨规模最大的一家地板建材店。

“我是一个很乐观的人，我不会对其他事情感到不满意。当人们不满意的时候，就会有越来越多不满意的事情，这些人没有乐观、积极地生活。我认为，人们应该向前看，乐观地生活。”相信如果不是这种乐观和努力，汉斯早已经被压垮了。8年前，65岁的汉斯决定退休，并把公司完全交给儿子安德拉斯来打理。

安德拉斯身材魁梧，是当地消防队的一名志愿消防队员。平时由他和妻子来打理店面。安德拉斯说明年就是公司成立50周年了。除了要留住老客户以外，还要发展新的客源，并且公司要开发出新的产品，和国际接轨，让公司有更好的发展前景。在谈到父亲汉斯时，他说："我从他身上学到了很多，要尊重自然，要靠自己的努力工作去实现自己的目标，要尊重与你打交道的人。他现在不需要再辛苦地工作，可以做他自己喜欢做的事情。”

左图：汉斯老人的七把枪　右图：国庆日，小镇插满了国旗（摄影：薄义群）

在中国有些老人很容易患上“退休综合症”，忙了一辈子，突然闲下来，人反而觉得不适应，也老得更快。汉斯会是这样吗？除了打猎，他还怎么打发多出来的时间呢？

很小的事情也可以感到幸福

每年七八月份，汉斯喜欢带着班卡钻进潮湿的山林，因为那里是蘑菇生长的地方。“这些蘑菇都是按季节生长的。我最喜欢摘的就是牛肝菌。牛肝菌可以新鲜地食用，也可以拿来炒，或者切了然后风干，或者作为餐前小吃，或者做沙拉吃，这是很好吃的蘑菇。”汉斯从一个树根搜索到了另外一个树根，每个意外发现都让他很高兴，“现在这个时候还会有鸡油菌，我找到这种蘑菇我就会很开心，因为很难找到这种蘑菇”。

退休后的汉斯变得比以前更忙碌。打猎、采蘑菇、采野花、采香草，这些事情每天都让他忙得不亦乐乎。

在布里恩茨，采蘑菇也有明确规定：每个月的前七天是不允许采摘蘑菇的。于是每到第八天汉斯都会变得像小孩一样特别兴奋。“到了第八天，我就会早早起来上山去找蘑菇，去一些别人不知道的地方去找蘑菇，我觉得这样很有动力，很刺激。蘑菇生长是没有一个日程计划的，有时

你会找到一些你没想过要找到的蘑菇，这就让我很高兴，这样会很惊喜。”

每次回来，老两口都会坐在阳台上清理战利品。靠山吃山，老伴丽娣雅的菜单每年也都会根据季节变化而不同，有时是野蘑菇，有时是鹿肉，有时是野花和香草做的汤……不一而足。汉斯的

上图：老人家的蘑菇

退休生活也因为这些变化而变得丰富多彩。

在家里汉斯与太太分工明确，自己负责采摘，有时帮忙清理，烹饪就完全交由太太负责，因为自己还有很多事要忙。他在忙什么呢？原来，在楼上的书房里他还有另外一个世界。

汉斯喜欢摄影，年轻的时候曾经梦想当一名专业摄影师，但为了维持生计，在父亲的建议下他改学了木匠。尽管没有当成专业摄影师，但现在汉斯无论走到哪里都随身带着照相机，走到哪里就拍到哪里。老人还特别喜欢给家人拍照，家庭聚会，出外郊游，每一个幸福瞬间都记录在这里。

汉斯每天都在为这些小事忙碌着，不同的季节可以做不同的事情，比如，在夏天花开的时候，他喜欢牵着班卡一起去散步，或者到湖边钓鱼；秋天的时候就到山上去打猎；冬天到山上去滑雪，这些事情都让他感到快乐。正如一句印度格言说的那样：我们常常把幸福看作是一种十分崇高的追求，却忘却了在细微生活中就有很多幸福。汉斯说正是这些小事让他从中感受到了幸福。

“幸福是人们内心的一种态度，要是人们内心觉得幸福，那就是幸福。但幸福是不能强求的。其实很多事情都可以感受到幸福，比如我去寻找蘑菇，这对我来说也是一种幸福。即使对生活不满意，幸福就是要跟随自己内心的感觉去做，不需要做很多，很小的事情也可以感到幸福。”听着汉斯的人生感悟，心理不禁有所触动，每天我们为了工作忙忙碌碌，是否也忽略了一些本该珍惜的事情。把生活中的小事变成一种

乐趣，正如汉斯所言，这是人们内心的一种态度，我想如果不是以一种乐观积极的态度来对待它，并非每个人都可以从中感受到幸福。

瑞士人是幸福的，因为他们知道什么时候需要slow down（慢下来），去体会每个值得珍惜的时刻，去享受每件不应被忽视的生活琐事。看来，除了每天八小时工作以外，我们还真应该培养一些兴趣爱好，这样自己的生活才会丰富多彩，业余生活才会更充实，退休生活才会有所寄托。幸福的感觉自然会在充实的生活中不期而至。

曾经苍海的汉斯对现在的生活很满意，正如汉斯的大女儿卡特琳娜说的："他现在很健康，很享受现在的生活。有时回过头来看一下，他已经达到他自己的目标了。"对生活满意，享受现在的一切，这算是幸福吗？

难得的天伦之乐

汉斯有三个女儿、一个儿子，儿女都已成家。这是一个大家庭，孙子辈有七个孩子。四个儿女居住生活在瑞士不同的城市，过着各自的生活。今天很难得三个女儿都回来了。平时冷清的家顿时充满了生气，只是忙坏了汉斯的老伴丽娣雅，她一个人要做七八个人的饭菜，真是不容易。

汉斯的家位于布里恩茨湖畔的半山腰处，这是一幢木结构的三层楼房。一楼是木板建材店的门店，二楼和三楼用来自住。

"汉斯，你的肩膀还好吗？"

"我很好。"

"那你的背呢？"

"我的背也很好。但我打猎射击的时候，我的肩膀偶尔还是有点问题。"

从日内瓦赶回来的大女儿卡特琳娜不停地寻问着老人的身体状况。"平时这种聚会是很少的，但每次只要有时间，就算不是特别的日子，如生日或者婚礼，我都喜欢一家人聚在一起，聊聊天，或者一起讨论一下各自遇到的问题。"汉斯今天的心情很好，不时跟女婿喝上一杯。

左图：老人一家在花园里吃午餐（摄影：薄义群）

SCHWARZBÄR
B.C. KANADA

罗妮雅是汉斯小女儿的女儿，这是个漂亮又可爱的小家伙，她很喜欢和外公呆在一起。罗妮雅拿着姨妈给买的泡泡水在客厅里吹个不停，有时对着汉斯吹，汉斯不但不生气，他还放下手中的书向小外孙女面授机宜，一起玩起来。一个老小孩，一个小小孩，祖孙两人的欢声笑语，透过窗户，飘散到布里恩茨湖上，激起层层温馨的涟漪。正是这些小事让汉斯变得不亦乐乎。

每次回到外公家，罗妮雅都很兴奋，因为这里就像是一个微缩动物园，陈列着汉斯多年来在世界各地打猎的战利品：野山羊角、鹿角、狐狸，甚至还有用鱼头做成的标本。挂在楼上的一张熊皮和一个熊头引起了罗妮雅的兴趣。

“这是什么？”

“这是一只来自加拿大的黑熊。”

“来自加拿大的？”

“是的。来自很远的地方，加拿大，它生活在森林里，你曾经在动物园见过。”

“是的。”

“我在29年前，就是1981去过加拿大，很久以前了。”

“这是什么？”

“你想摸一下吗？它的毛很松软，还有很小的眼睛，很锋利的牙齿。看它的舌头！”

罗妮雅虽然有些吵闹，但汉斯并不介意，他在享受着平日并不多见的天伦之乐。这是中国人最能认同的一种幸福。

汉斯老人的国庆日

布里恩茨是瑞士有名的“木雕之乡”，木雕工艺已经在这里传承了上百年。每年来这里的游客都络绎不绝。汉斯注意到了这其中的商机，他又在布里恩茨镇中心开办了一家分店，经营项目也由地板建材扩大到了家居用品和旅游纪念品。现在这家店也交给了儿子来打理，有时他也会过来看一看。

这几天小镇开始热闹起来，家家户户都挂起了国旗和州旗来庆祝即将到来的国庆日。丽娣雅也在自家走廊的花盆里插上了国旗、伯尔尼州旗和灯笼。

8月1日是瑞士国庆日，每年的这一天，汉斯都有一件重要的事要做。一大早他就开着车跟儿子一起向山上去。一路上已经有很多人徒步向山顶

左图：老人家墙上挂着的熊头（摄影：薄义群）

前进。他们去干什么？

每年的8月1日，住在山顶的农民都会准备一顿特别的早午餐来招待路经此地的登山者，也有人专门上山来品尝这顿特别的早午餐。食物主要是瑞士特色的奶酪、点心，还有涂着瑞士国旗颜色的煮鸡蛋。这里有一道奶酪非常有特色，实际上它是奶酪的半成品，有点像中国的水豆腐，但是对奶酪不是很感兴趣的我最终还是放弃了尝试，现在回想起来还真有些后悔，这是多难得的一个体验异国风情的机会呀。

这个聚会还有一个特点是付多少钱客人完全自愿。这是当地的一个传统。对生活中一些小事乐此不疲的汉斯当然不会错过这个每年度当地如此“盛大”的活动。早上九点半左右，我们来到了山顶的这间农舍。一面瑞士国旗迎风招展，在蓝天白云下，青山绿草间格外显眼。几只小猪在农舍外拱地找食，几只山羊正围着一个穿着瑞士国旗颜色T-shirt的小女孩，抢夺她手里的饲料。

农舍的主人走上去跟汉斯打招呼，这里已经来了一些人，有些人在喝着咖啡，有些人在聊天。汉斯跟很多人握手，看来应该都是他的老朋友。

今年汉斯是开车上来的，老伴丽娣雅则选择了步行。经过两个多小时的长途跋涉，丽娣雅终于和班卡爬到了山顶。“步行上来是这里的一个传统，就像是艰辛地爬上来以后，再带着愉快的心情享受这顿丰盛的早餐。”丽娣雅歇了一会儿，跟我讲起当地的风俗来，“很多人都要品尝奶酪半成品，虽然不是所有人都喜欢吃这道菜，但这是8月1日的传统，每年都会做。每个人都很享受，很多人聚在这里，很多都是步行上来的”。

这是忙碌的一天。8月1日的晚上，布里恩茨湖边人头攒动，人们陆陆续续聚拢过来。这是布里恩茨一年一度最热闹的日子，人们穿上传统服装，唱起了瑞士山区特有的民谣约德尔。汉斯的二女婿也是一位约德尔好手，汉斯和太太还专程过来为他加油。

夜色低沉，一阵阿尔卑斯长号悠远绵长，长号乐手两鬓斑白，衣着整齐，神情庄重。一个年轻人挥舞着瑞士国旗，以旗为舞。国旗时而在腿下扫过，时而一跃而起，时而漫卷西风，时而从天而降。人旗合一，旗号相伴。2009

上图：穿着印有国庆logo衣服的的孩子们（摄影：薄义群）　下图：插着国庆日logo的面包（摄影：薄义群）

年8月1日，暮色中，在布里恩茨湖畔，人们屏心静气，看国旗凌空起舞，听长号荡气回肠。这一天是瑞士国庆日，汉斯老人的行程很少像今天这样紧张。

汉斯老人的“天堂”

跟中国的老人不同，汉斯和太太绝大部分时间都是二人共同度过，虽然没有了中国式的儿孙绕膝，但是他们的生活却过得简单而充实。一副牌、一个存钱罐都能成为他们生活的乐趣。事实上，两位老人每天都很忙碌，“空闲”时间并不多，偶尔在晚上他们会打打牌，谁输了就放几个硬币到存钱罐里，等攒够了钱，两个人就到饭店里吃

上一顿。

除了在镇上的房子，汉斯在附近的山上还有一处房产，是一种瑞士山区非常传统的木屋，叫“夏莱”。汉斯把这儿称作是他的“天堂”，每周他都会和太太上山来住几天。“我最喜欢在冬天留在这里。那时在这里的人不多，很安静。有些天，你甚至见不到一个人。在冬天，我会和丽娣雅或者我的狗一起上山滑雪。那些地方都会有雪崩的危险，所以当那里下雪的时候，一定要清楚去哪里和什么时候去。”汉斯老人虽然已经七十多岁，但是记忆力非常好，思维清晰，“当我6岁的时候，我和我的父母就曾经因为雪崩困在了这里，多亏了一个邻居的帮忙我们才被救出来。这些记忆，我都不会忘记”。

夏天，汉斯与太太喜欢走路上山，这要花上两个多小时，只有在特殊情况下才会选择搭乘蒸汽火车上山。而到了冬天，大雪封山的时候，他们甚至花过七个小时徒步上山，抵达木屋时，整个房子已经几乎被大雪覆盖了。

在好奇心的驱驶下，我们坐着突突冒着白烟的齿轮火车来到了汉斯老人的“天堂”。这是一座两层小木屋，屋顶斜斜地垂下来，几乎垂到了地面，这是典型的瑞士山区建筑风格，旁边是个杂屋间，一棵大树枝叶繁茂为小木屋遮挡着阿尔卑斯强烈的阳光。屋前是一条只能容纳下一辆车通行的石子路，汉斯老人把它戏称为“班霍夫大街”（班霍夫大街是世界金融中心苏黎世的最主要一条街道，世界知名奢侈品牌和瑞银都坐落在这条街上）。“班霍夫大街”连接着山坡上的十几户人家，是人们进出的必经之路。

这座小木屋是汉斯的祖父留下来的。两年前他对这里进行了节能改造。屋顶上的一块太阳能电池板提供了日常照明用电。因为没有电，在这里要想洗个热水澡是很奢侈的一件事。汉斯说以前人们最常用的办法是把水装在一个黑色大袋子里，白天放在太阳底下晒，晚上就可以用了。汉斯的小木屋经过改造后，做菜做饭烧木头的余热就可以给水加热，能源可以得到有效利用。瑞士人的环保意识由此可见一斑。

左图：冒着白烟的齿轮火车（摄影：薄义群） 右图：老人山上的房子（摄影：薄义群）

“在春天我必须要工作，要筑篱笆，到森林里工作，去砍木头，然后堆一起。”汉斯带着我来到木屋旁边，那里整齐地堆放着一堆木柴，“就像你在这里看见的一样。这些木头是两年前砍的，这些都可以用来当柴烧，我们需要很多的木柴”。

木屋后的菜地是太太的属地，这么一块小地方，种着不下10种蔬菜。因为山上没有商店，每次上山汉斯都要带齐生活用品，主要是食物，而有了这个菜园，每天吃的色拉基本就可以解决了。

虽然已经退休，但汉斯的木匠手艺并没有荒废。菜地边上造型独特的蓄水糟，用枯木改头换面而来的奇特造型水龙头，还有原木的餐桌、凳子都出自汉斯之手。甚至汉斯几十年前做的小日用品现在都还在使用。“这看上去很好，我很喜欢，你做得很好，这很实际，还有很多空位。”丽娣雅拿出一个多层折叠式的针线盒给我看。“这个是我55年前当学徒的时候做的，它现在还能工作很长时间。”汉斯补充道。

小木屋的烟囱不知道什么时候冒出了袅袅炊烟，对于城市人来讲，这是一种久违的景象，看着缕缕炊烟，我仿佛又回到了小时候，回到了自己的家乡，不知道人开始怀旧是不是就老了。丽娣雅已经在做午餐了。

我和汉斯老人来到木屋后面的露台上，从这里可以远眺美丽的布里恩茨湖和少女峰，背后的山坡上一群羊在慢悠悠地啃着青草，不时发出“咩咩”的叫声。在骨子里瑞士人都是山民，这句话确实有点道理。在如此优美的环境里，做一个无忧无虑的山民，瑞士人是幸运的，汉斯老人是幸福的。至少我喜欢这种感觉。

丽娣雅是汉斯的第二任妻子，前任太太在很多年前得重病不幸去世了，这是汉斯人生中受到的最大打击。“我印象最深刻的是1981年，我的第一任太太病死了，留下了那么小的孩子，只有我独自一人去承担，有很长一段时间没有和其他人接触。人必须向前看，不要停留在这些困境中，迟早会在某个地方为你开了一扇门，随着时间的过去，会有幸福的事情到来。”那是一段痛苦的记忆，汉斯向我诉说着往事。

说话间，丽娣雅端了一大盆蔬菜色拉过来，这是自家产的无公害蔬菜，是绝对的绿色食品。汉斯拿来一瓶红色的

右图：老人夫妇庆祝国庆日（摄影：薄义群）

酒，是从美国加州进口的，叫Rose Wine，酒精度在11度左右。汉斯说这个酒不会像白酒那么烈，又比啤酒的味道浓，口感很好。老人熟练地拿出一把瑞士军刀把酒打开，我试着尝了一杯，感觉还不错。丽娣雅也过来插话："我从别人那里听说的，他的前妻生了重病，然后死了，剩下他一个人要照顾孩子，又要工作，但那些年他都熬过来了，过得很好。再后来，我们两个就相遇了。他从来没有让人失望过，是一个很伟大的人。"

一个平凡的人也可以是一个伟大的人，关键是你是否欣赏他。丽娣雅的看法让我一下子分不清平凡人和伟人的区别。在经历了生活中诸多的不幸与挫折之后，汉斯老人学会了享受生活中的平淡，并从生活的小事中寻找到了快乐。当我问他给现在的生活打几分时，汉斯毫不犹豫地回答说10分。

丽娣雅拿来一摞盘子，太阳底下一字排开。后来我才知道，西方人上主菜有个习惯，盘子一定是要热的，这样菜不会凉得太快。丽娣雅是在用太阳把盘子加热。我不得不感叹这真是一个节能的好办法。不一会儿，丽娣雅端来了一盆pasta和一碗蕃茄肉酱，颇似中国的炸酱面。吃上一盘，味道好极了，那个中午我竟然吃了三盘子，在大家的共同努力下，那一盆pasta全给消灭掉了。看着我吃得这么香，丽娣雅也多了一分满足。

风卷残云之后，丽娣雅端上了咖啡，汉斯又拿来了两瓶酒，是用梨酿造的，说是餐后酒，看来老人家的酒量还不错。推杯换盏之间，时间已经来到了下午5点，这时汉斯的一个邻居也加入到我们的阵营，这位邻居是位排箫好手。罗马尼亚的In A Little Village（在一个小村庄）在这位邻居的深情演出中回响在山间，向远方飘去。这是他们山上生活中很平常的一幕，汉斯和丽娣雅喜欢坐在露台上，听着邻居吹上一曲，看着夕阳下自己熟悉的阿尔卑斯山和布里恩茨湖。

汉斯的幸福就是从生活中的点点滴滴获得的，但幸福本身却绝不琐碎。在优美的旋律中，汉斯的话还在我耳畔回响："这里是我的家，我的小木屋，我知道，但并不是永远都是我的，我在的时候，它就是我的……以后也会是别人的，但我觉得很幸运能让我在这里生活，在这优美的风景里，让我可以享受美丽的日落和日出，这就是幸福，这里就像是我的天堂。"

左图：邻居家的小孩（摄影：薄义群）

03

幸福是不要对生活奢望太多

马库斯·布什厄

Markus Bösch

邮政巴士司机

人要知足。

不要奢望太多，这样你看到的更多的是积极的一面，

这样会更容易快乐。

人就会容易满足。

“福尔摩斯镇”的平淡生活

李念培在《瑞士》一书中有这样一段描述：“瑞士人（尤其是德瑞）喜欢整洁。在家中他们不乱扔衣物，在外面不随手丢弃纸屑碎片。至于随地吐痰，那简直是闻所未闻的怪事。瑞士人家庭室内都是一尘不染，家庭主妇为了收拾房间庭院，每天都花去不少时间。有一位长住瑞士的外国幽默作家，见到这种情况不禁写道：‘多少世纪以来，各国哲学家想要找到答案的一个问题（人生的目的是什么？），已经被瑞士人轻而易举而又令人折服地解决了。人生的目的就是天天擦门上的铜把手，使它永远熠熠发光。’”

“人生的目的就是天天擦门上的铜把手，使它永远熠熠发光。”这个说法未免有些夸张，但是对于一些瑞士人来讲这的确是事实。他们早已经习惯了简单而平淡的生活，或者说他们很享受这种生活。马库斯就是这样一个人，他的生活是如此平淡，仿佛是一潭湖水，你丢进去一个石子，却没有涟漪。他五十多年的生活平淡得似乎是几天生活的周而复始。马库斯说之所以选择平淡是因为他不想对生活奢望太多，这样自己就会很容易满足，也很快乐。马库斯究竟是个什么样的人？他的平淡生活又是怎样的？我充满了好奇。

马库斯：今天有赛车比赛，能帮我录一下吗？

马库斯的太太：当然可以。

马库斯：录在哪儿知道吗？

马库斯的太太：那盒黄色的带子吧。

马库斯：好了。我走了，再见！

马库斯喜欢看赛车，上班前还不忘记让太太把一场重要比赛录下来。他骑上自行车去开始了自己平淡的一天。

马库斯是一名邮政巴士司机，住在阿尔卑斯山区的迈林根小镇，骑自行车上班只要五分钟时间。每天出车前，他都做着相同的准备工作，检查车况，摆

上图：邮政巴士沿途美丽的风景

放好驾驶证件和乘车价目表。这套动作他已经重复了23年。至今他依然没有感到厌倦。

“我很小的时候就已经知道邮政车了，开邮政巴士是我从小的梦想。小时候会在假期或者在山上乘坐邮政巴士游览，这些儿时的记忆让我对邮政巴士有了很深刻的印象。”马库斯平静地跟我诉说着儿时的梦想。

咪-嗦-哆，咪-嗦-哆。这是瑞士邮政巴士独具特色的喇叭声，它也成了瑞士邮政巴士的象征之一。再加上醒目的黄色车身，人们一眼就能认出来这是瑞士山区独具特色的交通工具：邮政巴士。

瑞士是世界上公共交通工具最发达的国家。由火车和邮政巴士编织而成的交通网络四通八达，无所不在。尤其是在山区，因为火车无法到达，邮政巴士就成了人们进出山里的重要交通工具。至今邮政巴士已经在阿尔卑斯群山中行走了一百多年。由于邮政巴士的重要性，以前邮政巴士司机在人们心目中也有着很高的地位。“以前在一个小村子里，警察的地位是最高的，第二位是神父，第三就是邮政巴士司机了。”回忆起当年的情景，马库斯脸上露出一丝得意的微笑，“但现在，邮政巴士司机的优越感已经不那么强烈了。因为公司私有化以后，各方面都不如从前了”。

马库斯生活的小镇迈林根位于阿尔卑斯山谷中，又被称为“福尔摩斯镇”。英国作家柯南・道尔曾经来这里旅游，后来将迈林根写进了小说，成为大侦探福尔摩斯侦探故事的背景，小镇因此得名。镇上有一个柯南・道尔广场，真人大小的福尔摩斯雕塑端坐在广场一侧，叼着烟斗，不经意的眼神仿佛在注视着每个人的一举一动。迈林根还有一个福尔摩斯博物馆，紧挨着柯南・道尔广场。仿制的福尔摩斯书房中有一张

图：马库斯行经的山路

书桌，上面凌乱地摆放着放大镜、烟斗、书籍、大号茶杯和钢笔，全部都是福尔摩斯的招牌标志。

迈林根，这个原本平凡的山村小镇因为柯南·道尔的神来之笔而声名远播。福尔摩斯这位传说中的大侦探为小镇吸引来了众多游人。正是这位传说中的名人让现实生活中的马库斯每到夏季都会忙碌起来。马库斯和福尔摩斯的生活因为迈林根而发生了联系，不同的是福尔摩斯过着殚精竭虑、寝食难安的生活，马库斯却平淡而快乐着。

安全是最重要的

邮政巴士总站位于迈林根火车站旁边，这是为了能更好地让旅客接驳，换乘邮政巴士上山。换上工作服：黑西装，黄衬衫，打上领带，戴上墨镜，头发整齐地向后梳过去，坐在车上，马库斯浑身散发着严谨和认真，有些花白的胡子流露出一种独特的成熟和风度。如果柯南·道尔把他写进小说中，这肯定是一个正面角色。

马库斯行经的路线多是山区

早上8点多，马库斯要开出第一班车。随着火车进站，游客陆续来到邮政巴士总站查看路线图，选乘自己的巴士。有些人不时向马库斯询问着。“咪—嗦—哆，咪—嗦—哆”，随着一阵喇叭声，马库斯满载着乘客出发了。

穿出小镇街巷，邮政巴士开始驶入山谷，一路高高低低，巴士就如同漂移在其中的一叶黄色扁舟。除了要开车，马库斯有时还要向乘客介绍一下沿途风光，这其中当然少不了福尔摩斯，“前面是莱茵巴赫瀑布，当年福尔摩斯就是在这里与敌人进行了一场决战，最后两个人都跳下瀑布，这个瀑布就是因为这个小说而出名的”。

驾驶着邮政巴士，马库斯变得小心谨慎，现在安全是他考虑的第一要素。“因为在山路上最快也就30公里，一般也就25公里每小时。”马库斯每天行走的路线都不尽相同，但绝大部分线路都是山路，在山路上开车，他说安全是最重要的，“一是车上的乘客不会感到害怕，二是山

上图：马库斯在开车

路很窄，为了安全着想，不能开太快”。

山路越行越窄，弯道也越来越多。有些弯道甚至达到了９０度。这无疑是对司机技术的最大考验。马库斯不紧不慢，方向盘在他的手下，就像瑞士的手表一样精准，左转两圈，右转一圈，车身贴着山壁滑过，转瞬间巴士完成了一次完美转弯。如果福尔摩斯看到相信也一定会为马库斯的沉稳和精湛技术拍手叫好。这种高难度的驾驶无疑为马库斯的平淡生活增添了一抹亮色。有乘客这样评价道：“几近疯狂呀，这么窄的路却能开着这么大的车子，技术太高了。”

“咪–嗦–哆，咪–嗦–哆。”邮政巴士发出欢快的叫声，似乎是对乘客赞美的一个回应。能成功地转好每个弯，把乘客安全送达目的地，这也许就是马库斯快乐之源。平淡中有些刺激，只要你去享受它，这就是一种幸福。

台上一分钟，台下十年功。马库斯如今的驾驶技术绝不是两天就能练成的。想当年他刚到山区开车，也曾因为在转弯过程中车体有些小划伤，而被罚停开了两个星期。那也是二十多年来马库斯仅有的一次处罚记录。“每个人一开始都会紧张。但是我们有很好的驾驶技术，而且在载人，就是载乘客之前（投入工作前）我们有过很多专门的训练。”马库斯现在开的邮政巴士已经比较现代了，车体宽大，乘坐舒适，空调也好，“以前的车比现在的要小，但驾驶的时候会更辛苦，因为要经常挂档，不能休息，所以在夏天那么热的天气下，身上都是汗”。

作邮政巴士司机不仅要求驾驶技术好，责任心强，而且还要忍受经常加班无法正常与家人过家庭生活的不便。现在，一些年轻人已经不愿意做邮政巴士司机了。是什么原因让马库斯能够坚持下来，而且一开就是23年呢？

他就是我要找的那种人

马库斯有一个幸福的家庭，妻子阿娜丽丝和两个儿子，有自己的房产，算是一个小康之家。马库斯的大儿子帕斯卡今年２５岁，在卢塞恩附近的一家印刷厂工作，对于父亲略显平淡的工作，他说父亲喜欢这份工作，邮政巴士已经是他的全部了。瑞士人的观念确实与中国人有所不同，虽然父亲不是一位高大全式的英雄，但对于这样一位倾心于工作的平凡的父亲，帕斯卡还是心生钦佩：“我很佩服，一个人可以做同样的工作那么长时间。这

上图：沿途的邮政巴士车站

是很辛苦的工作，每天都要开车，我就做不了这样的工作。”

对于马库斯的平淡生活，他的妻子如何看呢？他也会像马库斯一样感到幸福吗？

马库斯和妻子阿娜丽丝都是苏黎世人，以前马库斯在苏黎世附近的一个小镇开邮政巴士。因为自己喜欢大自然，喜欢在山里开车，当时恰巧迈林根有空缺，1987年，马库斯一家四口搬到了迈林根。为了支持丈夫工作，阿娜丽丝也放弃了原来的工作，现在她要每周四天往返于迈林根和伯尔尼之间。阿娜丽丝说：“我对现在的生活很满意，虽然每天要坐两个小时的火车去上班，是去要两个小时，回来也要两个小时，从迈林根到伯尔尼。”

作为邮政巴士司机，马库斯经常周末加班，而当他休息的时候，太太阿娜丽丝又在上班，他们两个人的生活轨迹就像两条平行线，在一起的时间并不多。阿娜丽丝已经渐渐学会了如何打发一个人在家的日子。

这是一个阳光明媚的上午，阿娜丽丝在家休息，我们的谈话是在他

们家外面的草坪旁进行的。阿娜丽丝手里织着毛衣。看到她熟练地操作着织针，我感到有些惊讶，这不是咱们中国的传统手艺吗，他们怎么也会？而且手工很精巧。看着我惊奇的样子，阿娜丽丝说："织织毛衣，可以打发打发时间。当马库斯去上班，我把家务活都做好了以后，我就会织毛衣。这在我上幼儿园、上小学之前，我还是一个小女孩的时候，就已经学会了，这是女孩子必须要学的。我没有女儿，有两个儿子，一个25岁，另一个23岁，他们也会织毛衣，是从我这里学的。现在家里的三个男的也不用给他们织什么东西了，只是我高兴的时候，就织点小东西给自己，当成是生活的一种调节。不是每天都会织，只是我有兴致的时候，就会坐下来，静静地织毛衣。"看着阿娜丽丝熟练地穿针引线我也在想：不知道现在在中国还有多少女孩子会织毛衣？也不知道有多少学校会把织毛衣拿到课堂上去教？

阿娜丽丝看上去很朴实，但会比马库斯外向一些。她说他们两个当初是经人介绍认识的，马库斯是一个很安静的人，而她要找的就是这种人："他总是对人、对家庭都很有耐心，很心平气和，换成是我就做不

到这样。”

鞋子是否舒服，恐怕只有自己的脚才知道。没有最好的，只有合适的。马库斯不是福尔摩斯那样的名人，但他是适合阿娜丽丝的，只要不要奢望太多，幸福似乎无处不在，这就是瑞士人。

“我们结婚27年，这是一段很长的日子，但也是很美好的日子。在瑞士，也是有很多人结婚很长时间，但也有些夫妇是已经不再一起了，但大部分的还是在一起的。我对现在的生活很满意，我们有自己的工作，有自己的孩子，有自己的家，我们很享受家人团聚的时光，这已经足够了，很满意了。”阿娜丽丝平静地诉说着自己的内心感受。幸福可以是波澜壮阔的，也可以是如此的低调和平淡。马库斯家对面是大片大片的草坪和玉米地，偶尔会有火车从田间驶过，远处山上的瀑布在风中起舞。一只小猫不知道什么时候从草坪走到了阿娜丽丝身边，她俯身抱起它，小猫幸福地依偎在阿娜丽丝怀里。只要不要奢望太多，一个温暖的怀抱就是幸福。难道不是吗?

作为“福尔摩斯镇”，迈林根似乎到处都充斥着福尔摩斯式的惊险和刺激，然而马库斯和家人却过着完全不同的生活，简单，波澜不惊，甚至略显平淡。

虽然现在待遇没有以前好，社会地位也不如以前那么高了，但是马库斯依然喜欢着这份工作，喜欢生活在充满传奇色彩的迈林根，他的平淡和内敛中透露出的是知足常乐。“我很喜欢现在的工作。要是要我从

左图：一家餐厅的椅子　右图：阿娜丽丝在织毛衣（摄影：薄义群）

BE 659308

巴士途经的村庄

事自己不喜欢的工作，即使能赚更多的钱，我也不会快乐的。”马库斯一边喝着咖啡一边望着远处的雪山，它喜欢这种感觉。我问他给现在自己的生活打几分，他说应该接近10分吧。如果让福尔摩斯给自己的生活打分，不知道他会打几分？

人要知足，不要奢望太多

瑞士邮政巴士拥有超过8500公里的交通网络，深入到各个乡镇和整个瑞士阿尔卑斯山区。随着旅游业的发展，15年前邮政巴士投递邮件的业务逐渐被取消了，现在邮政巴士已经成为游客观光旅游的交通工具。

到了夏天，来旅游的人多了起来，有骑自行车的，有开私家车的。马库斯不仅要过好每个弯道，保护好车上乘客的安全，还要格外小心自行车和私家车。在弯道，有一个骑自行车的人停了下来等邮政巴士先过去，马库斯向对方挥手致谢。

马库斯的邮政巴士上虽然没有“宁等一分，不抢一秒”或者是“礼让三先”的中国式口号，但瑞士人的文明礼让却随处可见。在这里人们不会因为抢道而争得面红耳赤，或是乱按喇叭。在我们上山的路上，后面一辆小汽车一直尾随着邮政巴士，对方很有礼貌，并没有疯狂超车，也没有按喇叭。这一切马库斯早已看在眼里，在一个可以错车的地方，马库斯将车子停在一边，挥手示意后面的车先行，后面的车经过时按了下喇叭表示谢意。这一切都发生得那么自然，那么不经意，背后却是瑞士人高素质的体现。

马库斯说自己的技术比别人好，路况比别人熟，越是在这个时候，越要体谅那些私家车主。此时的马库斯更像一位绅士。他说：“在会车的时候，他们会害怕。首先他们要停下车子，而不是继续向前开，然后在原地观察一下周围的情况，要想摆脱这种困境，那么就要慢慢倒车了。要是他们实在太害怕了，就我先倒车。”对待幸福需要一颗平常心，开车也是一样。

在迈林根开了23年的邮政巴士，马库斯与沿途的人家、酒店和餐馆都很熟悉。玫瑰酒店（Hotel Rosenlaui）依山而建，已经有150年历史了。它位于洛森罗伊山谷平原的顶端，这里是上山和下山的必经之路，很多登山者都要在此休整一番，然后再继续赶路。今天的天气特别好，徒步旅行的人络绎不绝，有耄耋老

上图：马库斯行经的山区

者，也有蹒跚学步幼童，更有年轻父母推着婴儿车跟小孩一起来享受大自然。这些人大多全副武装：登山鞋、手杖、遮阳帽、背囊和冲锋衣。

有时马库斯也会带游客来这里看看。岁月流转，看着铁栅栏留下的斑驳倒影，马库斯也在感慨着物是人非："当然第一就是老了20岁，但心里却更平静了，人变得更宽容了。20年前，我还是一个年轻的小伙子，做事开车会比较急，冲动。但随着年龄的增长开始意识到，有时候慢慢开也许会更快到达终点，乘客也会更舒适，更安全。"

快不一定先到终点，慢不一定最后到终点，慢即是快，快并非快。想不到如此憨厚老实的马库斯竟然会有这般富有哲理的思考，着实让人刮目相看，不知道是不是平淡的生活会让人的思维变得活跃起来。

马库斯看上去是典型的山里人，憨厚老实。他喜欢这种平淡的生活，不用换地方生活，不用换工作。马库斯满足于现在的自己，对他来讲幸福是一种心态，不对生活奢望太多，幸福也因此唾手可得了。"对我而言，最重要的是身体健康，能给别人带来幸福，那么自己也会幸福的。还有就是人要知足，不要奢望太多，这样看到的更多的是积极的一面，这样就更容易快乐，人就会容易满足。"马库斯抽着烟观察着，或者说欣赏着过往的旅

人。这时，一位中年男子拿着一束鲜花走过来献给了玫瑰酒店的女主人，一个拥抱，一个贴面，一个微笑，一切都是那么温馨。马库斯开邮政巴士的线路有很多，但他特别喜欢从迈林根到Chalet Schwarzwald-Alp途经玫瑰酒店的这条山路。

上图：沿途的指示牌

房车上的幸福

与其说瑞士像一个花园，不如说瑞士就坐落在花园里。这是一个让人羡慕的国度，在任何一座城市只要驱车10分钟就可以享受到与大自然的亲密接触，最让人惊奇的是这些自然景观的千变万化，随着季节不同，天气不同而变幻莫测。

从因特拉肯到马库斯居住的迈林根要经过布里恩茨湖。一夜细雨过后，婀娜多姿的布里恩茨湖又换了一副容颜。湖上云雾缭绕，漫漫蒸腾向上，缠绕在山间，远处的雪山在云雾间若隐若现。碧绿的湖水尤如一

块翡翠静静地横卧在山脚下，一艘游船不经意间打破了这份宁静，在湖上留下长长的尾巴，波浪有规律地向四周荡去、漾去。面对此情此景，怎一个美字了得？！我不由得想起了蔡依林的那首《日不落》："天空的雾来的漫不经心，河水像油画一样安静，和平鸽慵懒步伐咬着云，心偷偷的放晴。"

在这种环境中生活会是什么感觉呢？

一辆停在湖边稍显破旧的白色房车映入我的眼帘。一位头发花白的老人和一个十几岁的男孩不顾早晨湖水的寒冷在湖里扑打出阵阵浪花。女主人把洗好的衣服晾在路边的一根铁丝上，然后骑上自行车锻炼去了。游了一会儿，老人和小男孩走上岸来搬来几块石头搭起个架子，点着几块木头，在火上烤起了香肠。

小男孩很腼腆，老人家很友善。他微笑着对我说他们是从瑞士东北部圣加伦一路开着房车玩过来的，他们已经出来半个多月了。老人家还拿着瑞士特制的香肠问我吃不吃，因为要赶路，我婉言谢绝了。

清晨的布里恩茨湖畔，一老一少，一堆炭火，几根香肠，一把方便折叠椅，一本书，一辆破旧的房车，面对此情此景，我又不得不说怎一个美字了得？！似乎在这里我找到了幸福的答案：不用向生活奢望太多也同样可以享受幸福。这就是瑞士人。

阿尔卑斯山区的骑士

马库斯平淡的生活并不缺乏色彩。他有一个跟工作要求截然相反的业余爱好：骑摩托车。休息的时候，马库斯喜欢骑上这辆大家伙：宝马牌摩托车去山里兜风。他说当摩托车发动的时候，那种声音和震颤，就像一个人的心脏在跳动，那种瞬间释放的动力、即将上路的激情，会让

左图：驾房车旅游的父子在湖边烧烤（摄影：薄义群）　右图：马库斯与车友（摄影：薄义群）

一个男人血液沸腾。

头戴头盔，脚蹬皮靴，身披黑黄相间专业外套，戴上太阳镜，与开邮政车的马库斯相比已经判若两人，此时的他八面威风，精神抖擞，意气风发。你想象不出平时少言寡语的马库斯竟会让人觉得不言自威。他就像一位奉命出征的骑士，一位阿尔卑斯山区的摩托骑士。在马达的轰鸣声中，马库斯和朋友们上路了，他们向阿尔卑斯深处飞驰而去。

马库斯说骑摩托车与开邮政巴士是两种不同的感觉。开邮政车人可以坐得更高一些，看到的风景会更美。开摩托车是一个人开的，想什么时候停就什么停，什么时候开就什么时候开，有兴致的时候可以停下来喝喝咖啡，看看风景。最关键的是在摩托车上你可以感受到大自然，可以与大自然更亲近。有时候不需要开得太快，要享受这个过程，要享受大自然。

对于马库斯来说，能与朋友们一起骑车的机会不太多，因为经常要加班。不过每次出行总是很尽兴，他们会选择去一些弯道多、景色美的山口骑摩托。这帮骑友是马库斯在一个摩托培训班上结交的，个个英姿飒爽，可脱掉头盔一看，全都已经年过半百。其中有一对头发花白的夫妇引起了我的兴趣。男的68岁，女的66岁，他们说两个人经常骑摩托车出来兜风。老人笑着说："我不害怕，从1970年我们就开始一起骑摩托车了，总是两个人一起，上天保佑，还没有发生过意外。"看来瑞士人不但不缺乏幽默感，而且还很乐观。

说起这帮骑友，有时候也很疯狂，他们不仅在瑞士境内结伴出游，有一次他们竟然从瑞士骑到了意大利。马库斯是一年多以前才加入他们的，通过这次长途跋涉，大家对马库斯也有了更多认识。其中一位车友还是马库斯的邻居，他说："马库斯是一个很可爱的人，他是一个很好的朋友，很好的伙伴。有空的时候，很喜欢和他来这里骑车。我们是很好的邻居，关系很好。有时候我们会相互到对方的家里坐坐，有时候也会一起到餐馆里面吃饭，喝点小酒。我很高兴，他也喜欢开摩托车，这是我们的共同爱好。然后可以和我们一起骑车 。他是一个很可爱，很好相处的人。"

全家人能一起吃饭不是经常有的

唯一令马库斯遗憾的是当他跟朋友骑摩托车到山里兜风的时候，妻子不能同行。马库斯的摩托车阿娜丽丝总共坐过两次，第一次和最后一次。马库斯说摩托车在山路上行驶会左摆一下右摆一下，阿娜丽

上图：徒步者在休息

丝有些害怕。不管是开汽车还是摩托车，她都不喜欢这种感觉。

不过，马库斯还是在妻子与摩托车之间做出了平衡，如果轮休遇上与妻子一起休息，他就不会去骑摩托，而是做太太的“全陪”，一起去骑自行车。对马库斯来讲骑自行车要比摩托车的感觉差远了，但他一样很喜欢，很享受跟妻子在一起的过程。在这一点上，不知道马库斯所说的不要对生活奢望太多是不是可以理解为随遇而安，知足常乐。

马库斯的小儿子安迪今年23岁，他在伯尔尼附近工作，也不住在家里，只有在周末的时候才回家来看看。这个周末安迪要回来吃饭，马库斯和太太也恰巧休息，这是一家人难得聚在一起的时候。一家人要一起吃顿他们最喜欢的中国火锅来热闹一下。在遥远的瑞士山区里竟然有中国火锅，看来中国美食文化的影响力真是名不虚传。

下午，马库斯开着车和妻子去超市购买吃火锅的材料。坐在副驾驶上的阿娜丽丝开玩笑地说：“他开邮政车会比开这种小车开得好。”说完自己哈哈大笑起来，马库斯没有说什么，只是咧着嘴憨厚地笑了笑，

对于妻子的说法不置可否。

傍晚的时候，安迪回来了。跟妈妈、爸爸和哥哥一个一个拥抱过去，气氛顿时活跃起来。瑞士人的这种拥抱让人感觉很好，他可以消除人与人之间的隔阂，拉近家人的距离。背后轻轻地一拍也透露着体贴与关心。

众人期待的中国式火锅终于隆重登场了。这个瑞士的中国式火锅看起来与中国火锅还有几分相像，只不过小了很多，下面烧的是酒精块也不是我们喜欢的木炭。火锅周边放了一碟一碟不同口味的调料，每个人可以根据自己的喜好来调。马库斯一家吃的也是羊肉，一片一片的，比我们的涮羊肉要厚一些。吃的时候，每人一个叉子，把羊肉插在叉子上然后放在锅里煮。尽管正宗中国火锅在这里已经被瑞士人改良，但中国

火锅的一大功能在这里并没有丧失，那就是团团圆圆，其乐融融。马库斯说："全家人能一起吃饭不是经常有的，因为有时候周末还要工作，很少能一家人一起吃饭。因此能全家人都聚一起，我很开心。我很享受一家人聚一起的时候，在家里，在饭桌上一起吃饭，在家里多好啊！我们可以很经松地聊聊天。"

夜色渐浓，山谷远处的晚霞慢慢褪色，直到黑夜统治了迈林根。点点灯火在狭长的山谷中若隐若现，其中有一盏一定是马库斯家的。你可以想象他们一家人围着火锅团团坐，吃着涮羊肉，喝着葡萄酒，说着生活中的趣事，讨论着下一个出游计划，想象着未来的美好生活……

这种生活离我们很遥远吗？也许不。只要我们摆好心态，不要对生活奢望太多，这样的幸福也许就在我们身边，只不过它可能会以另外一种形式出现。今年51岁的马库斯是迈林根资历最老的邮政巴士司机。现在的他对生活依然并不奢望太多，他只是希望金融危机不要对公司影响太大，如果经济状况允许就可以提前退休了。

左图：阿尔卑斯民居　右图：马库斯一家人的晚餐（摄影：薄义群）

04

幸福是生活在现实中

热内·舒尔德

Ren é Schuldel

厨 师

你不能总是幻想未来，

为未来而活是很困难的一件事，要花很大的力气。

我活在现实中，这很重要。

活在现实中，知道自己能做什么，不能做什么，

这也很重要。

他比电视里还帅

7月底的因特拉肯已经初显凉意，早晚出门都要穿上一件厚外套。凌晨7点半，睡眼惺忪的我已经坐在车上向温特图尔出发了，我的采访对象热内正在那里参加一个新闻发布会。因为前一天晚上工作到凌晨一点多，所以整个路上的两个多小时我都哈欠连天。寻找幸福的过程是痛苦的。此时对于我最大的幸福莫过于甜甜地睡上一觉了。

与我在阿尔卑斯山区采访的十几位人物不同，热内是瑞士的一位明星人物，是瑞士年轻人中的代表，估计如果在中国他很有可能会被推选为“杰青”。热内的导演玛蒂对他这样评价：“其实在瑞士年轻一代

上图：热内在做菜

中，有很多人的生活都像热内一样。但他特别在于，他有自己的信念，然后付诸行动。即使有过失败，他也不会放弃。我认为，这是一种自信。也许是出于好奇心，能让他继续坚持他的目标。在这一点上，我认为他是特别的，因为不是每个人都这样。”这样听起来这位明星确实有些与众不同，让我好奇的是这样一位为了自己的目标永不言败的年轻人的生活跟普通人有什么不同吗？戴着明星的光环生活在镁光灯下，他幸福吗？

上午10点多当我赶到温特图尔的时候，热内早已在紧张地工作了。“再往后一点，好，这个姿势好。再往左一点，好，好，就这样。”摄影师不停地跟热内交流着。镜头对面，热内穿着牛仔裤，紫色T恤衫，时而趴在成排的购物车上，时而俯身，尽可能地按照摄影师的要求摆着各种pose，脸上还要适时地配上“会心”的微笑。从6点半起床到上午9点多，热内还没有时间休息，他必须在超市开门营业之前拍完平面照。估计一上午下来热内的面部肌肉一定是僵硬的。

今天是忙碌的一天，而对于这样的忙碌他已经习以为常了。在拍摄间隙，热内匆匆跟我打了声招呼：“我每天都会工作16小时，这是很平常的，今天只是其中一天而已。对不起，我得走了。”

热内在给一家超市做形象代言。他的出现引起了当地媒体的关注，一些粉丝不失时机地索要签名。当热内要离开超市的时候被一群女孩子围住了。有一位还是超市的员工，她激动地对我说：“我非常喜欢他的节目，但是第一次见到他的真人，比电视里还帅。他的节目太棒了，太幸运了。”

热内今年只有32岁，但在瑞士已经小有名气。光头、黑框眼镜、灰色厨师服，再加上一件齐膝的围裙，一个招牌微笑，这就是瑞士电视节目中的一位新星：热内·舒尔德，一个像英国的杰米·奥利佛一样让人喜欢的明星厨师。

“疯狂”的厨房

让热内在瑞士迅速窜红的电视节目叫“疯狂厨房俱乐部”。在节目中热内既是厨师又是主持人。

“疯狂厨房俱乐部”的导演玛蒂介绍说这个节目顾名思义主要分为三部分：疯狂（Funky）、厨房（Kitchen）和俱乐部（Club）。第一部分是疯狂，热内要去他的菜园包括整个阿尔卑斯山区搜寻做菜需要的基本食材，邀请提供食材的农民上节目。农民和食材是节目的主角，食材可以是土豆、草莓，例如热内去找种香草的农民，农民和香草就是节目的主角。然后下午会回到厨房，和农民一起列出配方，这是节目的第二部分。农民也可以从热内身上学到东西，在厨房，热内会向他展示一种有趣、全新的烹饪方法。第三部分，在晚上，大家可以在餐厅品尝新菜，吃新鲜的材料，这就是club的部分。

由于节目形式新颖，“疯狂厨房俱乐部”一经推出就受到了观众的欢迎。它的最大特点是热内把厨房搬到了山上，搬到了农民家中。为了寻找做菜的原材料，特别是新鲜的原材料，这一点热内特别在意，他可以想尽各种办法，动用各种资源，说他“疯狂”并不夸张。

为了采摘芦笋，凌晨两点多热内就开着拖拉机出发了。原因是日光照射会让嫩白的芦笋变绿，所以他一定要在天亮之前完成采摘。为了寻找雪地里的野兔肉作为原材料，热内会搭乘直升飞机飞到阿尔卑斯山上寻找雪兔。

热内寻找原材料的菜园已经不仅仅是房前屋后的菜地和超市，而是整个阿尔卑斯地区。他风趣地说瑞士是一个小国，但他却拥有世界上最大的菜园。“我的菜园很大，我很喜欢。它主要是瑞士地区，也可以越过阿尔卑斯山延伸到奥地利和意大利这两个国家。有时开车10分钟我就可以到达，有时要两三个小时，我的菜园很大很大，我想是世界上最大的菜园之一。”

对于食材新鲜的苛责，热内做到了极致，在这一点上他应该是一个完美主义者。通常完美主义者是很难有幸福感的，不知道热内是否会觉得自己幸福?

虽然对食材要求严格，但热内在节目中教观众如何做菜却操作性非常强，他绝不会像某些厨师那样要求，这样要多少克，那样要多少克，

右图：热内的菜单

热内的菜园遍及阿尔卑斯

真不知道那些厨师是怎么想的，难道每个人在厨房里还要准备一个天平不成？“我要保留食材原本的味道，我不会把鱼肉做成鸡肉的味道，而是保留鱼肉的味道。”热内的话听起来有点像废话，但他想说的也许是尽量保持原汁原味，不要喧宾夺主，“第二，无论你在什么地方，你都可以按照我的菜谱做菜。我用杯子、手指等日常的东西度量，只要你有一个杯子和勺子，你就可以按照我的菜谱做菜，还有刀”。

“我经常说烹饪不是一场竞赛，而是一种激情。”镜头前的热内永远侃侃而谈，活力四射，他说烹饪需要有一种激情，而且要敢于尝试，“我就叫他们尝试，前两次会失败，但第三次成功会感到快乐。我要大家回归根本，无论在中国还是美国、西班牙，使用当地新鲜、时令的食材。”

上图：热内在超市录节目（摄影：薄义群）

节目导演玛蒂说“疯狂厨房俱乐部”的诞生也是出于偶然。最初她把热内的一些烹饪秘诀登在报纸上，后来她们制作了一个视频放到网上，没想到反响非常好，于是后来就有了这个节目。玛蒂说这个节目让热内成了名人，而热内也让节目拥有了生命。“毫无疑问，他是非常成功的。我认为他的成功除了他精湛的厨艺以外，还有就是人们喜欢看他的节目，想要认识他，想要来这里见他。他和人们的关系很密切，人缘很好，这是人们喜欢他的一点，也是他成功的地方。很多电视台或者杂志都去采访他。”

热内成了瑞士的名人，成了公众关注的对象，但热内并不喜欢明星的称谓，他说自己是一个活在现实中的人，餐馆的工作才是他的主要收入来源：“瑞士并不是很大，我不喜欢明星的称谓。我生活在因特拉肯，做自己的工作。当你生活在一个地方，人们会用一种平常的方式看你；但当你到了大城市，其他人就会认出你，那是不一样的你。我的意思是，在这里，我可以有自己的餐馆，我可以安静地工作。我的工作是主厨，而不是电影明星，这一点对我来说很重要。”

褪去明星的光环，镜头背后热内的生活是什么样的？活在现实中的他又如何像普通人一样生活呢？

国际化的餐厅

这是一个略显阴沉的早上，天上偶尔飘着雨滴，我很早就来到了伯纳库斯餐厅。餐厅外面的广场还很安静。侍者端过一杯咖啡，我坐在餐厅外面的长条桌旁，一边看着天空的阴晴变化，一边想象着一个个安静的窗户后面的幸福生活。伯纳库斯餐厅对面是家花店，一盆盆吊蓝花在稍纵即逝的阳光中显得格外骄艳。广场旁边的公寓楼上突然一扇窗被推开了，一位银发老婆婆探头看了看外面的世界，瞬而消失在房间的阴暗中。

热内现在是因特拉肯伯纳库斯餐厅的主厨。在生活中，热内看不出是一个明星，他经常第一个回到餐厅，准备当天的食谱。早上9点是餐厅的例会时间，厨师、服务员和热内坐在沙发上讨论着当天的菜单，热内也会做一些工作安排。他们的例会与中国一些饭店的例会有很大不同，就像几个朋友在随便聊天，气氛轻松，而在中国，一般服务员会一字排开，整齐划一，领班或经理在前面发号施令。热内还是很忙碌，不时有电话打进来。看着他团团转的样子，我在想对于像热内这样整天忙碌的人，不知道突然让他停下来他会不会不适应。

热内经营餐馆的最大特色是每天的菜单都是不同的，食材也会根据不同的季节而变化。开完例会，热内又忙着去买菜了。“我要去我的农户那里，就是生产者那里，我去他们那里收集基本的食材来做我的菜。今天我要去鱼肉市场，专买这些肉的食材的，我们会去那里。那里有来自全世界各地的新鲜的鱼，还有当地的。”

在现实生活中，热内经常自己开着车亲自去挑选、购买做菜的原材料。他把在电视节目中疯狂寻找食材的激情也用到了餐厅的经营上，或者说电视节目所展现的“疯狂”只是他日常生活的一部分。

这家鱼肉市场离热内的餐厅只有五分多钟的车程。这里并不像广州的水产品批发市场那样卖活鱼，而是全部的冰鲜，来自世界各地。这里的老板跟热内相识多年，彼此都很了解，他领着热内到冷库去挑选三文鱼。不愧是明星厨师，热内在挑鱼的方法上也是自有一套。他说首先要闻一下气味，然后你按一下，那些肉是不会扁下去的，这就是新鲜的。对他来说，最重要的就是气味，现在他已经到了只要闻一下就知道新不新鲜的地步。

一回到餐馆，热内就穿上围裙，忙碌起来，他一天的工作就这样开始了。因为有一个主厨请假，只有三位厨师的厨房里变得更加忙碌。挑鱼刺，做色拉，调汤料，这些都要热内亲自动手。热内边挑鱼刺边跟我开玩笑说：“我不喜欢这个工作，现在，我的幸福指数就只有6分。”

厨房外，服务员也在忙碌着。伯那库斯餐厅在法国女服务员高频率的高根鞋踢踏中高速运转着。热内性格外向，健谈，跟同事在一起也时常开玩笑。大家的关系非常融洽，看不出是领导和下属的关系。

热内的餐厅是国际化的，其他两位厨师一个是印度人，他跟热内在一起工作已经8年了；一个是奥地利人，他跟热内工作了4年；两位服务员，一位是法国姑娘，一位是当地小伙子。热内说：“我的团队都是和我一起工作很长时间了，这对我来说很重要。无论在任何地方，有一个好的团队一起工作都是很重要的。有好的团队，你的品牌就会好。”

虽然来自不同国度，但大家对热内的行事风格却非常欣赏。在这里，热内是一位手艺出众的主厨和好搭档，而不是电视明星。这位印度厨师看上去憨厚老实，四五十岁的年纪，他

上图：夜色中的伯纳库斯餐厅

说：“一个人在自己工作的地方，就是要工作得开心。在这里，我们是一个团队一起工作，每个人都很开心。你知道，团队工作是很开心的，工作地点也很好。在这里不像其他地方，我是老板或他是老板，等级严格，但在这里，每个人都是一起工作。”

“我是老板。”这时热内过来插嘴道，他还开玩笑地对这位印度厨师说：“你知道该怎么说的，是不是？”看得出热内跟大家相处得很融洽，工作结束以后，他们也会一起清洁，一起收拾，一起享受这种氛围。

“他是一个很热情的人。生活中很小的事情都可以让他像一个孩子一样快乐，周围的人都会被他的这种性格所感染。”热内的导演玛蒂对他的评价从大家的谈话中也得到了印证，“他经常笑，在他身上，总会发生一些有趣的事情。他总是很乐观积极地去面对问题，而这种态度会

起到很大的作用。”

热内是一个忙碌的人，甚至很少有时间坐下来安静地接受我的采访，我们的聊天大多是见缝插针的只言片语。热内是一个乐观的人，这种乐观也让他的忙碌带上了一点幸福的感觉。我问他给自己现在的生活打几分，他笑着说给8分吧，他不会给满分，因为在未来的10年也许他会更快乐。

学厨不代表你就能成为一个好厨师

在电视节目中，热内会教人们如何做菜，在他的鼓励下似乎人人都可以成为一个好厨师。但是在自己的厨房里，热内却对一个好厨师有着自己的哲学思考。他认为：“你学厨不代表你就能成为一个好厨师。你要学习如何成为主厨，你要学习和服务员的关系，学经济原理，还要掌握烹饪时候的力度等等，但这并不代表你就是一个好厨师。一个好厨师

要周游各地，要开放思想，要尊重食物和同事，要量力而为，不强求。"

热内的观点听起来有一定道理。与他的年龄相比，热内对事物的认识显得成熟而有深度。在这里工作的人学到的不仅仅是热内的厨艺，还有他的为人处事之道。"他是一个很好的人，他还年轻，但他没有三心二意，他就只是走（烹饪）这个方向，他乐于接受新的想法。"个子瘦高的奥地利厨师这样对我说，"我很喜欢他。对我来说，他是一个好老板"。

随着热内走红，伯那库斯餐厅的知名度也越来越高，这里的几位厨师都曾跟着热内上过电视，做过节目，不经意间伯那库斯餐厅成了名副其实的明星餐厅。这里的刀具由一家日本公司赞助，汽车由一家德国公司赞助，能在这里工作已经成了厨师的一份荣誉。究竟什么样的人才能在这里做厨师呢？热内判断一个好厨师的标准又是什么呢？

"有新厨师来我的厨房工作，我看他的刀子，我看他的刀子就知道他是不是一个好厨师。"热内判断一个厨师好坏的标准确实比较独特，他走到厨房拿起那套日本公司赞助的刀具对我说，"如果刀子干净，就表示你喜欢烹饪；如果刀子肮脏，不够锋利，就表示你只把烹饪视为工作，而不是真正喜欢"。

热内转过身，从抽屉里拿出一把比较陈旧的刀，"这把刀我学烹饪的时候就已经用了，后来我成为主厨了，它也从这么宽变成这么宽了，"他用手比划着这把刀如何被他从那么宽用成那么窄的，"这是一把好刀，我很喜欢。这就是我的意思，你知道吗？一把干净的刀就是你在这里看到的这样。这些工具虽然有些不再用了，但还是很干净，会有人保存的。这把刀是15年前的。你要试一下吗？"为了向我证明这把刀确实是出自一位好厨师之手，热内拿起刀在小手臂上刮了起来，尖刀在他手臂的汗毛上噌噌地来回摆动，可惜这些"倔强"的汗毛就是纹丝不动，即便这样热内仍然应对自如，丝毫没有尴尬的感觉，看来他已经成长为一位经验丰富的主持人了，他接着说："这刀已经不再锋利了，因为我很长时间没有用过它了。"话音未落，热内转过身拿起磨刀石哗哗地磨起来，然后又对他手臂上的汗毛发起难来，结果不负所望，"倔强"的汗毛终于告别了生它养它的手臂掉落下来，热内抬起头盯着我说："看，这是一把好刀！"

看着他的表情，我忍住没有笑出来。这就是热内，一个风趣、乐观又有些头脑的明星厨师。

左图：热内在做菜

要享受这个过程

一觉醒来，因特拉肯已经变成了雾都，开车行走在街道上，一团团雾气扑面而来，行走其间，犹如腾云驾雾，好一个人间仙境。太阳在跟雾气搏斗着，阳光在云雾中左冲右突，势图杀出一条路来，云雾在阳光中蒸腾翻滚。云雾终究抵挡不住阳光的攻势，渐渐败下阵来，此时的因特拉肯犹如沐浴在牛奶中，牛奶从少女峰顶倾泄而下，有些地方浓重，有些地方稀薄。从因特拉肯市中心的草坪望过去，少女峰就像刚刚出浴的含羞少女，淡抹浓妆，腰间云雾像玉带一般更显少女峰的阴柔，若隐若现的山脊则不失山峰的阳刚。如果我是画家，我一定会再来因特拉肯，把这一切收进画框。因特拉肯的美是语言难以形容的。热内的家就

在这里。他在因特拉肯出生长大。

因特拉肯，横卧在美丽的少女峰脚下，是瑞士最古老的旅游和疗养胜地之一。“因特拉肯”在拉丁文中是两湖之间的意思，布里恩茨湖和图恩湖像两颗明珠镶嵌在它的两侧。从这里可以远眺艾格峰、僧侣峰和少女峰，静静的阿勒河穿城而过。热内工作的伯纳库斯餐馆就坐落在阿勒河旁边的内街里。

伯纳库斯餐厅的生意一直不错，有常客，也有慕名而来的。在这一点上，热内的明星身份确实对餐厅的生意会有些帮助。中午11点多，有两位60多岁的老人走进餐厅，这是一对姐妹。两位老人各自点了杯白葡萄酒边喝边聊。他们穿着整齐，其中一位还涂了口红和红指甲油，看上去他们的生活应该不错。攀谈中我知道，他们一个住在附近的布里恩茨，一个住在苏黎世。这两位老人以前看过热内的节目，今天经过这里就顺便来品尝一下他的手艺。其中一位银发老人对我说：“这里的食物让我印象深刻，很新鲜，很天然，他的节目也让我很有印象。这里的每一样东西都很棒。餐馆的装饰很简洁，很别具一格，食物从我们身边选材，天然的食材和热内独特、前卫的烹饪手法结合起来，我很喜欢。用一句话表达就是我非常喜欢。”

热内虽然年轻，但他的影响力已经不仅仅是在饮食观念上了，他的人生哲学也在跨越年龄界限，潜移默化地影响着人们。“他做的食物需要慢慢品尝，不能狼吞虎咽，要享受这个过程，用眼睛、舌头和心去感受，这就是他的人生观。”两位老人对热内的观点颇为认同。

上图：阿勒河远眺少女峰（摄影：薄义群） 下图：慕名到热内餐厅吃饭的一对姐妹（摄影：薄义群）

听着老人的诉说，我不禁感慨："是呀，人生的目的究竟是什么？为什么我们就不能停下来享受一下生活呢？"记得美国心理学家本·沙哈尔说过："在前往幸福的路上，我们经常急于要达到终点，忘记了享受过程。以追求幸福的名义，我们会觉得我们需要更多名利才能幸福，于是我们就把我们所有的时间用来变得更加富有和有权势。然而，事实上，这些成就并不能维持幸福。要得到幸福，我们要追求那些对于我们自己而言有意义、又让我们愉快的事情。我们学会在前往一个我们认为非常值得和重要的目的地的同时，享受旅程中的快乐。"

我点了一杯啤酒，坐在餐厅外面，看着人来车往，法国女服务员的高跟鞋依然在高速地撞击着地板。太阳从乌云背后努力地露出脸来，不一会儿又被乌云遮住，小广场沉浸在光影的变奏曲中。服务员撑起外面的大遮阳伞，"砰"地一声，给这首光影变奏曲增加了一个新音符。呷上一口啤酒，咱也慢慢享受一下这个因特拉肯的上午。

在电视节目中教人慢慢享受生活的热内在现实生活中却慢不下来。他说每天自己都要工作16个小时，到深夜才能离开餐厅，自己跟同事在一起的时间比跟女朋友在一起的时间都长。"我现在还年轻，一个人年轻的时候是可以把事情做得更好的。也许到45岁或50岁的时候，我要的就不是现在的东西了。"热内对自己的认识还没有到头脑发热的地步，他谦虚地说自己还不是很有名气，否则就不用像现在这样忙了，所以他还要继续努力，"但对于现在问题不是累不累，而是你必须要去做，前进，去实现。也许明年我就不会再有电视节目了，就会结束了，而你是不会有第二次机会的"。

热内是一个工作狂，绝大部分时间他是在厨房度过的，厨房几乎成了他生活的全部，他要在这里抓住自己的机会，这跟很多人想象的明星生活大相径庭。他如此的忙碌只是为了赚钱吗？金钱能带给他幸福吗？对于这个问题，热内并不避讳，他认为："钱是生活和工作的一部分，钱能带给人快乐，也能使生活更舒适，但是幸福是不能用钱来衡量的。钱可以让生活变得简单，但不是更好。"

热内说忙碌让他觉得充实，工作是让他最快乐的事情。"快乐就是每天早上醒来马上投入工作，而不是想着什么时候工作结束；快乐是可以自由选择自己喜欢做的事情。快乐是对待事物，而不是按照自己的意愿摆布事物，还有尊重也是快乐的一部分，当然还要有健康的身体。我觉得很幸运的就是，现在的我很健康，这让我感到快乐，这也属于拥有自由的一部分。"把工作当成快乐是一种心态，这样才能快乐地工作，既然都是快乐的，我想热内也应该是幸福的吧？！

上图：早晨的因特拉肯（摄影：薄义群）

贡献社会是很大的荣幸

一阵急促的警报声划破了因特拉肯的天空。值班消防队员飞速冲进消防队，换好衣服，跳上消防车，救火车呼啸而去，发生的这一切用了不到三分钟。热内也在其中。除了做厨师，热内的另外一项重要工作是志愿消防队员。

这是一次消防演习。但是热内没有丝毫懈怠，他必须为此放弃手中繁忙的工作。穿上消防服，一板一眼地拿着水枪喷水，热内的动作专业而熟练。

在瑞士，消防队属于民防组织，只有在伯尔尼和苏黎世这样的大城市才有专职消防队员。而在一些小城镇，消防员都是志愿者，他们来自各行各业。热内捧着头盔逐一向我介绍着他的队友："他们有的在社区工作，有的在军队，而他是屠夫，他在少女峰观测站上工作，有很多不同的工作。我们在这里聚在一起，不同的工作却有相同的目标。在业余的时间贡献社会，去救人，这是必须的，我想，这是很大的荣幸。"

这些消防队员来自各行各业，这里也成了热内结交朋友的一个重要场所。跟其他人一样，热内也要参加消防队的正常执班。他的明星身份并没有让大家跟他疏远，相反大家有时还喜欢拿这位明星开开玩笑。

演习结束，热内赶紧换上衣服，开着车回餐馆为晚餐做准备。热内的生活就像一座上满了发条的瑞士钟，准时而又永不停息地转动着，停下来对他来讲似乎已经成了奢望。有人说精神紧张会消弭人的幸福感，但在热内身上好像看不出来。

热内的来去匆匆让我想起了英国人。有一份调查报告显示，近年来英国人变得越来越忧心忡忡，他们担心从恐怖袭击到禽流感等各种生活问题，而金融危机进一步增加了英国人的精神压力。为了把长期处

在紧张和压力下的英国人解救出来，伦敦发起了一个“放慢脚步伦敦”的“慢活节”活动。发起者表示，快节奏的生活使越来越多的人健康状况恶化。“放慢脚步伦敦”不只是一项活动，更是对现代生活的反思，因为“慢节奏生活”的本质并不是懒惰，而是对生活的珍视。而更让我不安的是在那份走路速度排名榜上伦敦是第12位，广州排到了第4位，生活在一个生活节奏如此之快的城市我竟浑然不知。广州是不是也应该效仿伦敦举办一次“慢活节”呢？我举双手和双脚赞成。

我活在现实中，这很重要

因特拉肯是一座为旅游而生的城市。它位于瑞士的心脏地带，湖光山色，环境优美，常年气候温和。从维多利亚时代开始，因特拉肯已经成为那些崇尚自然的人士所倾心的一个城镇了。在这里，风光秀丽的自然景色与人类文明达到了完美的和谐。每年有70万左右的游客从世界各地蜂拥而至，而这里的常住人口只有15000人。

走在因特拉肯的大街上，很多人向热内打招呼。但是冷静的瑞士人并不会因为对明星的盲目崇拜而失去理智。在自己的家乡，过着普通人的生活，这也许正是热内所希望的。“我只做我想做的事情，我也知道我可以做什么，这很重要，你知道。对我来说，重要的是要尊重别人，就好像你站在街灯下面，所有人都会看到你；但当你在街灯旁走过，没有人会看见你，这就是问题所在。你明白我说的话吗？”热内思维敏捷，说话的节奏很快，他喜欢用反问的语气来强调自己的观点。

已经习惯与媒体打交道的热内经常置身于镁光灯下，但他很

左图：伯纳库斯餐厅　右图：热内参加消防演习（摄影：薄义群）

少谈及自己的父母和家人，他说不想家人的生活受到不必要的打扰。对于交往了6年的女友，他把这段感情刺在了自己的脖子上，两个汉字“火”和“忠”是他跟女友的共同选择。热内说：“那时，我和我的女朋友在一起两年了，也是我生意上的一个转折点，我要开自己的餐馆，遇到了很大的资金问题。但我的女朋友一直陪在我身边，支持我。为了纪念我们在一起的两年，我们去做了文身，一个文在了脖子左侧面，一个文在了脖子后面。这个文身代表了我们之间的关系。即使我们的关系不在了，当我们照镜子看到这文身的时候，还会记得，我们曾经有过一段美好的日子。”

热内说今年他和女朋友还要再文上些什么。我问他会选择什么，他说目前还不知道，他开玩笑地说：“可能是FKC（“疯狂厨房俱乐部”

的英文缩写）吧？”

在业余时间，热内喜欢到健身房健身，到河里游泳，他也喜欢带着女朋友到国外度假，住豪华五星级酒店，他说在服务完别人之后，自己也要享受一下别人的服务。他还喜欢玩音乐，这是他曾经的梦想。“我年轻的时候，我是玩音乐的，会给DJ写曲，写乐谱或者编舞曲，我总想成为音乐人，像DJ或者big DJ。我的父亲是个小村子的医生，他说：做事就要学得专业一点。我说：不，我不需要专业，我是玩音乐的。他说：要么就成为明星，要么就成不了明星。我说：我是DJ，专业的DJ。他说：你不用真正专业，只需要懂得如何做得专业一点。”热内边做菜边跟我讲述着那段曾经的梦想。

热内有自己的音乐网站，也曾录制过几张音乐碟，但在父辈看来，玩音乐没有多大出息，也无法养家糊口。于是16岁的热内开始学习烹饪，他在因特拉肯的一家五星级酒店里当过学徒。后来一个偶然的机会，热内喜欢上了烹饪，他的人生道路也因此发生了改变，活在现实中让热内对生活和幸福都有了新的理解。他说：“你不能总是幻想未来，为未来而活是很困难的一件事，要花很大的力气。我活在现实中，这很重要。年轻的时候总会有梦想，但我很快就知道了什么是现实，这对我来说是好事。我活在现实中，这很重要。活在现实中，知道自己能做什么，不能做什么，这也很重要。”

热内家中现在还珍藏着15000张黑胶唱片，这是他年轻时梦想的记忆。虽然没有成为梦想中的著名音乐DJ，但他现在依然喜欢边做菜边听音乐。热内说听着自己喜欢的音乐，做着自己喜欢的工作，这是一种享受。在现实中快乐地活着，这才是幸福。

图：远眺少女峰（摄影：薄义群）

05

幸福是有一份自己喜欢的工作

科里斯蒂安·冯·奥曼

Christian von Allmen

飞行员

幸福就是你早上醒来的时候会有希望，

好好享受这一天。

到了晚上，

所有的问题都过去了，

可以满意地入睡，这对我来说就是幸福。

Jack
Wolfskin

救牛

2009年7月17日下午5:00，喧嚣了一天的劳特布鲁嫩山谷渐渐安静下来。冰川飞行公司（Air Glaciers）的员工大部分人已经下班。突然一阵电话铃声打破了寂静，是求救电话。已经飞了一天的科里斯蒂安马上出发执行救援任务。

助手一边与基地沟通，一边记录下求救地点。科里斯蒂安在GPS上搜索方位。转瞬间，飞机已向阿尔卑斯深处飞去。在茫茫大山中搜索救援对象并非易事，求救者在哪里呢?

飞行了一段时间之后，经验丰富的科里斯蒂安发现半山腰有两名登山者，根据他的判断在傍晚时候他们才爬到一半，很有可能会有问题。于是科里斯蒂安向他们靠近，打手势询问对方是否需要帮助。对方伸出大拇指，这是没有问题的手势。

科里斯蒂安继续寻找打电话的求救者。经过几分钟的飞行，他们终于发现了求救者。山里地面崎岖不平，助手不得不打开舱门帮助科里斯蒂安寻找安全着陆点。终于见到了求救者，但是需要救助的不是他，而是他的一头牛。这个农民说他的牛在山里被闪电击中了，需要紧急救援。在确认完方位之后，科里斯蒂安又驾驶着飞机腾空而起，向山里飞去，救助那头被闪电击中的牛。人们焦急地等待着，科里斯蒂安能行吗?

十几分钟之后，伴随着飞机的轰鸣声，一头牛竟然从远处“飞”了过来。科里斯蒂安熟练地将绳索降低，并准确地将牛停在卡车后尾箱口，地面上的人顺势一推将牛放进了卡车，整个动作一气呵成，熟练而准确。经过高空飞行后，这头牛显然有些惊魂未定。估计它以前从来没有飞起来过的经历。就连我也看得目瞪口呆，以前只是听说过这种事，但看到如此“空中飞牛”还真是有点惊讶，惊讶的是牛还可以用飞机来急救，惊讶的是为了一头牛瑞士人可以花这么大本钱。

转眼间，科里斯蒂安已经架机向基地飞去。他说这次救援他很满意，进行得很快。而每年夏天像这样的救牛事件一般都会有100～120起。

科里斯蒂安是冰川飞行公司的飞行员，也是该公司在劳特布鲁嫩基地的负责人。这是一家商业飞行

上图：时刻待命的直升机

公司，同时也肩负着紧急救援任务。

我喜欢开着飞机穿越高山

劳特布鲁嫩位于阿尔卑斯山谷中，从这里可以远眺少女峰。在德语中，劳特布鲁嫩是泉水众多的意思，因此又得名“瀑布镇”。70多条瀑布在悬崖峭壁间凌空起舞，升腾缥缈。德国诗人歌德还曾写诗赞美它。如此美轮美奂的小镇常住人口只有800人，但是每到夏季，一批批游人就会蜂拥而至。他们来干什么呢?

有人喜欢爬山的宁静；有人喜欢站在悬崖上纵身一跃的刺激；有人喜欢降落伞下的自由翱翔……但是这些都时刻暗藏着危险。冰川飞行公司

负责接听救援电话的工作人员介绍说夏季是旅游高峰也是事故多发期，他说：“多数是爬山途中出现事故，还有低空跳伞。也会有一些交通事故，有些地方路太窄了，车进不去，情况十分危急的时候，我们也要去救援，所以飞行次数很难确定，要是有救援任务，就要改变飞行的行程表，先赶去救援。遇上下雨天气去救援也不一样，那时就会派有经验的飞行员去救援。”

直升机是阿尔卑斯山区最常态的救援和搜寻方式。瑞士政府部门规定公民或游客要求航空救援时，直升机要在15分钟内抵达。因此每到旅游旺季，基地的成员们都更要打醒十二分精神。

每到夏季也是科里斯蒂安最忙的季节，除了救援任务多之外，坐直升机旅游观光和运送建筑材料的定单都会成倍增加。今天天气好，科里斯蒂安从早上8点钟就开始往雪朗峰上运输建筑材料。

在阿尔卑斯山区，很多地区陆地交通工具无法抵达，如果要进行建筑施工，就一定要雇用直升机来运输材料。雪朗峰上的运输完成后，科里斯蒂安马上又飞往另外一个工地。科里斯蒂安的同事说这对他们是很平常的一天。

运输建筑材料占到了冰川飞行公司业务的六成左右，是公司的主要经济来源，也是难度最大的，但科里斯蒂安似乎很享受这个过程，他说：“有趣的是人可以接近自然，体验不同的事物。这是一个让人印象深刻的工作。我喜欢开着飞机穿越高山。”

科里斯蒂安是土生土长的劳特布鲁嫩人，他有点内向，很朴实，一看就知道是那种可以终身托付安稳过日子的好男人。我问他现在幸福吗？他说可以给自己的幸福生活打上9分。

上图：劳特布鲁嫩飞行基地

从厨师到飞行员

成为飞行员是科里斯蒂安小时候的梦想，然而有意思的是他竟差点成了厨师。飞行员和厨师，这是两个完全风马牛不相及的职业，科里斯蒂安又是如何面对如此大的落差的呢?

与中国千军万马过独木桥考大学迥然不同，在瑞士，75%左右的青少年初中毕业后会接受职业培训或是当学徒，真正升入大学的只占10%左右，因为技工有时候比大学生更容易找工作。在这一点上瑞士人是务实的，他们觉得实用的手艺比文凭更重要，科里斯蒂安的父母也是这样想的。

科里斯蒂安从小的梦想是当一名飞行员，然而结束九年基础教育之后，父母却告诫他必须学一门手艺，这样才能养家糊口。因为在当时学开飞机是一件既奢侈，又不切实际的事情，毕业后很难找到工作。“虽然他很聪明，可以把所有的事情都做好，但在这里，还是要生活，所以首先有一份工作是很重要的。有一份工作就是有生活保障。” 科里斯蒂安的母亲坚持说，“虽然会有艰难的时候，但人还是可以做手工艺品使全家人活下来”。

听了科里斯蒂安母亲的说法，我已经不再惊讶。因为在瑞士的采访过程中，我发现持有这种想法的人不在少数，即便是一些年轻父母也不会像中国父母那样强迫子女一定要上大学，他们的原则是尊重子女的选择，重要的是有份工作比上大学重要。有意思的是即便在这个不崇尚上大学的国度，其金融业、精密仪器制造依然领先全球。在这一点上我想不仅我们中国的家长需要反醒，我们的教育理念和体制同样需要反思。

父母的决定让科里斯蒂安的梦想变得更加遥远，他还能坚持走自己的路吗?

科里斯蒂安家族在劳特布鲁嫩开了一家酒店，到他已经是第四代传人了。酒店位于半山腰，从这里可以眺望劳特布鲁嫩峡谷、整个小镇和远处的少女峰。见到科里斯蒂安的母亲时她正在厨房交待服务员准备晚上的自助蔬菜色拉，看上去这是一个很能干的女人。科里斯蒂安的父亲跟他有点像，有点内向，又略显腼腆。他们说不后悔让科里斯蒂安去学厨师，他们也很尊重孩子的选择。

按照瑞士人的习惯，家业一般传给长子。经过一番思想斗争后，年轻的科里斯蒂安决定承担起这份责任。他说：“我很清楚，我的弟弟不想接管酒店，因此必须由我来做。酒店已经是好几代人的经营成果了，我必须继续经营下去。”

右图：科斯斯蒂安与小儿子利奥

EQUIPAGE
EIDER

科里斯蒂安拥有着山里人特有的憨厚，肩上的责任感让他放弃了坚持。但是他并没有完全放弃自己的梦想。1988年，在学了三年厨师之后，他来到了加拿大，一边做厨师打工挣钱，一边学习飞机驾驶。在祖父的资助下，他最终考取了飞行驾照。学费是昂贵的，总共要45万瑞士法郎，一半是科里斯蒂安自己打工挣的，一半是祖父借给他的，后来祖父也没有让他还。

后来情况也发生了变化，科里斯蒂安的弟弟最终接管了酒店，而他则如愿以偿地成了一名飞行员。现在科里斯蒂安的父母会抽时间协助弟弟来打理酒店。为了家族生意而费心费神了一辈子的两位老人如今对幸福的理解也变得简单。“对现在拥有的一切感到满意，要身体健康。每天会因为生活中的小事而感到开心，”科里斯蒂安的母亲向我诉说着自己的幸福观，“不要梦想去达到自己不能到达的目标，这对我来说就是幸福。”科里斯蒂安的父亲补充道：“能够每天都有健康的身体，可以享受每天的好天气和美丽的大自然，这就是幸福。”

他晚上能早点回家，我就很高兴了

科里斯蒂安的家就在酒店后面，他们一家人住在最上层，一楼和二楼用来做酒店的客房。在瑞士买地很贵，科里斯蒂安的父母就把这块地给了他盖房子。我来到的时候，科里斯蒂安的小儿子利奥正在门前玩，小家伙只有一岁半，他拿着一架飞机模型，嘴里一边吐着泡泡一边发出突突的声音向我冲过来，好像是在模仿科里斯蒂安开飞机，后来被奶奶给拽住了。过了一会，科里斯蒂安的妻子苏姗也回来了。

上图：很多人喜欢到劳特布鲁嫩旅游

苏姗是位护士，她不用每天上班，只有当患者有需要，她才去患者家里照看病人。这是个典型的男主外女主内的家庭。因为科里斯蒂安工作太忙，所以家里的事情、照顾孩子基本都由苏姗来负责。苏姗说："我很享受我们一家人在一起的时光。我也学会了怎样和孩子们度过每一天，怎样和他们相处。我很享受和他们一起做事的那种气氛。"

时值中午，苏姗在厨房里做起了午饭。两个年龄大一点的儿子一个帮着铺桌布，一个帮着拿碗盘。小利奥继续沉浸在自己的游戏里。

科里斯蒂安的公司离家只有五分钟的车程，但因为工作太忙，他只

能跟同事在公司随便吃一点。苏姗和孩子们似乎已经习惯了科里斯蒂安不在家的午餐。“我已经习以为常了。有时候，他的飞行计划会突然改变，他就必须在另一个地方吃饭了。”苏姗一边吃饭一边说，“他有时候差不多12点才打电话回来说，不回来吃饭了。有时甚至是下午两三点打电话回来说要回家吃点东西。对于这些情况我都要灵活处理”。

吃了一个香肠热狗，科里斯蒂安又搭载游客到山上观光了。这是一年中最忙的季节，坐飞机观光和跳伞的人特别多。科里斯蒂安要带游客游览少女峰，并在欧洲最大的冰川阿莱奇冰川上让游客下来亲身感受大

上图：劳特布鲁嫩最漂亮的游泳池（摄影：薄义群）

自然的壮美。

一个小时的时间里，科里斯蒂安已经飞了三趟，这种精神高度集中、高强度的工作真不是每个人都能做的，因此这里的飞行员每天最多只能飞7个小时，而且连续飞行的天数越多，休假的时间也越长。很多游客走下飞机都还难掩兴奋，他们当然不知道科里斯蒂安有多辛苦。“他是一个很好的飞行员。他很专业，他介绍了这里的山，这里的湖，还有这里的冰川。这样很好。他就在冰川的上方飞行，很低。他降落在冰川上，我们可以走出去，看美丽的风景。但我们只穿了一件外套，外

面的确很冷，在冰川上。”一家来自瑞士本国的游客走下飞机笑着对我说，他们对科里斯蒂安的评价还是蛮高的。

做自己喜欢的工作，能够给别人带去快乐，这正是科里斯蒂安所希望的。“因为我的工作可以给别人带来快乐，我就会快乐。我的家庭，我的工作也给我带来幸福。给别人带去快乐，我也会感到幸福。”

科里斯蒂安忙着在天上飞来飞去。午睡过后，苏姗带着三个儿子去游泳了。小利奥坐在童车里不停地四处张望着。游泳池离科里斯蒂安的家走路只要10分钟。据说这是世界上最美的游泳池。游泳池不大，分深池和浅池两部分，旁边是郁郁葱葱的山峰，远处是冰雪覆盖的少女峰。边游泳边欣赏大自然的美景，这确实是种享受。苏姗帮小利奥脱下纸尿

布，胳膊系上小救生圈，自己兴奋地在浅水池里玩起来。老大和老二早已跟小伙伴们在深池里玩起了翻跟头跳水。苏姗坐在远处一边跟人聊天一边看着小利奥，小家伙在游泳池里爬上爬下，虽然笨拙，但他最后都能成功上岸，成功下水。见此情景我不由得想起了一些中国父母的育儿之道，小孩坐木马，妈妈要抱上去，小孩光着脚在地上走两步，妈妈赶紧跑过去把鞋穿上，类似这样的例子不胜枚举。再看看利奥丝毫享受不到这种“无微不至的关怀”，但是他的动手能力和活动能力明显比较强。

下午6点钟，科里斯蒂安终于结束了一天的飞行任务，但他还有其他工作要做，还不能马上回家。科里斯蒂安曾先后在五家航空公司工作过，今年初才来到冰川飞行公司，并担任了劳特布鲁嫩基地的负责人，工作比以前多了很多，回到家里有时已经很晚了，还好他有一个通情达理的妻子。“我想，他晚上能早点回家，我就很高兴了。”苏姗没有抱怨，反而很珍惜现在的一切，她平静地说：“在晚上，我们才有家庭生活。这样就可以让我高兴了。”

在中国有句话：每一个成功男人的背后都有个女人。我发现在我采访的这些人中也大都类似。看来每一个幸福的背后都是需要一个和睦快乐的家庭、夫妻双方的理解和尊重来作为依靠的。

照顾山羊让他知道什么是责任

难得休息一天，孩子们总会围着爸爸转。在后山，科里斯蒂安养了两头网络上很流行的草泥马，学名叫美洲驼。平时主要由老二西蒙来照料，因为他特别喜欢动物。科里斯蒂安还给西蒙买了山羊，培养孩子的责任感。“二儿子喜欢动物，所以我们养了山羊。在照顾山羊的同时，让他知道什么是责任，在未来这也是他要学的。”科里斯蒂安一边喂草泥马，一边跟我说：“早上要去挤羊奶，晚上也一样。夏天还要去割草，让它们有足够的食物过冬。”

到了夏季，西蒙的羊被赶到高山上去放养了，所以西蒙就将全部的精力放在了照看爸爸的两头草泥马上。不过谈起自己的羊，西蒙可是相当骄傲。他说：“早上5点半去挤奶，然后放羊。到了6点以后就把

上图：科里斯蒂安一家人

劳特布鲁嫩

它们赶回来，然后它们一天都呆在羊圈里。到晚上6点半，再去挤一次奶。到了2月份，羊就会生小孩，我会给那些小羊喂奶。”

科里斯蒂安有三个儿子。利奥是最小的，只有一岁半。老大和老二都有自己独特的爱好。而科里斯蒂安也让孩子们的爱好和兴趣得到了充分发展。大儿子喜欢飞机，房间里摆满了各种飞机模型和图纸；二儿子喜欢动物，科里斯蒂安不仅给他买了山羊，还送给了他一屋子的木雕牛。在对待孩子的教育上，科里斯蒂安给了他们更多的自由和尊重。

“要是他们想要上大学，我们会支持他们，或者他们想找一份平凡的工作也可以。”科里斯蒂安说：“重要的是，他们做的是自己喜欢做的事情。如果他们喜欢学厨，能够自己找到资助，我也会很满意。”但是作为母亲，苏姗还是希望将来有一个儿子能留在身边：“我们觉得，他们离开这里也是好的，因为有机会可以去看看外面的世界。但是我认为，在高山上，在瑞士生活是很多彩的。最好是，他们三个能有一个留在劳特布鲁嫩。但这也只是我的想法，我不能要求他们要这么做。”

虽然年纪不大，科里斯蒂安的两个大儿子已经很独立。老二西蒙不仅自己照看山羊，在山上帮农民挤牛奶，清理牛棚，还帮着卖奶酪。大儿子今年12岁，正在放暑假。科里斯蒂安决定把他送到一个朋友在山上开的家庭旅馆帮忙。

因为坚持自己的路，科里斯蒂安把自己的爱好变成了职业，拥有了一份自己喜欢的工作，他在实现自己梦想的同时，也找到了幸福。对于孩子的将来，他希望他们能像自己一样走自己的路：“我会建议他做自己喜欢做的事情，他想要怎样的生活，就会有怎样的生活。不要左顾右盼，自己的路也是一条康庄大道。”

只有钱是不会幸福的

清晨的劳特布鲁嫩别有一番风味。这是一个云雾的世界，汇集了山上雪水的小河奔涌而下，哗哗作响，河面上薄雾升腾，就像一条白色丝带随着河流在山谷中尽情地伸展开去。山上云蒸霞蔚，太阳时隐时现，偶尔也会给厚重的云团镶上一抹亮色。这是一幅漂亮的山水画，其中的瞬间奥妙变化恐怕最高超的画家也难以捕捉。

顺着河谷向上游走去，一阵阵刺耳的电锯声不时从山脚传出来。只见科里斯蒂安带着头盔，穿着工装连体裤，手里拿着电锯在一堆原木上挥舞着。西蒙手里拿着一把量尺熟练地帮着科里斯蒂安丈量着长度。父子二人默契配合，转眼之间一堆烧柴已经装满了一辆陈旧的平板车。

这是科里斯蒂安最喜欢的一项运动。

家里和酒店冬天取暖用的木柴基本上都是科里斯蒂安一个人砍下来的，有时候一天要砍几车木柴回家。不管城市化程度有多高，离大自然有多远，瑞士人骨子里还是山民，科里斯蒂安也许就是这样的人。

经过一天的劳累，科里斯蒂安喜欢回到家坐在阳台上和苏姗一起喝杯红酒。这一刻也许是科里斯蒂安与苏姗最轻松最享受的时候。虽然因为工作的原因，科里斯蒂安呆在家里的时间并不多，但苏姗仍然全身心地支持着丈夫热爱的事业。科里斯蒂安说：“她已经习惯了。我把大部分的时间都放在工作上，把家庭放在了一旁。有时候早上有任务，就必须马上走了。我必须要去赚钱。你知道我要养羊，还要付钱给银行，还要养小孩。”

科里斯蒂安说起话来很实际，但他认为只有钱并不能带来幸福：“金钱可以让生活更加安稳，更加舒适。但仅有钱是不能带来幸福的。通过工作来赚取生活所需要的钱，这是必须的，但如果只有钱，是不会幸福的。”

与大城市相比，如今科里斯蒂安更喜欢家乡的生活，熟悉的山，熟悉的水，熟悉的人，还有喜欢的工作，这些都让他感到幸福。“村里的大部分人都认识，人们称呼你的名字。我曾经在大城市生活过一年，虽然和邻居经常碰面，却不知道他们的名字。”我和科里蒂安坐在他家阳台上聊起来，“而这里的人都认识，知道每个人在做什么，就像住在同一个房子里，每个人都保持友好关系。这样的生活，简单的生活，让我感到幸福”。

上图：草泥马在山上吃草（摄影：薄义群）

06

幸福是做自己喜欢的事

菲利科斯·塞勒 和 苏姗·塞勒

Felix Seiler and Susanne Seiler

少女峰观测站管理员

我认为幸福就是有做自己喜欢的事情的自由。

幸福对我来说，就是我们两个可以一起做同样的事情。

要是我们两个都幸福，就是双倍的幸福了。

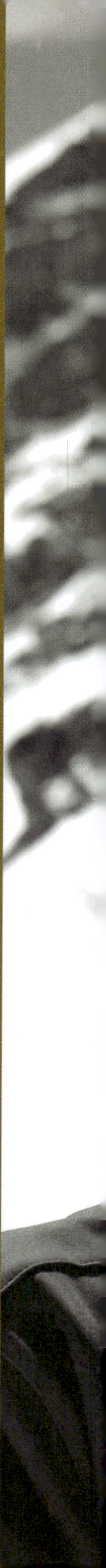

户外运动的崇尚者

与绝大多数瑞士人比较起来，菲利科斯和苏姗算是知识分子，当然我个人认为瑞士人的整体素质在全世界都是名列前茅的，尽管他们中绝大部分没有接受过大学教育。他们两人都曾在世界五百强企业中工作过，从工资收入、社会地位、工作环境来看，不算是“金领”，至少也是我们所说的“白领”了。但是他们却为了寻找自己的幸福放弃了这一切，做着一份让很多人都会觉得无聊的工作。他们为什么会做出这样的决定呢？

7月中旬的沃伦湖（Wohlensee），秋高气爽，空气怡人。昨天晚上刚下过雨，湖水显得有些混浊，看上去有点脏，但这绝不是污染。前两年有机会到瑞士采访有关莱茵河环境保护的话题，也看到过类似的河水，当时陪同我们的瑞士国家形象委员会的卡特琳娜小姐一再跟我们强调这是雨水夹带的泥沙，不是污染，鉴于瑞士人对环保的重视程度，对这个说法我并不怀疑。以后每每在瑞士看到这样的河水，我都会充当起义务讲解员告诉人们这是大自然的产物，非污染也。看来能够取得别人的信任也是一种幸福。

按照约定，我在沃伦湖边的一家划艇俱乐部外等着菲利科斯夫妇。下午3点钟，一辆银灰色的小汽车驶过来，车轮在石子路上发出咯吱咯吱的声音。车门打开，夫妇二人走下车来。菲利科斯·塞勒，一身划船的紧身衣，个子瘦高，皮肤黝黑，但很结实，肌肉不时从手臂和前胸鼓出来；苏姗·塞勒，菲利科斯的妻子，也是一身短打，脚蹬运动鞋，皮肤被晒成了炭色，这是欧洲人为之骄傲的肤色。一看就知道他们是户外运动的崇尚者。

瑞士是户外运动的天堂，这里湖光山色，风景秀美。在这里你可以玩高空跳伞，也可以体验惊险刺激的低空跳伞，在阿尔卑斯山上穿上滑雪橇驰骋在银色的世界里，抑或骑着自行车与家人享受浪漫与温馨，也可以徒步行走在壮丽的山峰、幽静的峡谷，路上的每一步本身就是目的

左图：直升飞机载游客游览少女锋（摄影：薄义群）

地，让你感受着幸福、满足和愉悦。这也让我明白了为什么瑞士人家里的房间可以很大，电脑可以很大，汽车可以有两辆，但偏偏就是电视机小得可怜，他们宁可把时间花在山间路上，也不愿被一个小“方盒子”牵着鼻子走。如此钟情于户外运动的瑞士人幸福吗？菲利科斯夫妇的大胆决定会让他们幸福吗？

菲利科斯喜欢划船，在优美的沃伦湖上披波斩浪对他来讲是一种放松和调节。“划船是一个很好的平衡运动，不仅仅是脚部的锻炼，还有上身的锻炼，我很喜欢这个运动。”菲利科斯戴着一幅反光极强的太阳眼镜，看不到他说话时的眼神，但我能感觉到他的那种满足感，“我和船是一个统一体，我已经和船结合起来了。我在湖面上划行，这使我的思维得到休息。这是一个在夏天和水或者在冬天和强风的思维游戏。对我来说，这是一个纯净的、完完全全的休息和放松”。

船桨拍打着水面，菲利科斯和划船俱乐部的同伴向远处划去，继续

上图：菲利科斯夫妇　右图：阿尔卑斯山区（摄影：薄义群）

着他的思维游戏。

苏姗喜欢跑步，而且经常与丈夫形影不离。一个人在湖上扬波，一个人在湖边慢跑。偶尔相遇时还挥手致意。看到此情此景，白居易《长恨歌》所描述的“在天愿作比翼鸟，在地愿为连理枝”的情景立刻浮现在了我的脑海中。这种相栖相宿难道不是幸福吗？人生苦短，辟如朝露，是“相呴以湿、相濡以沫”值得珍惜，还是“不如相忘于江湖”境界更高呢？

正当我的思绪在沃伦湖上漫无边际地飞舞之时，一阵悠扬的颇具特色的演唱声吸引了我的注意。这是瑞士传统民间艺术约德尔。一位着装鲜艳，穿着超短裙，戴着圆形墨镜，年纪约四五十岁的女士正在湖边树影下自拉自唱。后来聊天才知道，她叫Christine Lauterburg，是瑞士比较有名气的约德尔演唱家。只见她不时变换着乐器，一会儿是小提琴，一会儿是瑞士传统的非常小的手风琴，时而引吭，时而抚弦，完全忘却了他人的存在，她在享受一个人的艺术世界。人们都说瑞士人内敛、含蓄，好像也不尽然。在约德尔的低吟浅唱声中，菲利科斯夫妇二人的恩爱缠绵无形中为美丽的沃伦湖平添了一份诗意。

这两周是菲利科斯和苏姗在山下休息的时间。他们必须利用这两周时间在低海拔地区把身

体恢复好，保持最佳状态，这是他们那份特殊工作的需要。

苏姗说她一般每周跑步三次，锻炼身体，这是必须的，因为这样可以感受到自己的身体。她还喜欢参加马拉松比赛，而且一年要跑上两三次，看着苏姗那略显娇小的身体还真有点难以置信。她说那是定期的锻炼。菲利科斯也会经常划船，如今他已经当上了教练，自己锻炼的同时还可以教教别人。“我会给初学者在沃伦湖上划船课，看到他们进步也是一件很开心的事。他们一开始来的时候，对划船一窍不通，练习两三次以后，就可以自己控制船了，练习8到10次以后，他们就可以划船了。我看着他们进步，感觉也会很好。”

我们三个人坐在湖边聊天，一聊到他们的兴趣爱好，两个人的表情立刻变得生动起来，在兴奋的背后我感受到了他们一起进行户外运动的快乐，如果快乐可以作为幸福的一种表述的话，那么他们应该是幸福的。

五种语言爱的表达

素有“熊城”之称的伯尔尼是瑞士

下图：菲利科斯的家（摄影：薄义群）　上图：菲利科斯夫妇在花园里（摄影：薄义群）

首都，爱因斯坦曾在这里提出了著名的狭义相对论。菲利科斯夫妇的家也在这座惬意的古城里。

这是一栋公寓楼，坐落在山谷旦。菲利科斯的家在三楼，面积不大，装修简洁实用，有点“小资情调”。房间采光很好，两侧全都是落地窗式的推拉门。外面的露台也相当宽敞，苏姗在这里种了一些花和树。

从沃伦湖开车回到菲利科斯家只要十几分钟。这两周是菲利科斯和苏姗休息的时间，除了锻炼身体，他们还要干些家务，整理房间。露台上苏姗在给花浇水，这是一个简单的工作，但是他们的集水槽却颇有创意和环保。水槽上方有一根水管，水管直接与屋顶的集水槽相连，也就是说浇花的水完全是雨水，根本不用浪费自来水，虽然瑞士素有“欧洲

水库”之称，其国土面积只占欧洲的 4 %，但淡水资源的储存量却占到了欧洲的 6 %。生活点滴中不难看出瑞士人对环保的重视。体力活当然是菲利科斯来做了，房间里不时传出吸尘器发出的呜呜声。

菲利科斯和苏姗不仅喜欢户外运动，还喜欢拍照。他们家里有好几本厚厚的影集，里面记录了很多他们有趣的旅游经历。不过他们所说的旅游不是一般意义上跟团游或背包游，他们的方式不是常人能做到的。苏姗拿着一本相册对我说，他们有一次很特别的经历：“我曾经和菲利科斯去过维也纳，是骑自行车去的，”说到这里，苏姗加重了“自行车”三个字的语气，她看着我惊讶的表情接着说：“从伯尔尼到维也纳有上千公里远，我们就骑着自行去。这次旅行的特别之处就在于，用我们自己的体力和努力在10天内完成了这么远的一段路程，途中经历了很多，这是一次很特别的经历。之前我们已经坐飞机去过维也纳两次了，但是骑自行车我们也可以做到，这让我很高兴。”

说到自己的奇特经历，菲利科斯也拿了一本相册走过来，“我印象最深的一次旅行是去澳大利亚。我们是8年前去澳大利亚，去了西澳大

左图：登山铁路火车是菲利科斯夫妇日常上少女峰的唯一交通工具

利亚的首府珀斯，然后从西海岸去了悉尼，澳大利亚真的很大。最吸引我的是，澳大利亚是一个动物的世界，有很多不同颜色的鸟，最令我印象深刻的当然就是袋鼠了”。看着相册中一个个菲利科斯与袋鼠和考拉及鹦鹉的合影，大家不时发出会心的笑声，“我们回家以后，就把所有的照片黏贴起来，做了一个纪念册，这样我们就可以回忆整个旅途，保存记忆。能到一个国家有美丽的大自然风景，这是我们的一个梦想，这让我们印象深刻，我们也希望能再去一次”。

这是一个典型的丁克家庭，菲利科斯和苏姗虽然都已经50岁了，但至今没有要孩子，他们说以前是工作忙没时间要，等有时间了好像又没有必要了。这是一个二人长相厮守的世界，充满了爱意的二人世界。

在经过菲利科斯和苏姗的允许之后，我走进了他们的卧室，这在西方人家里是一个禁忌。当然我要感谢他们二人的大度和信任。卧室的布置十分简单，一张大床占据了主要位置，化妆台很小，甚至都不能称为化妆台，只是一张小桌子上加了面镜子。但是床头一张红色心形卡片引起了我的注意。这是苏姗送给菲利科斯的，在上面苏姗竟然用德语、法语、英语、意大利语和瑞士德语五种语言写了“我爱你”。“这张卡片对我来说很重要，菲利科斯也非常喜欢这张卡片，我觉得当我爱一个人的时候，就要跟他说喜欢他。这是一张我写给菲利科斯的心形卡片，写着我爱他，是用很多种语言写的。还有一点重要的就是，随着时间的推移，人们还是应该说出自己的爱。”

听着苏姗用五种不同语言叙说着“我爱你”，对这对夫妇的羡慕和钦佩不禁油然而生。苏姗说的是对的，爱是需要表达的，但是在我们的家庭生活中似乎已经很难听到这种表达了。爱不仅仅是夫妻相处和家庭和睦的根基，而且也是幸福的源泉。爱，并快乐着；爱，并幸福着，也许这才是我们应该追寻的。

向少女峰出发

凌晨5点，菲利科斯和苏姗睡眼惺忪地从床上爬起来，今天他们要回少女峰工作。梳洗完毕吃过早餐之后，他们又把新鲜的蔬菜和食物打包好。6点钟，他们每个人都背着一个大背囊，拉着一个拉杆箱向车站出发了。每次上山菲利科斯和苏姗都要带很多东西，这里有他们山上生活两周所需的所有食物和生活用品。

从伯尔尼到少女峰至少要4个小时。他们要在8点之前抵达因特

观测站外

拉肯，然后前往劳特布鲁嫩，在那里再换乘少女峰齿轮火车。“从因特拉肯上去要3个小时，但途中我们要在克莱雪德休息一个小时。这样可以帮助我们慢慢适应高原反应，否则一下子就到达那么高的山，对身体不是很好。”菲利科斯向我解释着上山的路程。

少女峰登山铁路是菲利科斯夫妇上少女峰的唯一交通工具。这是一种特殊的齿轮火车，由瑞士人阿道夫投资修建，工程耗资1500万瑞士法郎，用了16年才建成，被称为20世纪初人类的一大工程奇迹。齿轨火车在山中穿行，两边风光秀丽，游人不时发出惊叹。不过菲利科斯和苏姗对此早就习以为常了。他们依偎在一起渐渐进入了梦乡。

他们上少女峰做什么呢？他们的特殊工作又是什么呢？

观测站二人厮守

海拔4158米的少女峰位于欧洲大陆中央，是伯尔尼高原最迷人的景观，也是中国黄山的“姐妹山”。上午10点半左右，齿轮火车上传来了用德语、英语、日语、韩语和中文五种语言的广播，提醒人们“欧洲之巅”到了。在遥远的欧洲，在少女峰上竟然还能有中文广播，看来中国人真是富裕起来了，那种自豪感也许只能在那个时候那个情境才能感受得到。游人如鲫而出，空旷的站台上立刻沸腾起来，其中绝大部分是亚洲人。

少女峰虽然不是欧洲最高峰，但却拥有欧洲海拔最高的高山观测站：少女峰观测站，欧洲最重要的高山观测站之一。菲利科斯和苏姗是少女峰观测站的管理员，负责管理站内的一切大小事务，他们在这里已经工作一年半了。

少女峰观测站里有10间客房供在这里做研究的科学家居住，这里还有图书室、会客室、娱乐室和厨房。各类设施一应俱全，但菲利科斯

左图：少女峰上的游客（摄影：薄义群）　上图：山脚下的火车站（摄影：薄义群）

说这里可不是酒店，科学家上来做研究，都必须自备食物和日常生活用品，自己解决吃饭问题。他们的任务是负责清洁打扫，最重要的是保障站内各种设备的正常运作。“以前，研究者来要住在这里，自己做自己的研究。现在，他们有时只要自己设置好设备的程序就行了，我们就负责程序的正常运行，”菲利科斯向我介绍站里的情况，“另外，我们也要照管好研究者，看看需要什么产品或者换气瓶，这些也是我们的工作。我也可以帮忙做一些小的维修。”

回到山上，苏姗要把带来的食品和蔬菜、水果放到冰箱里，说是冰箱实际就是在墙上开的一个洞，因为山上气温低，这里就成了天然冰箱，温度只有4度左右。菲利科斯说这里不会很干也不会很湿，环境非常理想。看来瑞士人的这一节能环保技术真应该向全世界推广。

少女峰高山观测站由位于海拔3450米的研究所和海拔3580米的斯芬克斯气象观测站两部分组成。藏身于少女峰中的诺大工作场所一开始就给菲利科斯出了个难题：迷路。“在一开始的时候会有困难，因为研究所很大，有很多部分，一共有20个组成部分。有很多过道，很多门，一开始的时候，我会迷路或者走错地方。”现在一讲起来，菲利科斯还不时笑一笑。经过一年多的熟悉，如今走在这像迷宫一样的隧道里，菲利科斯已经轻车熟路了。

菲利科斯带着我在不同的隧道间穿梭着，相信如果不是他带着我，我一定早已经迷路了。说实话，面对这种错综复杂的环境，我找不到幸福的感觉。

一转眼我们已经来到了斯芬克斯观测站，在这里菲利科斯和苏姗要做的一项重要工作就是气象观测，为山下气象部门做天气

上图：少女峰观测站

预报提供第一手资料。对于理工科出身的他们很快掌握一些仪器设备和电脑并不是难事，但做气象观测却不是一下子就能上手。

在斯芬克斯气象观测站，他们每天从早到晚要做12次气象观测，用肉眼来观测能见度，分辨云层的高度和形状，并把数据登记好发送到山下的气象部门做分析。

以前只是在电视上看天气预报，菲利科斯和苏姗并不知道这背后还要做这么多工作。一年半以来，他们逐渐积累了一些经验。如今，没有了最初的新鲜感，菲利科斯和苏姗却有了更强的责任感。他们知道自己的观测不仅仅是告诉人们明天是否下雨，是否刮风，有时候他们也会向

一些直升机救援者提供第一手气象资料，他们的预测将对救援能否成功产生重要影响。“我们必须很谨慎地观察天气，看天气是否适合爬山，对飞行员有没有影响，有没有危险。”一说起责任，菲利科斯的脸上立刻多了一份严肃。

回到观测站，苏姗已经把我的房间准备好了。我的房间是18号，对中国人来说这是个吉利数字。沿着走廊一路过去，有人住的房间门上都贴着住客的名字，看来苏姗的管理工作做得还很细致。来到我的房间，门是开着的，苏姗说在这里很安全，因为游客是进不来的，只有几个

做研究的科学家在这里。房间不大，很整洁，实木的木板把房间间隔开，地上铺着绿色地毯，红色小台灯，橙色毛巾，一切看上去朴素而温馨。房间窗户不大，我拉开厚厚的窗帘，一缕强光立刻毫无顾忌地射进来，远处就是欧洲最长的阿莱奇冰川，外面白雪皑皑，窗子上方几根冰柱垂下来，在阳光照射下滴着水，这是一个久违了的场景，这是我小时候在家乡十分熟悉的一幕，只不过，现在我身处欧洲，身处海拔3450米的少女峰观测站上。如果家里人知道我在这里，他们一定会说："你真幸福！"

我幸福吗？不知道，但是对于这一晚我很期待，因为这里不是旅馆，也不是游客说来就能来的地方，只有经过特别允许才能在这里留宿。

少女峰的日出

2009年7月30日凌晨5点30分，一阵闹铃声把我吵醒。这是很期待的一晚，但却辗转难眠，不知道是床垫太软的缘故，还是羽绒被太保暖的原因，整个晚上我都处在似睡非睡的状态，早上起来，只觉得头晕沉沉的，可能是高原反应在作怪。

菲利科斯夫妇早就起来了，我们走在空旷的山洞里。来到斯芬克斯观测站的露台上，太阳已经开始慢慢爬起，但是因为阴天，少女峰上的日出让我有些失望，没有了朝霞红遍千里的淋漓尽致，但是太阳出来后，如千军万马般奔腾起伏、波澜壮阔的云海让人叹为观止，这也许是对没看到日出的一种补偿吧。

此时室外的温度已经降到了零下10度，只穿了一件冲锋衣的我坚持不了多久就慌忙躲进了观测站。

上图：观测站观景平台

菲利科斯和苏姗已经开始了一天的工作，他们要对各种仪器设备进行例行检查。虽然自己的工作外人知之甚少，但他们却经常笑称自己是欧洲最早看到日出的人。这不是苦中作乐，也不是自我安慰，菲利科斯说他们喜欢这份工作："现在的工作和以前的相比，有很大的不同。收入当然没有以前多，但现在我们承担着更多的责任，和以前不一样的责任。我们要照顾好那些研究者，我们也很高兴，能为环境出一份力。以前我是做IT的，工作压力很大。而现在就可以为环境和人类工作。苏姗在来这里之前是在医疗器械公司工作的，她很喜欢这里的工作，这里没有工作压力，也没有时间限制。虽然这份工作的收入只够我们购物一两次，但是我们的生活质量却提高了。这不仅仅是一份朝9晚5的工作，我们有时也要早点起来工作，或者要工作到晚上，甚至周末也要工作，而是我们负责观察环境，比如观察我们周围的环境，这才是吸引我们的地方，我们也愿意为这份工作付出。"

这个工作不仅需要很强的责任心，还要有良好的身体素质。在外人看来这不是一个吸引人的工作，而且高原反应并不是每个人都能适应的，收入也不高。现在菲利科斯和苏姗两个人的工资加起来才有苏姗原来一个人挣的多。到底是什么让他们放弃了原来的工作选择到山上来当"管家"呢?

做自己喜欢的事是最幸福的

菲利科斯原来是惠普生公司的IT工程师，苏姗则在飞利浦公司作医疗设备销售经理，两个都是世界五百强企业，都是相当不错的职业。但是由于工作压力大，工作节奏紧张，两人在一起的时间并不多。能够在一起工作成了

上图：少女峰的日出（摄影：薄义群）

两个人的最大愿望。

“以前我们各自有自己的工作，到了晚上，才会一起分享今天发生的事情。我们相互充实，我觉得这样很好。我一直都有这样的愿望，能和菲利科斯一起工作。可惜一直没有机会。”菲利科斯接着苏姗的话补充道，“并且我们发现，很难把我们的休息时间调到一起。因为我们都是从事着很大压力的工作，经常不在家”。

后来一则招聘广告改变了他们的生活。一年半前，少女峰观测站在报纸上刊登广告说是要找一对夫妻到观测站做管理员工作，条件是夫妇，懂英语和法语，有电脑基础知识。在菲利科斯夫妇看来，这个工作

就是为他们而设的，他们决定去试一试。在经过一系列面试之后，菲利科斯和苏姗被录用了。从此，他们共同拥有了一份工作，他们的名字被印在了一张名片上。一段属于他们两个人的新的幸福生活开始了。

菲利科斯说能够两个人在一起，做自己喜欢的事情，这才是最幸福的。“我认为幸福就是有做自己喜欢的事情的自由。幸福对我来说，就是我们两个可以一起做同样的事情。要是我们两个都幸福，就是双倍的幸福了。”难道这就是幸福吗？难道幸福就这么容易找到吗？苏姗在一旁附和着菲利科斯的说法，“是的。我们可以一起做同样的事情，就让我很幸福了，我们两个都觉得很幸福。比如，登山远足，一起去爬山，或者一起去划船，一起骑自行车”。

很多人梦寐以求的幸福在瑞士竟这么容易找到，甚至简单到两个人在一起就幸福啦，这确实比较出乎意料。难道人们经常推崇的金钱就不

上图：参观少女峰的游客（摄影：薄义群）

能带来幸福吗？难道像他们现在这样两个人的工资只有以前一个人挣得多就幸福吗？“我不这样认为。金钱只能在很少方面带来幸福，相反，金钱会带来很多忧虑。”苏姗对我的疑问立刻给予了否定，但菲利科斯的意见却有所不同：“人要有足够的钱，能够负担起日常的生活所需，这是很实际的。到了月尾的时候不能入不敷出。但是只有钱是不能带来幸福的。”

钱不是万能的，但没有钱是万万不能的，看来富裕的瑞士人已经过了温饱这一关，他们的追求也许是更高层面的。

少女峰是瑞士的旅游胜地，每年从世界各地云集而来的游客有大约65万人。站在斯芬克斯观景台上，人们感叹山下风光旖旎，山上气吞万里的银色壮美，为眼前一望无际的欧洲最长的冰川而惊呼。随着齿轮火车的陆续到来，观测站的山洞里又变得热闹起来。

菲利科斯夫妇的生活与外面的喧嚣仅一门之隔，这是两个不同的世界，里面是一个有些冷清，甚至孤独的世界。在很多人看来也许这并不是一个理想的工作。虽然有时会有科学家在这里做研究，也会有学术团体偶尔光顾，但菲利科斯夫妇的绝大部分时间是二人世界。每天对着相同的脸，每天对着不会说话的机器，每天对着窗外不变的景色，近4000米海拔的空气中总会有一种令人孤独的感觉弥漫开来。为了有更多时间在一起，菲利科斯夫妇选择了这份工作，但是这种“孤独”的长相厮守他们会觉得幸福吗？他们又如何能坚持下来呢？

小东西也可以表达爱

中国人常说距离产生美，但这句话在菲利科斯夫妇这里却似乎不适用，因为他们是一对浪漫的人，也是一对善于制造浪漫的人。浪漫也许能让耳鬓厮磨产生美，浪漫更是幸福的元素，至少在他们身上，这一点是成立的。而他们的浪漫从他们认识的那一刻就开始了，还是让他们自己来讲述一段浪漫的历史吧。

菲利科斯：这是一个很有趣的故事。在1986年的时候，我想找一个女朋友，当时刚好在苏黎世的一个电台节目上，可以通过电波交友，所以我就报名了。我们就在1986年，通过电台认识的。

苏姗：是的。然后我通过电台听到他的声音，他的声音吸引着我，我觉得这样很有趣。虽然我自己不相信，通过这种方式可以找到自己的另一半，但我想，我应该可以试一试，写信给他。

菲利科斯：当时我收到了11封信，这让我很兴奋。其中有见过几个女孩。有趣的是，苏姗是我最后一个见的女孩，但我发现，她很有魅力，是一个很热爱运动的人。当时，我就有预感，我们要见面的。结果一个星期后，我们在苏黎世又见了一次。当然对我来说，这只是一次尝试，我不相信真的有这种事情发生。

苏姗：对我来说，这也只是一次尝试。第一次见面以后，我就对这个人产生了兴趣，但只见一次面是不能保证我们能在一起多久，以及确认我们的爱是不是真的。

菲利科斯：我还记得，当时你要在法国南部培训几个月。重要的是我感觉到了你出差的时候，我会想你，那是我第一次想你。然后我就去了法国南部接你回来。

结果两个喜欢浪漫的人，两个热爱运动的人走到了一起。在同居了13年之后，菲利科斯和苏姗于2002年步入了婚姻殿堂。他们的结婚日期是2月20日，这是一个他们特别挑选的日子，而按照英语的写法2月20日写为20、02，恰巧与2002年的写法一样。几个简单的阿拉伯数字现在看起来都是那么浪漫。

英国哲学家罗素曾说过："一定量的无聊……于幸福是不可或缺的调剂品。"在别人眼中，少女峰上的生活略显"无聊"，但在菲利科斯夫妇之间却经常有

上图：菲利科斯在屋顶铲雪（摄影：薄义群）

浪漫的事发生。核桃是菲利科斯最喜欢的零食，苏姗时常会在这盆核桃里给菲利科斯准备一份惊喜：那是一个藏在核桃里的纸条。那上面有苏姗对菲利科斯的爱的宣言：在日常生活中表达爱意并不需要花费太多，一件小东西也可以表达爱。

后来菲利科斯怕我不明白其中的寓意，还专门写了邮件向我解释：What we would like to express with this message is, that in a relationship it is important to show feelings to each other. The feeling of love can be shown with small signs in everyday life. For example, you don't have to buy expensive gifts to show your partner that you love him/her. It can also be

done with little things, like a smile, a hug, or a short note. I hope this helps you understand what we mean.（我们想通过这张纸条表达的意思是：在夫妻之间表达自己的爱意是重要的。爱意的表达完全可以通过日常生活中的小事来完成。比如，你不用给你的伴侣购买昂贵的礼物来说你爱他／她。爱意同样可以通过小事来传达，比如一个微笑，一个拥抱，或一张便条。我希望这会帮助你理解我们的意思。）

坐在幽暗的灯光下，苏姗品味着纸条上的每一个字，菲利科斯专注地倾听着。他们会给自己的幸福打几分呢？菲利科斯笑着说："我会给9分。我对现状已经很满意了，但生活总是可以更好的，现在我已经很幸福了。"

回忆甜蜜的过去，幸福从未改变。他们之间的温馨和浪漫充斥着观测站的每一个角落。对于他们来讲二人世界的长相厮守不再是孤单寂寞，而是多了一份执子之手，与子偕老的中国意境。他们在这里享受着自己的幸福。

能和别人分享，幸福就更有意义了

观测站的工作是忙碌的，有时也是危险的。菲利科斯经常做的一项工作就是清除积雪，防止积雪对仪器设备造成影响，而清除屋顶的积雪是最危险的，因为下面就是150多米深的悬崖。为了保证安全，菲利科斯都要套上安全绳索。虽然危险，但菲利科斯已经把它当成一项很好的锻炼了。"扫雪这让我有足够的锻炼，我就不必去健身中心了。在冬天一个星期扫两到三次，现在已经习惯早上起来到外面扫雪。在夏天的时候，有时候会有小鸟飞过来，我会和小鸟聊聊天。"菲利科斯站在屋顶上向我讲述着他的感受。

而每次当菲利科斯在外面扫雪，苏姗都会关注地看着他，还不时叮嘱菲利科斯小心。那种恩爱溢于言表，正像菲利科斯说的：一些小事同样可以表达爱。他们也是这样做的。

爱当然不是单方的，它需要两个人共同营造，双方共同珍惜。让人有些惊奇的是菲利科斯说自从1986年认识以来，他和苏姗两个人几乎没有吵过架，他们又是如何做到的呢？"尊重。我要尊重菲利科斯，因为我不能改变他的性格。要尊重和重视对方，这是很重要的。"苏姗不假思索地对我说。我又赶紧追问到，万一双方遇到矛盾又如何解决呢？

菲利科斯：我们会针对那个问题讨论，尝试去理解对方的观点。在我看来，对我们的关系很重要的是融合，我不是一个个体，我是这段关系中的一部分，我要把苏姗也放进来，这很重要，因为当她不开心的时

左图：通往少女峰的山路（摄影：薄义群）

候，我也不会觉得开心。我们要找到一个方法，让两个人都会感到快乐。这就是带来幸福的秘诀。

苏姗：也许，到现在为止，我对菲利科斯还有不满意的地方，但可能过了一个半小时我会发现，这些事情都太小了。不要因为偶然的事件或者很小的事情，而使我们的生活变得困难。我认为我们要乐观一点，往好的方面想，这是很重要的。我也要考虑一下，到底菲利科斯是怎么想的，也许是我理解错了。所以我会尝试去理解他的想法，然后讨论，我觉得这样很好。

菲利科斯：我认为幸福也是从另一个角度看问题，让生活变得更美好。我们也是这样做的。

幸福就是让双方都快乐，幸福就是要善于变通，不要钻牛角尖，这也许就是咱们中国人常说的退一步海阔天空吧。

当下午5点钟最后一班火车离开“欧洲之巅”，喧嚣的少女峰恢复了寂静，这里成了菲利科斯和苏姗的二人世界。他们喜欢这种独享的感觉。而苏姗最喜欢做的就是一个人在雪地里跑步。

苏姗坚持跑步已经有30年了。自从来到少女峰观测站之后，她喜欢上了在海拔3500米的冰雪世界里奔跑，从少女峰跑到僧侣峰，银色的世界里只有她一个人，不知道这是浪漫还是孤独，但唯一可以确认的是苏姗可能是世界上唯一一个可以每天在少女峰上跑步锻炼的人。她说：“在这份宁静中，我可以有机会好好想想我自己，还有我现在的生活，想想任何事，想想我们的路，这对我来说是最好的休息方式。”思考本来是劳动，在她这里也变成了休息，看来幸福是需要思考来保证的。

少女峰上的日落是美的，甚至可以说是壮观的。这确实是一次难忘的经历，虽然因为高原反应，我的头还有些晕。大片大片的晚霞在天际漫散开去，红彤彤的太阳先是落下去，被云层遮盖住，可是过了一会儿，它又掉了出来，接着再向下一级云层落下去，不一会儿，太阳又从云层里钻出来。直到最后完全消失在云海里。在别的地方只可以看到一次日落，但是在

右图：远眺常年积雪的少女峰（摄影：薄义群）

少女峰上我同一时间竟然看到了三次日落，真是太神奇了。日落的壮观让我暂时忘记了对幸福的寻找，完全沉浸在兴奋之中。

不知道什么时候，菲利科斯和苏姗拿了一瓶红酒来到了斯芬克斯观景台上。这应该是他们一天中最享受的一刻，整个少女峰都是他们的，壮观的日落也是他们的，幸福的感觉随着夕阳中两只酒杯的碰撞而在少女峰上弥散开来。

“我认为，当我们能和别人一起分享幸福的时候，幸福就更有意义了。这就是我和菲利科斯一起经历了很多以后的感受。要是只有我自己一个人去经历这些事情，我就会觉得不幸福了。所以，这就是我们的幸福。”苏姗在夕阳中跟我分享着她的幸福观。

下篇
心灵的诉说

“口述实录”是记录心灵的诉说。

要开启一个人的嘴和心灵，这并不容易，尤其再加上东西方文化差异、语言差异等因素。在阿尔卑斯地区采访期间，我共采访了12个人。这些人中有人外向健谈，像农民安迪、厨师热内和汉斯老人，如果你不打断，他们可以一直讲下去；有人内敛含蓄，像飞行员科里斯蒂安、邮政巴士司机马库斯，如果你不说话，二人可以无语相对一个上午。有些采访时间充裕，了解也更深入细致；有些短则半个小时，不过我也把这些采访收录了进来，从只言片语中我们仍能感受到他们生活的一鳞半爪。

希望通过这些人的口述，让读者对瑞士阿尔卑斯山区人们的生活、工作和他们对幸福的理解有一个较为全面、客观的了解。

01

汉斯·乌厄里·弗吕克

Hans Ueli Flück

退休老人

汉斯·乌厄里·弗吕克个子不算高，头发花白稀疏，穿着朴素：墨绿色夹克衫，深色条格衬衫，黑裤子。身体有些消瘦，但精神很好。汉斯老人已经退休8年了，很喜欢打猎。

晚上六点半左右，我们坐在Restaurant Lindenhof餐馆外面露台的座位上。这家餐馆位于布里恩茨（Brienz）的半山腰，环境极佳。站在露台上可以俯看美丽的布里恩茨湖，远眺葱葱郁郁的阿尔卑斯山，周围林木苍翠，鲜花盛开。汉斯老人的家就在餐馆附近的村子里。

暮色将至，白雪皑皑的山顶披上了一抹黛色。服务员送来了一瓶瑞士瓦莱州产的白葡萄酒：Candide Bridy，冰桶里冒着丝丝白气。

那时候每天至少干12个小时

雪山、青草、蓝天、碧水、远处教堂悦耳的钟声、断断续续的几声犬吠，湖上的点点船帆……这种祥和与宁静让汉斯老人的思绪很容易回到过去。

我今年73岁了，有四个孩子，三个女儿一个儿子，老大是卡特琳娜。两个大女儿、儿子各有两个孩子，小女儿有一个孩子，我们是一个大家庭。我在这里（布里恩茨）出生，一直就生活在这里，目前孩子也都在瑞士。

我去过加拿大、阿拉斯加，去过瑞典、挪威、苏格兰。以前一直生活就在当地，然而在卡特琳娜出生之前年轻的时候，我曾想过要移民到加拿大或是澳大利亚，不过她出生了，所以计划就变化了。在二战以后，前景不明朗，生活比较困难，觉得在这里生存希望不大，准备移民，但大女儿出生了；另一方面，我太太并不像我那样有冒险精神，所以最终未能成行。这与卡特琳娜母亲的经历有关，她是在二战时期的德国长大的。二战时期苏联人打得挺凶的，后来我太太不得不到瑞士苏黎士避难，战争结束后回到德国学了一门手艺之后又回到瑞士，这时我们相识了。这也是为什么我太太不愿意再移民，就是因为这段历史。

不过，当时决定没有移民也没有什么遗憾。当时有个中学同学移民去了加拿大，我们一直有联系，我就发现他在加拿大的生活也不是那么容易。很多农民去加拿大、美国这些国家，本以为那里地方大，可以承包农场种地，或者靠手艺生活，所以当时很多瑞士农民移民。太太较早去世了，后来我和第二任太太也一起去加拿大旅游过。加拿大是个很漂亮、很不错的国家，但是这并不意味着我当初移民了，生活就会比现在好，所以没有什么遗憾的。

在汉斯老人的追述中，天边的最后一丝亮光也渐渐随着老人的记忆远去。不知道什么时候，我们身边来了一群中年人，他们或站，或坐，或靠，手里拿着一杯红酒，有说有笑，一天的疲劳似乎就在这颦笑与调侃中被稀释。汉斯老人的讲述并没有被他们的笑声所打断。当我问他有没有什么遗憾的时候，他摇着头，眼神很坚定，一连说了几个“奈、奈、奈”（德语“不是”或“没有”的意思）。

我年轻的时候学过木匠，做过地板，做过家具。结束了三年学徒期后的工资还不如农户的帮手赚得多，觉得生活很困难。那时候，当地有人做一些耶稣的木雕，我就帮他们做那个十字架，装在一起，出口到美国。那个时候已经有幻灯片了，我就做装那个幻灯片的盒子，是木头的，有一个个格子，可以把幻灯片放进去。

后来我去了因特拉肯，学那种地板建材，一边学一边琢磨，觉得可以回布里恩茨做自己的公司，所以就回来开了一家。1960年我开始创建自己的公司，当时不在现在的这个位置。刚开始创业是很艰难的，曾经贷过款，有一阶段公司甚至出现了赤字，自己不得不通过干苦活，把钱还上。那个时候工作很勤劳，所有能干的都干了，很辛苦。那个时候一周干六天，每天至少12小时，现在是五天每天8个小时。

一说起当年的辛苦，老人家有些怅然，我随声附和道：“您真不容易！都说瑞士人勤劳，果真如此。”汉斯老人又是一连几个“呀、呀、呀”（德语“是”的意思）。老人家似乎特别喜欢这种单音节词的重复使用，在“呀、呀”声中，气氛很快又轻松起来。

8年前（2001年），我65岁，选择了退休，把公司交给儿子打理。实际上自打开了公司之后，就再也没有真正做过木匠活。只不过手艺还在，但是现在的木匠也基本不再做家具了，因为基本上都是在工厂大批量生产了，但是装修重建，窗户窗框还是需要木匠的。现在家里手工做的家具也很少了。我山上的小屋里还有一点，缝纫机用的盒子还在。

左图：汉斯与老伴

我在山上种土豆

汉斯老人有些消瘦，也很健谈，一说起自己的从前就滔滔不绝。

除了现在在村子里的房子外，我在山上还有一座木屋，可以坐我们这里特有的一种蒸汽火车上去，也可以开车上去，但是上山的路特别陡，很难走，要四轮驱动的车才能开上去。我经常夏天在那里住，冬天也会上去，在最美的时候。

我住在山上的时间要比在山下的多。有时候一个人去，有时候跟太太和一条狗一起去，一般会在上面呆两周，有时挺想多在上面住住，不过下面还有事情，所以必须下来。最近我多是自己上去，跟我的狗一起，因为太太的腿不好，她会呆在家里。我刚上去两个星期才下来的。我在山上种了些土豆，当然夏天还可以采蘑菇，但其他的吃的就没有了，山上没有商店，基本每次上去我都要带些米、蔬菜和意粉等必要的生活用品。

上山的路不是很好走，有时要两个半小时。冬天我走上去，差不多要花7个小时才能走上去。主要是因为雪的厚度问题，而不是我的健康问题，雪厚走得慢。以后也还要在冬天上去，只要我的身体状况允许，这也是对自己的一种挑战。

我冬天喜欢去滑雪，不光是往下滑，还要穿着特殊雪板往上走，这种雪板下面有块毛皮，可以防滑，非常有挑战性。走上去之后再滑下来，走的高度差有1000米。不仅年轻人做这种运动的很少，而且现在也很少有人做这种运动了，很有挑战性。

两年前，我去了趟厄瓜多尔，去爬那里的山，跟南美的最高峰差不多高，高度是从1800米爬到5895米，那个地方没有住的地方，必须一次性爬完，所以是半夜开始爬，带着夜照灯，爬了七八个小时，到八九点钟到顶上，再从那儿回来。

说到这里，我对他竖起了大拇指，并发出了啧啧赞叹声，老人也得意地环视了一下周围的人。很难想象70高龄的老人还敢这么冒险。这时服务员走过来又给我们添了葡萄酒，家乡的葡萄酒又把老人的思绪带回了布里恩茨，带回了他山上的小木屋。

上图：门口的单车

去年我还对山里的小屋做了改造，充分利用太阳能。另外，我在用木柴烧饭做菜的同时，这套系统还可以利用余热烧热水冲澡。我喜欢住在山里，这是我可爱的家乡。

我采香草做色拉吃

瑞士共居住着700多万人口，外籍人士约占20%。在儿童与青少年人数减少的同时，瑞士的老龄人口在不断增长。到2004年底，将近16%的人口在65岁以上，约120万。根据2004年的一项调查，瑞士百岁老人的比例是欧洲国家中最高的。 2000年，瑞士共有796位百岁老人，而1900年只有2人。

在山下住的时候，我一般早上五点起床，起床后第一件事是把壁炉烧上，准备早餐，与太太共用早餐。早餐我们一般吃的是混合的谷类、水果，是很健康的早餐。我一般喝茶和牛奶，太太喝咖啡。然后带着狗溜一个小时，回来后读点东西，然后烧火准备午餐。冬天起床的时候天还没亮呢。

我喜欢早起，年轻时也是这样的，不需要闹钟。晚上8点半9点左右就要睡觉了（当时已是8点钟了，老人家为配合我的采访今晚要晚睡了）。吃完午餐，要半小时到一小时的午休。每天还要看看邮件，该处理的处理，然后再读些信息。冬天的时候就在家里整理老照片，或贴起

来或是做成相集。夏天我还会到处去采集一些香草和野花，可以吃的，自己做沙拉吃。主要是到山上采，不同的季节在不同的高度都可以采到。今天中午吃的就是我自己采回来的香草做的汤。

每年最期待的日子是什么？不同的季节，不同的时间，可以做不同的事情，不能说特别期待哪一天。比如说我可以开始去钓鱼了，我就挺开心的，可以去采蘑菇了，我也高兴。我还喜欢采集香草，喜欢拍不同的花、刚长出来的植物，拍照回来整理。可以说，每年可以开始做某一件事情的时候，我都很开心。

瑞士男人的退休年龄是65岁，女人是64岁。

瑞士的养老经济保障系统基于一个“三支撑制度”之上。第一支撑是退休养老保险AHV，所有具备工作能力的人（雇员、雇主及失业者）必须缴纳，并且得到联邦和州政府的经济支持。第二支撑是退休金，对雇员来说是必须的。退休金从雇员每月的工资中直接扣除。同时，雇员所在公司或雇主会为雇员缴纳同等数量的退休金。第三支撑是允许个人自由选择的：人们可以选择开一个特殊的节约账户，每月定期存入养老储备金，同时可以减少纳税，获得利息。

我要“鱼的交响曲”

不知不觉时间已经来到了晚上8点，夜色愈渐浓烈起来。肚子里传来的咕咕叫声提醒我们该吃晚饭了，于是我们移步餐馆吃饭。在服务员的帮助下，我很快选定了自己的主菜，老人家看看了菜单，抬起头不紧不慢地对侍应说：“我要鱼的交响曲（Fish Symphony）。”语气中带着一

上图：门口的装饰

种肯定和赞赏。所谓“鱼的交响曲”就是几块比目鱼、三文鱼和鮟鱇鱼片的混搭，再加上点龙虾酱、蔬菜和面条。我随手记下了这道英文菜谱：

Fish Symphony
Halibut and salmon fillet,
anglerfish medallion with
raw ham lobster sauce,
vegetables and black noodles.
38.00 CHF

这时外面下起了雨，雨滴落在屋顶，发出有节奏的滴答声，老人家的幸福生活伴随着雨滴渐渐弥满在整个空气中。

我喜欢摄影。1958年的时候开始可以买得起相机了，我就开始拍照了。当时买的是一个德国牌子，叫Voistränder，记不清到底花了多少钱，但记得是去德国旅游，在汉堡把身上所有的钱都花了就为了买这个相机。七八年前还买了一台佳能的相机，不是数码的。不过现在用的是数码的，两年前买的。

你问我会上网吗?

（老人有些诧异地看了我一会）当然啦，我的照片全都存在计算机里头。我在公司工作的时候一直都用计算机。

我经常在电脑上整理照片，但我不写博客，也不会把照片放到网上跟别人分享，因为我没有那么多时间。不过我会把一些照片通过邮件发给感兴趣的朋友。

我平时看杂志比较多。都是订的，有《国家地理》，还有德语的杂志也是关于旅游的，《世界之周》中德文关于新闻方面的。还有关于香草、植物的书，我读这些书的时候多半是晚上睡不着觉的时候，或是夏天天气热或是冬天暴风雪不能出门时才在家里读。看书一般只能在冬天有较长时间的时候才会读，要不然

上图：木房子

看不完。我喜欢有关冒险经历、探险方面的书。我是瑞士阿尔卑斯登山俱乐部（Alpine Club of Switzerland）的会员，已经五十多年了。

我以前出去旅游挺多的，但现在不想太多出去了，因为不想与家里的狗分开，还有一些老朋友，主要是一些从小一起长大的朋友，他们有的也是跟我一起打猎的猎友。

我有七把枪

喜欢打猎、滑雪、爬山、钓鱼、采蘑菇、摄影……汉斯老人的退休生

活很丰富。目前他与第二任妻子生活在一起。

现在孩子们都大了，他们都有自己的生活。我们之间的联系是有的，但不那么密切。当然每逢一些节假日或纪念日时，我们都会有家庭聚会。我很理解他们有自己的生活，也挺满意这种关系。

我先后养过三只狗，名字都叫班卡，因为他们的种是差不多的。我

现在还开车。家里购物主要是太太的事情，我从不插手，但有时太太去购物时我也会帮忙。

谈笑间，老人家弹完了他的“交响曲”，时间已经悄悄指向了9点半，按照平时的作息，此时老人家已经进入梦乡了，但是我对老人家的兴趣依然没有减，试探着问他是否可以到他家里看一眼，只要几分钟就可以。没想到，汉斯老人相当爽快，马上打电话告诉家里的老伴说远道而来的中国客人要“家访”。安排妥当之后，我们一行人驱车五分多钟来到了老人的家，这是一栋三层小楼，晚上太黑已经看不清外面的装饰。汉斯的老伴和班卡已经在门口等着我们了。见到有人来，班卡显得尤为兴奋，“汪汪”地叫着，围着我们善意地转着圈。

进到屋内，眼前的一切着实让人惊讶不已。墙上到处挂着老人的战利品，各种各样的野山羊角，有鹿角，甚至还有鱼头做成的标本。

在瑞士打猎一般有两种：一种是到山上，在那里可以打到野山羊；另外一种就是在我们村子附近，在这里有鹿、野鸭和狐狸。打猎的季节基本上是每年9月初到10月底。在瑞士不是每个人都可以去打猎，要通过考试拿到证书才行。

这些都是我打的猎物（老人带我走进一个房间，墙壁上挂着至少几十个野山羊头做成的标本）。你看，这些雄性的野山羊，角长得角度大、粗，所以是雄性的。雌性的角长得角度小而且细一些。这个是我在加拿大打的熊（我们沿着楼梯往上走，就在墙壁上挂着一整张黑熊皮和一

左图：汉斯的枪

个熊头标本，个头之大让人有点害怕，真不知道老人家是怎么把它打死的）。

我们打猎的时候要特别注意，当哪个林区打得过度了，就会不让打雌性的动物，只能打雄性的。你看，这些有1980年打的，也有1991年打的。我把打回来的猎物很多都做成了标本，有一些是我自己做的，有些是花钱请别人做的。不容易做，比如这个山羊头，先要把上面的皮和肉去掉，然后在锅里煮，直到把所有的肉全部煮熔化掉，但还要注意不要把角煮坏了，有时候味道很大，不好闻。

柜子里装的是我的枪，我有 7 把枪，有短枪，也有长枪，这把是来福枪。

老人家随手打开了客厅旁边的一个看上去像衣柜的柜子，当他打开的时候，我又睁大了眼睛，里面简直就是一个军火库，有子弹，有枪支，大大小小的有7把之多。老人家一个一个拿出来展示，还端起来福枪做了个瞄准的姿势，颇似一名训练有素的军人。

瑞士是一个全民皆兵的国家，所以有“瑞士家家有杆枪”的说法。据瑞士国防部统计，瑞士全国共42万人拥有90式冲锋步枪。它的枪支弹药人均拥有量远高于美国，是世界上最为军事化的国家。那么，瑞士人用枪做什么呢？据统计，在拥有枪支的瑞士家庭中，16%的人纯为收藏，13%的人用来打猎，其余大部分是用来打靶。

汉斯老人非常热情，临走的时候，还送给我一个野山羊角标本，并在上面认认真真地签上了自己的名字。

对现在的生活满意吗？呀、呀、呀……（老人家一边签名，一边不断

左图：汉斯的战利品（摄影：薄义群）　右图：汉斯的摄影作品

地点头）

晚上10点多，与老人家握手道别。此时我才注意到，老人的手很红润，很有力量，如果只看手的话，你丝毫不会认为这是一位年过七旬的长者的手。阿尔卑斯山在瑞士境内纵横交错，早年生活的艰辛，如今生活的丰富多彩让汉斯老人变得乐观向上。而常年与大山的抗争，也使得瑞士人变得坚韧顽强。

幸福是人们内心的一种态度

再次见到汉斯老人已经是两个月之后，他依然是那么热情好客。在我的要求之下，我终于坐着布里恩茨最老的齿轮火车来到了汉斯自己的"天堂"：山上木屋。这是一种简单的度假屋，没有电。房间照明只能靠屋顶的一块太阳能电池板。汉斯老人两年前对这里进行了节能改造。

在他的“天堂”，我们寻找着幸福。

幸福是不能强求的。幸福是人们内心的一种态度，要是人们内心觉得幸福，那就是幸福。但幸福是不能强求的。其实很多事情都可以感受到幸福，比如我去寻找蘑菇，这对我来说也是一种幸福。即使对生活不满意，幸福就要跟随自己内心的感觉去做，不需要做很多，很小的事情也可以感到幸福。

不幸是什么？不幸就是幸福的反义词。当人们有不开心的事情，比如，有重病，或者有意外事故，人们受到命运的打击，比如，我的第一

上图：徒步者

任太太病死了，留下了那么小的孩子，只有我独自一人去承担，这些就是不幸。但是，人必须向前看，不要停留在这些困境中，迟早会在某个地方为你开了一扇门，随着时间的过去，会有幸福的事情到来。当人们积极地去面对生活，即使人们对很多事情都不满意，但生活还是会很幸福的，要学会在不幸中寻找幸福。

你觉得金钱能带来幸福吗?

只有钱是不能带来幸福的。当然，有钱可以买到人们需要的东西，可以完成很多的事情，可以让生活更加安稳，更有保障。但是，有钱却不一定会幸福。比如有些人不断地向银行贷款，永远也还不清，进入一种恶性循环。这些人就算有钱，但也不会感到幸福。

我给自己的生活打几分? 到现在为止，我认为有10分（汉斯说话时透露着一种满足和自信）。

和他一起生活感觉很舒服

8月1日是瑞士国庆日，每年的这一天，汉斯都会和家人一起到山顶的农民那里吃一顿特别的早午餐。食物主要是瑞士特色的奶酪、点心，还有涂着瑞士国旗颜色的煮鸡蛋。今年，汉斯的第二任太太丽娣雅和大女儿卡特琳娜和儿子都来了。

丽娣雅：汉斯是一个很正直的人，有一颗善良的心，喜欢尝试新的事物。他很喜欢大自然，所以他很喜欢爬山。当我们一起去爬山的时候，他总是很安静，总是在欣赏周围的景物，看看野花或者其他。和他一起生活感觉很舒服，我很享受能和他一起工作，和他一起过节是一件非常开

心的事。他很享受他和他的狗一起或者和其他同事一起去打猎。要是我也和他们一起去，也会很开心。他喜欢在山上的小屋一个人呆几天，做好所有的事情，收集好木头，把家里整理得井井有条。他看很多书，都是关于其他国家的风土人情，关于打猎的，或者关于爬山的等等，这是他的爱好。他也喜欢喝上一杯酒，吃点甜食，喜欢到处去拜访朋友。我和他一起生活了20年，我们过得很开心。我从别人那里听说的，他的前妻生了重病，然后死了，剩下他一个人要照顾孩子，又要工作，但那些年他都熬过来了，过得很好。再后来，我们两个就相遇了。他从来没有让人失望过，是一个很伟大的人。

和他在一起开心吧？我很开心能和汉斯一起生活，我们一起过得很开心，我们没有吵过架，比如，有一次我的外孙女就问我，为什么我们两个从来不吵架。他会决定好一切，不是说我们没有意见不同的时候，要是我们的意见不同，我们会一起再商量、讨论。

现在最大的愿望？继续享受现在，要身体健康，我还想去别的地方看看，不一定要出国，瑞士也有很多美丽的风景。瑞士很好，瓦莱州也很美，可以到那里享受几天，（笑）这就是我的愿望。

丽娣雅带着一幅黑框眼镜，做事麻利，说话爽快。买菜做饭打扫卫生这些家务事都由她来干。她说她喜欢做这些，而且每天都忙个不停。虽然是继母，但她跟汉斯的几个子女相处得都很融洽。

卡特琳娜：我的父亲是一个一生都辛苦工作的人，他很重视生活中细微的事情。对他来说，细微的事情就是大自然里面的一切，包括打猎，动物，他的狗，或者一顿饭或一瓶好酒。

左图：汉斯一家人在吃午餐（摄影：薄义群） 右图：卡特琳娜的家

你从你父亲对生活的态度上学到了什么?

卡特琳娜: 我从他身上学到了，要尊重自然，要靠自己努力工作实现自己的目标，要尊重与你打交道的人，还有家庭是一个人幸福的最重要的因素。

你觉得你父亲现在是幸福的吗?

卡特琳娜: 我觉得我的父亲对他现在的生活很满意。他现在不需要再辛苦地工作，可以做他自己喜欢做的事情，他现在也很健康，很享受现在的生活。我希望他现在能对生活满意，生活稳定一点，心情平静一点。有时回过头来看看，他已经达到他自己的目标了。

02

斯蒂芬·穆森伯格

Stefan M ü tzenberg

水电站副总经理

阿尔卑斯山脉西起法国东南部，向东偏北绵延开去，经瑞士、德国南部、意大利北部，延伸到奥地利首都维也纳。阿尔卑斯山区占到了瑞士国土总面积的60%。有人说：“没有阿尔卑斯山便没有瑞士。”这话并非夸大其词。

崎岖的山势，高耸的峰峦阻碍了人类的活动，但却储藏了丰富的能源——水能。自1878年瑞士首次用涡轮将水能转化为电能以来，现在，瑞士57%左右的电力来自于水电。

车辆在盘山公路上行驶，偶尔会有一排排的电缆从头上掠过。翻过几座山，我来到了位于格林姆瑟尔（Grimsel）的KWO水电站，这是瑞士最大的水电站中的一个。斯蒂芬·穆森伯格博士是KWO水电站的副总经理，在世界很多国家都兴修过水电站的他最后还是回到了瑞士。

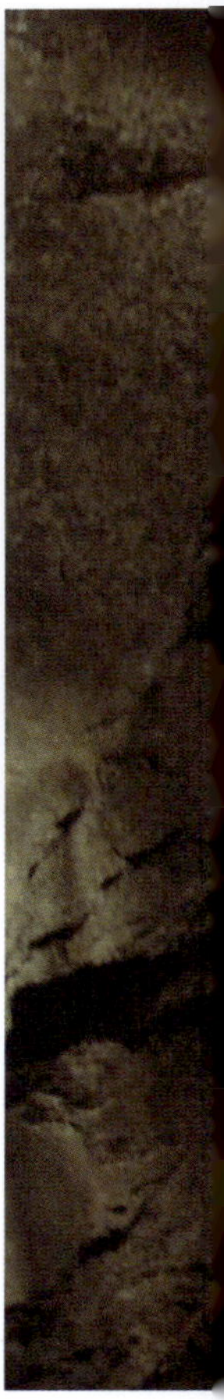

我喜欢这里的工作

穆森伯格穿着白色条格衬衫，打着黑色领带，一头短发，但是梳得一丝不苟，讲话随和。我们的谈话是在公司的会议室里。与其说是会议室，还不如说是一间多功能厅，房间的另一侧就是餐厅，不时有员工进来吃早餐，偶尔还有喧哗声和碗碟声传过来。

KWO是瑞士也是阿尔卑斯山区最大的水电站之一，这里的发电量可供100万人使用，苏黎士州、伯尔尼州大部分地区都是使用这里的电。我们的发电量大约是中国三峡发电量的6%。公司现在有250至260名正式员工，到了夏天会有不少临时导游加入进来，到时会有400人左右。公司员工主要来自本地，尤其是酒店和水电站大多是本地人。我本人不是本地人，但因为工作整个家都搬到这个村子里来了。

10年前我们公司开始开发旅游业，当时电力已经在市场开放，公众也想知道他们用的电是从哪里来的，所以我们决定把发电站开放，让人们来这里亲身感受一下。这里冬天是不可能的，旅游旺季就是整个夏季，来的旅游人数大约是25万到35万人。现在有一些通道都还没有开放，因为雪的原因，所以觉得有些安静，但到了夏天人很多，有人骑摩托车过来，有人开车过来。目前公司除了水力发电这个主业以外，我们还有旅游、餐饮、酒店和缆车等多个产业，进入了多元化发展。

我原来在另外一家公司工作，也是挺满意的，后来看到这个公司招聘有空缺的职位，我对这个地区也比较了解，然后我就应聘了，从去年夏天开始在这家公司工作。

我小时候住在湖边的一个小村子，家里经常来这一带旅游，以前我

左图：穆森伯格　右图：KWO水电站下面的隧道

也曾骑自行车到过这个村子，所以对这个地区比较了解，也被这个水电站所吸引。祖父也带我们到山区里度假过，所以我不是一个很都市化的人，而是喜欢自然的人。

穆森伯格曾经在菲律宾、土耳其、中国和南美洲等多个国家工作过。

这里跟其他地方有什么不同？这里的一切都井然有序。你不必担心火车不准点，也不必为去什么地方没有路而发愁。有些人喜欢这种秩序井然的生活，而另外一些则喜欢冒险。然而当你去国外冒险的时候，你可能不知道明天会发生什么。

喜欢这里吗？我喜欢这里的工作。来KWO主要是有一个新项目，目前这个项目还在建设阶段，今年秋天我还将开凿一条新隧道。你知道，对这些项目我都很喜欢。

平时我喜欢徒步，还有跑步。现在有时间做这些事吗？应该说到这里以后我的时间更多了，因为我们离山更近了。

慢慢的我喜欢这里的生活了

我原来住在瑞士北部，我学的专业是地质学，在一家很大的工程项目公司工作。因为承接大项目所以经常去世界各地工作，在海外工作了很多年，包括玻利维亚、南美洲、土耳其和菲律宾，也是住在一些僻远的地区。我也去过中国，因为原来的公司在中国有过项目，但具体在哪儿不记得了，应该是在南方。后来孩子们要上学了，就决定回瑞士定居。那时我去海外工作时都是自己一个人，所以还是比较辛苦的。

穆森伯格有两个孩子：女儿１４岁，儿子１２岁，妻子是俄罗斯人。

家人同意搬到山区吗？当然，我们开了一个很长的家庭会议

（笑），我们讨论了很长时间。孩子们喜欢新事物而放下以前的事。所以对于我们来讲也是个新机会，可以认识新事物，接触新观念，还有很多其他的可能性。

实际上，让我惊讶的是我很快就说服了家人搬到这里。那时我刚刚参加了KWO的第一次面试，我们一家人来到附近滑雪度假，我们开车经过就先来看了一下。那时正好是冬天，一片灰色和白色，很安静，但是他们却说这里真美。在来这里之前如果任何一个家庭成员说我不想去，我们也不会搬到这里。我不会强迫任何人，但是孩子们很高兴搬到这里。

孩子们最舍不得的当然是离开了自己的朋友，但是我女儿会看望她的朋友，有时也会在朋友家留宿，所以他们的联系并没有终断。当然他们需要些

左图：穆森伯格的家　右下图：穆森伯格的家人

时间在这里结交一些新朋友。对于他们这些从国外回来的孩子要融入到同学中最初肯定是有困难的。所以不管是女儿还是儿子在刚开始的时候都会遇到类似的问题。我们的办法就是跟他们的老师沟通，请老师来帮助他们，现在他们已经有了新朋友，也融入了班集体。

实际上我们大部分时间不用离开这里，因为这里什么都有，比如电影院，在迈林根，离这里不远。如果想去卢塞恩，你可以开车去也可以选择坐火车，开车也就需要一个小时。我太太喜欢逛街购物，所以有时周六我们会去卢塞恩，那里有一个大商场。

你知道瑞士本身就很小，山区人的想法跟大城市的没什么不同，基本差不多。在山区的孩子听的音乐跟大城市的孩子听的是一样的，当然他们都有电脑，iPod。

对孩子的教育担心吗？应该没有。瑞士公办学校的教学质量是非常好的，当然我们会考虑学校的地点以及孩子们怎么上学方便。我女儿今

左图：穆森伯格的家

年14岁。她正在学钢琴，所以她要去上钢琴课，要去迈林根上课，她自己坐火车去。而我们这附近没有电吉它，所以我儿子不得不去因特拉肯，我太太开车送他去，然后她在那里逛街。我儿子喜欢电吉它，像个摇滚明星（笑）。音乐学校是由政府出钱办的，当然花多少钱要看你学的是什么乐器，或者你是跟班学还是单独授课。

我太太是做翻译的，主要是俄语和德语，但现在她主要是在家照看孩子，已经不怎么工作了。我的孩子主要讲德语和俄语，现在他们在学校里学习法语。我们以前在国外的时候他们学过英语，在南美的时候他们还学过一些西班牙语。

应我的要求，我来到了穆森伯格的家参观了一下。这是一栋位于山坡三层高的木制小楼，由公司提供。很巧的是当我到他家里的时候，穆森柏格的女儿已经放学回家了。小女孩说起话来很腼腆。

穆森伯格的女儿：我现在上学要自己坐火车去，大概要15分钟。现在跟以前的生活有什么不同？那些朋友开始接触有问题，后来慢慢接触后就没问题了。另外以前住的地方离市中心近一点，这里就没有什么商店可以逛。但是在这里我有很多自己的爱好可以做，比如我喜欢养小兔子和猫，我还好喜欢骑马，在这里都可以做。所以一开始我就支持爸爸搬到这里。

穆森伯格的妻子：我老家是在俄罗斯南部高加索那一带。我和我先生是在俄罗斯认识的。当时我在一家旅行社做导游，他自己去私人旅游，主要是爬山，是我做的向导。一年之后他又来了，但我就不是导游，而是他的朋友了。我们是一见钟情，我们觉得这就是缘分，是命中注定。以前因为丈夫工作的原因，所以要经常搬来搬去，有家具，还有小孩子的动物，有猫、鸟，还有兔子，都要搬，是很难的，那么多东西要搬。跟以前比，这里更农村，与所谓的文明离得更远一点。但是从地理位置来说也可以，离卢塞恩、离伯尔尼都不是太远。应该说慢慢的我喜欢这里的生活了。喜欢什么？很安静（大笑），有时有飞机经过有些噪音外，平时都特别安静，对于我们来说很重要的是，可以有一种家的感觉在这里，整个家庭在这里很安静地生活。

我到他家的时候，正是孩子们放学回家吃午饭的时间，为了不影响他们的正常作息，我们的谈话便匆匆结束了。就在我离开穆森伯格家的时候，他儿子也回来了，虽然只有12岁，但个子已经很高，长得更像妈妈。

幸福在你的心中

对穆森伯格的采访和参观他家时间都很短。从大城市来到山区小城，他会从中找到幸福吗？他对金钱又是如何看的呢？……在一连串的问题之后，我对他的生活还想了解更多。好在在这个小小的“地球村”里，互联网已经使我们变得咫尺天涯。穆森伯格对我的一些问题做了简短回答。

怎么理解幸福？幸福就是在工作中或闲暇时间，可以做自己喜欢的事情以及做自己擅长的事情。如果你真诚、从容而又全力以赴地去做一件事情，之后，你就会从不同角度看待事物，就会明白什么东西使你幸福。幸福不需要很多东西。如果你的生活使你备受压力，或者你设法变成另外一个人，你就不会发现和明白使你幸福的小事情。

看着事物发展并且能参与其中，这就是我喜欢做的事情。这可以是你的小孩，也可以是你所服务的水利发电站；对世界具有积极意义和持久影响力的事情都是我喜欢做的。

我认为金钱不是幸福的源泉。幸福在你的心中，在于你的个性和特点，而不是金钱或奢侈品等物质的东西。

我现在生活得很幸福。我有时候也会有忧虑，但也许实际中它们并没有如此强烈和重要。如果是1到10的话，我想我会给自己打8分左右。

我自己最难忘的事是见证我两个小孩的出生。今天回想起来，我当时应该不要那么紧张，应该更多地去享受那一刻。

生活中有什么不满意的事情吗？我对生活中一些事情感到不满意并且想做出改变。这是生活的一部分，也是正常的。我会等待适当时机改善这些事情。这些是私人事情，我不会告诉别人，只会和我太太说。

你对那些正在寻找幸福的人有什么建议？

做你自己，并好好享受这种感觉。坚持做自己。做你想做的事情，而不是做其他人希望你做的事情。为自己而生活，而不是为了别人的期待而生活。

左图：穆森伯格家里的装饰花

03

安迪·伊姆菲尔德

Andy Imfeld

农 民

因为要赶山路，所以早上7：30分就离开了因特拉肯。15度的气温略有凉意，但是车窗外的蓝天白云和白雪覆盖的座座山峰让人备感轻松。我们的目的地是瓦莱州（Valais）的戈姆斯（Goms）。

“瓦莱”在德语中是山谷的意思。顾名思义，瓦莱州坐落在瑞士阿尔卑斯山脚下。这里有陡峭的悬崖和雄伟的阿尔卑斯山，汇集了众多海拔4000米以上的山峰和山口，马特宏峰、大圣伯纳德山口和采尔马特峰都是这一地区的佼佼者。

当汽车坐着火车通过一个隧道之后，山势变得陡峻起来，都市的繁华在逝去，远处的峡谷坡地上零星散落着一些村庄。这里是瑞士典型的山区。安迪·伊姆菲尔德就住在这里。他是戈姆斯当地土生土长的农民，但据说他又跟一般的农民有些不同。今天的采访对象就是他。

VALDOR

我曾一直梦想离开山区

经过两个多小时的颠簸，汽车停在一幢两层木制楼房的前面，这就是安迪的家。房门打开，一个中年男子迎了出来。他身穿黑色套头毛衣，牛仔裤，戴着一顶黑色长沿帽。浓重的络腮胡子特别显眼。他就是安迪·伊姆菲尔德。

我是本地人，在这里出生、长大、上学。我以前读书的时候，因为是在山区，所以10个年级都在一起读书的，所有人都在一个房子里面，老师教课时有一些是共同的课题，有一些则要再个别加深，这是山区特

里，去好远的地方，去新西兰、加拿大。但是我父亲去世得早，家有六个兄妹，我是最大的，所以父亲去世后，我就决定还是要帮母亲，因为我们有一个农业小公司，我决定留下来帮母亲。我干着干着就觉得不会再走了，就在这儿留下来。我就继续去学了有关农业方面的课程，拿了证书。我还学过销售，学过农业管理。因为从事农业工作，后来也积极在政治上推动有关农业方面的事项，我还是瓦莱州奶农协会的副会长。

我追问他平时都做些什么工作，他坚持继续讲他个人的经历，因为不讲完，我可能听不懂，说完自己哈哈笑了起来。

这里的海拔高度是1350米，每年有7个月是被雪盖着的，可以种植的时间特别短，因此在这样的高度上种植是很困难的，能种的也就是土豆，所以这里大多是畜牧业。在协会工作过程中，我发现农业本身是很难在瑞士发展，特别是在山区遇到很多问题。比如说有一百农户可以靠种植为生的话，现在采用了机械化种植，只需要七八个农户就行了。所以在这种情况下，就业结构变化挺大的，而且几乎就很少有就业机会了，年轻人肯定就要走，要去城市，这也就意味着将来这里没有农业了，没人种田了，也就没有旅游业，也就没人了，这里也会慢慢消失的，这会是一个大问题。后来我就想到了是不是可以与大型超市COOP（一

有的教育制度。现在我们把几个山村集合起来，有一个共同的学校，20多年前开始做这件事情。比如说这个村子的学校是教这两个年级的，那个村子的学校是教那两个年级的，这样就可以使同级孩子们在一起读书了。

我上了九年基础教育，后来去学了销售。我一直梦想是离开这

左图：阿尔卑斯山区的农舍

安迪家的牛

个瑞士的超市连锁机构）进行一些合作。

瑞士农业以畜牧业为主，畜牧业的产值占农业产值的3/4到4/5，主要饲养牛、猪、羊和马匹。主要农作物有小麦、大麦、马铃薯、甜菜和水果。

我的愿望就是怎样把这里的产品提高价值，开发另外的可能性，创造就业机会，让年轻人能够留下来。我们的奶农协会将近有一千户奶农，除了鲜奶奶制品外，最主要的是生产奶酪。奶酪在这里有几百年的历史，是非常典型的本地产品。我想寻找一种方式，因为当时奶酪的制造还是很家庭化，很小规模的，怎样让他们联手起来，把产品打出去。

现在还想离开这里吗？（安迪坐在椅子上，手托着下巴沉思了一会）我慢慢觉得这里是自己的家乡，是我的根基所在。另外这里的环境虽然不算好，但要看你如何学会适应这种环境，在这种恶劣环境中要生存，而且要生存好。其实这里的人也慢慢学会了不需要太多的东西就能够满足，这也是我喜欢的。外面的世界东西太多，奢侈豪华，其实人不需要那些东西，也能达到满足，这就是我觉得好的，也看到周边的人一点点东西就能让他们觉得满足。其实我还有一个角色，就是要帮助山区村民们能够再拥有一点，再完善一点，我觉得这是我所骄傲的，我喜欢这种角色。

瑞士国土有1/4是高山、冰川和湖泊，完全不宜种植；有1/4是草原牧场，可放牧牛羊；有1/4是森林，出产木材；最后的1/4是草场和耕地。耕地主要用于生产粮食、土豆，还有一部分是葡萄园，所产葡萄全部用于酿酒。

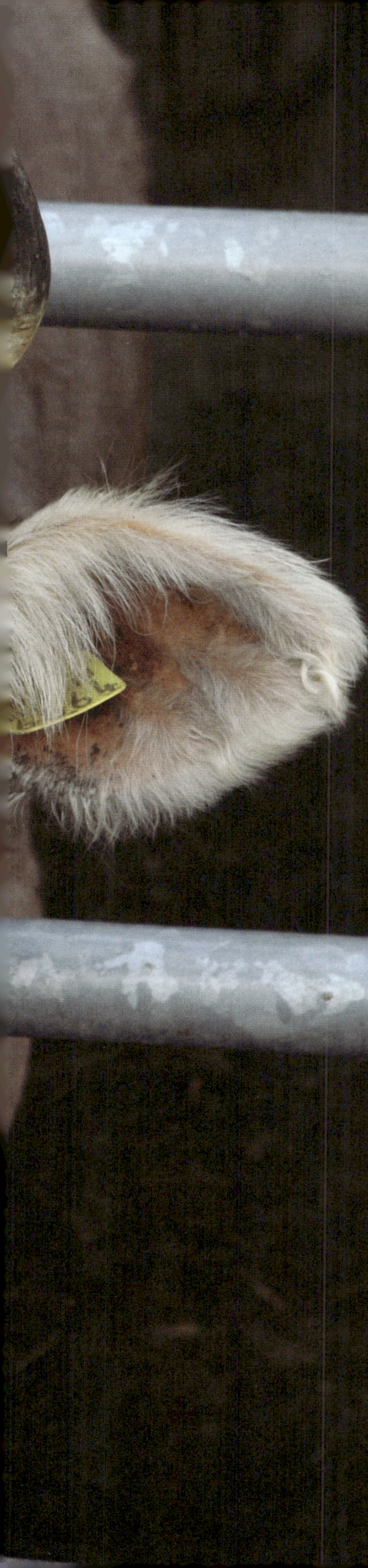

农民与总裁的对话

我们坐在安迪家外面的露台上，安迪的妻子端来了当地的一些特产，有薯片、熏肉和饮料，有一种是当地产的红茶（Bio Alp Tea），里面放了阿尔卑斯野玫瑰，红色的。

以前这里的生产都是以一个个家庭为单位，

那种简单的作坊式的生产，卫生状况也不理想，当地人吃还行，但要把产品打出去，就不能让人家看到是这样的。我第一个做的就是做一个样板，将农户集合起来。你看以前的厕所也就是拿一块木板架着就成了，可见环境多差（他指着一张旧报纸）。不过现在改造完之后，已经变得相当不错了。

为了宣传山区的农产品，我们做了很多活动。记得当时我们做了一个巨型面包，每卖出一块，收回来的钱都会有一部分捐给我们山区。这种活动，如果光是做一个还解决不了山区的问题，然后我就想是不是可以开发一个山区产品的标志（Pro Montagna），在COOP里很明显的地方摆放。这就是具体的合作了。

2006年11月，这是个非常关键的时间，我们要说服超市管理层，接受这种想法，开始合作，把我们这种支持山区的产品打出来。COOP公司总部在巴塞尔，不过那天刚好他们公司在Brig那边有个开业仪式，有一个新的网点开张，总裁就去了那里，给他打了电话说在那里见吧。超市总裁说给你一个小时的时间，如果能说服我，我就合作。结果我一去，一直持续了三四个小时，跟他谈。在开业典礼后的晚上，从七八点一直聊了快深夜。COOP公司也做了市场研究，也从各个角度来考察这个方案合作的可行性。基本达成合作意向之后，我还需要具体地说，产品进到超市后如何体现它的特色，让人有兴趣，比如产品中都加入了与山区有关的元素，其实后来超市也发现这是一个特色，这个主意很好。这个提议是由我们这里提出来的，但后来就扩展了，扩大到整个瓦莱州以外的山区都可以，只要是山区产品都可以打这个标志。这个概念形成后，又扩展到了所有的山区。只要是山区的、本地的产品，小型企业，

上图：安迪与长号女乐手艾丽雅娜在超市推广"支持山区产品"（摄影：薄义群）　右图：安迪在做午餐

BIO-BERGKÄSEREI GO
NATÜRLICH GUT

一般在本地生产的20人左右的小型企业，只要能在当地创造就业机会的产品，就可以打这个共同的标志。产品销售后，其中有一部分收入COOP超市会拿出来放在支持山区发展的基金里，就像当初他们支持这里的第一个项目那样，支持其他地区。

夏天牛要上山吃草，我们在山上各自都有养牛场，但是都比较简陋，我们就想在上面联合10家农户做一个大型一点的养牛场，但是资金从哪来？于是我们就想到与超市COOP合作，做一个试点项目，争取他们的支持。后来我拿到了20万瑞士法郎的投入，把所有东西都更新，而且成为了样板，那里冬天是关着的，夏天才会启用。

目前瓦莱州有20个产品在销售，在整个瑞士这个标志下有80多种产品，有酒、烤奶酪、奶酪，还有当地葡萄酒，Pasta，还有一些肉制品。还有一些产品，比如说切奶酪的刀和砧板等。

一个普通农民与超市总裁的对话为山里的农民打开了一片新天地，这是很多人没有想到的。安迪说话声音响亮，也很健谈。他喜欢按照自己的思路把话全部讲完，不喜欢别人打断。

两年前有人来到这里说，这里风挺大，是不是可以做风力发电。做风力发电第一步需要找投资，要测风速，要看哪里的风最适合，需要设备，我想这个投资挺大，但如果可以在这里建成，那又可以创造就业机会了，对于当地也挺好的。于是我又去向COOP超市老总推荐，希望得到他的支持。结果真成功了，他们给了200万瑞士法郎的资金，当然第

左图：安迪在奶酪销售店　右图：山区的养牛场（摄影：薄义群）

一步是找到好的合适的地点。现在还是在建测风速的仪器，要树立很多这样的设备，看看哪儿的风速大。这个地区已经有五个测风速的站点，还会有7个。将来的目标是，找到合适的地点，要在这里建70到80个风力发电机。现在我们就风力发电已经成立了一个公司，我是该公司的负责人。

我还是农民

安迪显然不是传统意义上的农民，他的点子多，想法多，而且能付诸行动。更难能可贵的是他在为整个山区争取支持。

干这些事情占了我很大部分时间，所以我自己的农业公司就请了两个人来帮手。现在我的农业公司也在增加其他项目，比如说我们会买几头马，这里可以有骑马场，也可以开设骑马培训班。

我扮演的是什么角色？我现在等于是协调生产地与超市之间的角色，现在继续寻找新的产品，能够在超市中有机会引进的，不停地在做这种桥梁的工作。

算是职业经理人吗？不。我还是有农场的，我还是农民。现在奶农协会会长的位子我已经不做了，村委员会的工作也不做了，现在主要是经营自己的农业公司。每个月还有两三天去寻找好产品推荐给COOP超市，这算是一个小项目，等于是为超市做的，所以还是有一些回报的。

会不会忙不过来？时间是有限的，关键看你怎么使用和管理它。到了一定阶段，就要说，不行了，我必须雇人帮忙，所以我的农业公司才会有两个帮手。我觉得自己怎样管理和使用好自己的时间，这是最重要的。我可以把时间安排得很好，所以到了晚上我还可以与家人坐下来喝一杯。

上图：安迪查看牛圈

安迪带我们来到了他的牛圈。这里不是简单的牛圈，据安迪介绍，牛发出来的热量还可以取暖。这时一头牛变得有些烦躁，想出来，安迪过去抚摸着牛头，不断地说着："你是我的小可爱，你不可以出来的。"

我家里有14头牛，都是奶牛，是棕色品种的。平时挤奶都用机器。每头牛都有名字，你看牛耳朵上挂着牌子，上面是它们的名字和编号。尾巴都被吊着，因为不会乱挥，会脏。现在有两个人管理这里。夏天会把牛赶到山上放牧，冬天一般就关在这里，但也会让它们出去走走，大概两个小时。

你看，我们这个牛圈很有意思。牛身体会发出热量，冬天让它们在一个封闭的空间里头，我们就可以把热量抽出来取暖。这里很多家都这样做。现在节约能源在这里是深入人心，大家都想尽办法，尽量不烧油，减少环境污染。

希望可以吸引青年人回来

瑞士的山地面积几乎占国土面积的70%，在二战结束以前，瑞士有

25%的人从事农业，如今这一比例仅为3%～4%。

在戈姆斯地区有25个村子，总人口在2500人左右。我们村子总共200人，30%左右是年轻人。现在差不多一半的年轻人都流失了。我们现在所做的，就是希望能吸引他们回来。因为他们是否愿意回来要看有没有就业机会。

年轻人，特别是那些受过高等教育，或受过较好专业培训的人很难留在这里，这也是为什么有支持山区这个项目以及风力发电项目的原因。这些项目不光可以创造就业机会，而且每个公司都需要有管理人才以及各方面的人才，这样就能吸引年轻人。比如风力发电这个项目做好，可以创造30～40个就业机会，而且可能是年轻人比较喜欢的，因为是高科技，而且清洁能源是可持续发展的，相信可以吸引一些年轻人回来。还有意大利面食公司需要一个管理的总经理吧，这样那些有学识的人也可以到这里来，这正是我们的目标。包括现在政治方面也有政治家开始极力想要为这方面做些事情。曾经我们这里手工工人以及农户，是被看不起的，不是什么好的职业，但现在我们要把这种观念扭回来，又得强调重视手工，重视农业，没有木工、电工，如何生活，对不对？不是每个人都要去深造学习，而是希望有教育程度高的人也能回来就业，慢慢的把这调整好，调到一个比较高的起点。

有没有人从外面搬到这里来住的？现在不少地方都在进行分区的整合。我知道的有四五户人家来到了这个地区，有的是因为环境好才来，有的是为了孩子。其实外来人中有一大部分是来自德国的，他们本身也是从事农业的，可能是那边工作难找，觉得

上图：安迪家的柴房

这里有机会，或者是做酒店的，从而搬过来的，这是一部分。瑞士也有一部分过来的，年纪大一点的比较多，觉得环境好，空气好。说起年轻人，为了就业来这里的，就很少了，几乎没有。现在不像以前，我们那个时候都不一定要继续深造，而是选择学专业的。不过，现在年轻人中继续深造的人越来越多，在大城市学习和工作。这部分人一般不太可能再回来了。

瑞士农业人口比例虽然很小，但却有幸能够得到7所直属联邦政府的农业研究所的大力支持。另外，农民还可以通过合作社接受新技术培训，如COOP开办了在线教育，社员可以在网上学习农、林、牧、植保、木工、机械修理等知识，通过网络进行电子采购和库存管理。瑞士政府还对有机农业给予补贴，鼓励农民加大生产。

现在瑞士的旅游业很发达。但是我们不想要大规模的旅游业，而是想慢慢地细细地发展，不是说一下子很快让很多人进来，是希望真正进来的人是真的喜欢山区，并想看些什么，我们也希望能够给进来的人看到一些别的地方看不到的东西。

但你要让人进来，前提就是山里的村民要能留得下来，人一旦离开这里就没有旅游业而言了，这里就变成森林和山了，没有人气没有人文了，这也是我们要那么努力地做这些项目的原因。希望能留住人们，留住产业，然后在这么美丽的环境下，又有人文、产业，旅游业与农业、畜特业是紧密相联的，这些都是基础。

我个人的情况？哦，我有四个小孩，21岁、19岁、17岁、12岁，两男两女，最大的和最小的是女儿，中间两个是男孩。大女儿是

上图：安迪家外面的露台

采购员在卢塞恩工作，儿子是木工，在这里。另一个儿子在接受完九年教育后做了森林工。最小的还在念书。

希望自己的孩子出去发展吗？从我自己的经历来说，年轻的时候想出去，后来没去成，所以我也很理解年轻人想出去看看的愿望，但随着年纪的增长，机会很大的话，可以在外面学好东西，比如学一门手艺或课程，但最后家乡有机会的话，最好是能够回来，回到家乡做点事情。

要把名人资源利用起来

在采访安迪的过程中，他的妻子一直忙着帮我们倒饮料，拿零食，有时也会坐下来听我们聊些什么。到了吃饭的时候，大家已经变得很熟悉了。她走到丈夫那边，靠着他的肩膀笑着对我们说："他有个习惯就是一直戴着帽子，而且从来不光着头照相。"她一说完，就趁安迪不注意，立刻把安迪的帽子摘了下来，还对我喊着："快把他拍下来！"结果大家都哈哈大笑了起来。

国际足联主席布拉特的家乡就在这里，现在布拉特的家人仍居住在这里，其中包括他前妻和女儿。这里每年都会有足球

界名人的聚会，这里是世界足球最重要的聚会点，而且越来越多足球明星也加入了进来。记得2007年的时候，这里举行了一场足球联赛，当时布拉特、欧洲足联主席普拉蒂尼和德国足球传奇人物贝肯鲍尔都来了。赛完后还会一起去吃瑞士的奶酪火锅，电视台的体育主持人也是这里的人，他也会来。这个小地方一下子成了足球界的焦点。

我跟布拉特是老朋友，去苏黎士的时候，我也会到国际足联总部他的办公室看看他。他来这里也会来我这里坐一下，喝杯东西。虽然这里是山区，但跟外面联系很紧密，不是人们想象的很荒凉的地方。

我以前也踢球，踢到19岁，韧带撕裂了，就没再踢了，不过我最小的儿子在踢足球。

这里很少住户，以前就更少了，一条小路，只有路两边一些居民，现在开通了一条隧道，可以通往卢塞恩，所以这边也开始扩建了，对于他们来说世界也开始变大了。

国际足联主席布拉特的故乡在瑞士瓦莱州的乌尔里兴（Ulrichen）。1998年布拉特当选国际足联主席，为了纪念这一时刻，家乡人就以他的名字命名了一个足球联赛“泽普·布拉特联赛”。有时布拉特也会下场踢上几分钟。

我们这个地方虽然不大，但却真的出了一些名人。你知道，世界有名的利兹酒店在巴黎，但利兹酒店最早的创建人就是这个村子里的人。现在村子里还有一个纪念牌。这个人在瑞士建了第一个奶制品厂，把消毒过的牛奶推广出去的是他，也是他把奶制品带到了巴黎。所以我们要把可以利用的资源都利用起来，为年轻人创造机会，这样这个村子才会有生机，否则就消失了。

家乡的文化还是很重要的

我9岁开始在教堂弹风琴，后来自己修了一下音乐，在这里给一些合唱团作指挥。20岁的时候，我组织了一个乐队，那时候我在服兵役，我是手风琴和键

上图：安迪的家　下图：安迪的家乡（摄影：薄义群）

盘手。这个乐队去过柏林等好多地方。我们四个人不是都在这里的，有一个人是住在30公里以外的，慢慢的，现在这个乐队只剩下两个人了。现在我也比较忙了，一般只有在教堂做弥撒的时候，我会去演奏。当时我们这个乐队还出了一张ＣＤ。

安迪的妻子不知道什么时候拿出来了几张安迪当年出的ＣＤ，并在播放机上播了起来，这是一些民谣式的歌曲，很有地方特色。

为什么会做音乐？我觉得家乡的文化还是很重要的，想挖掘一些。瑞士农村在19、20世纪是很苦的，很多人都移民了。特别是法国大革命之后这里曾经被征服的那段时间。19世纪有些人移民去了阿根廷。前几年，应该是90年代初，大概在1992年左右，这些移民开始回来看看这里怎么样了，就是叫这个名字的老太太（他指了指唱片上的名字Anni Loif），当时她唱了一首歌，说是当地的歌曲，可是我们从来都没有听过，然后我们把这首歌录了下来，再重新唱，并把这个名字做了标题。

这个故事让我觉得，当地的音乐慢慢流失了，要把它重新挖掘出来。

CD播放机里传来阵阵歌声。

歌词是什么意思？这是本地话唱的。安那和巴贝都会拉小提琴，安娜追着小男孩，那个男孩不喜欢，然后唱着重复的几个音节，叫安娜快跑、快跑，小男孩在花园里。男孩就说，你别往外跑，你就在里面呆着吧。下面说的是当地的气候，说明天要刮风啦，吹得我们耳朵都要飞起来了……（笑）

在采访安迪的时候，戈姆斯旅游局的负责人玛雅也过来了。她说安迪的想法和眼界是开放性的，国际性的，是个开放性的农民。他曾经想要移民，真是太幸运了，当年他没有走。山里年纪大的农民比较多，会读书有文化的不多，而安迪不仅在这里有自己的根基，而且是把眼光放向了世界，这里太需要像他这样的人了，太幸运当年他没有走。

玛雅：我是从事旅游业的，安迪对我们来说很重要，他有很多经验，很多知识，他当时想出去后来又回来了，这里有很多年轻人离开山区，有的回来，有的就不回来了。每个瓦莱州人都希望回到家乡来，但是没有这种机会，而安迪就有了这种想法，可以创造就业机会，这也是我觉得安迪最大的功劳。农业和旅游业是紧密相关的，如果旅游者来这里想看这里的自然环境，比如说花草牛，如果这里没有农民，只是荒草也没有动物，都荒废了，就不可能吸引旅游者。安迪的个人魅力，在当地人中有影响力，可以推动很多项目的进程，带来革命性的想法，他把自己的主意，向当地农民宣传，不能再这样小规模个体地运作了，慢慢就被人们接受了，强调他的个人魅力。说到年轻人

左图：安迪与朋友　右图：安迪收藏的CD（摄影：薄义群）

会不会回来，当然这里有旅游业，但就业机会是有限的，现在引进风车项目，会对那些在外面学习的年轻人，使学有所成的年轻人也有机会发挥他们的专长，这也是很积极的。

安迪不仅多才多艺，而且点子也很多。他和朋友一起搞了一个马车旅游项目，有时候他也会在马车上拉上一段手风琴，这已经成了当地的一个特色项目。很多游客都喜欢坐着他的马车，观赏当地的自然风光，欣赏美妙的本土音乐。

安迪是我幸福的所在

2009年夏末秋初的一天，我再次来到了戈姆斯，见到了安迪一家人。他正在跟小女儿在山上收割牧草，为过冬的牛马准备饲料。安迪依然戴着那顶“永不落幕”的帽子，依然是牛仔裤，依然是精力充沛。安迪的大女儿阿迪娜也在家，她现在失业在家，偶尔会帮村里的工厂做些事。她的背上刺了三个醒目的中国字：福、爱、康。

阿迪娜：背后三个字是“福、爱、康”，这三个字特别重要，如爱情，有了爱情就会有幸福感，给周围人带来幸福感，还有健康当然是很重要的。

如何理解幸福？如果与周围的人都处得很好，就会觉得很幸福。是否继承父业？尽管我很喜欢动物，但我从来没想过去接管农场，目前我在卢塞恩住，还要在那里找工作。为什么？我觉得卢塞恩地理位置很中心，去哪儿都方便，从我的就业来说机会也会更大一些。卢塞恩有湖，气候我也喜欢。我觉得现在幸福吗？如果我可以重新找到一个全职的工作，那就更幸福了，不过现在我在这里与我喜欢的动物在一起，还有以前的同伴在一起也挺幸福的。

我爸幸福吗？当然啦，因为他推出了支持山区产品项目和风车项目，他已经获得了很多成功，当然他幸福啦。

安迪的大儿子塞谬尔今年19岁，现在在山里工作。小伙子个子瘦高，很腼腆。他正好中午回家吃饭。

塞谬尔：我现在在这里做木匠学徒，挺不容易，发了不少信，最后才得到这个学徒机会。是不是想到大城市去？如果有机会希望出去，到更大的城市去，当然还是要看机会了，我的同伴们也都是这样想的。但是，我的大部分同伴还是留在山谷中当学徒，如果这个年纪就出去独立生活，确实也存在费用问题。其实自己也想过将来的问题，会不会留在这里，但都还是挺难说的，想出去看看，然后会回来，但多久还不好说。最吸引自己的是山区的环境和这个山谷中的感觉。会不会继承父

上图：安迪家的马圈工具

业？曾经想过，但还是想从事木工，喜欢有定时的工作时间，做农民没有固定时间工作。

我认为什么是幸福？这个问题很难，什么叫做幸福？健康比较重要，要有一定的经济基础，这个问题太难了（塞谬尔不好意思地笑了笑，又接着低头吃饭了）。

山区的天气说变就变，一转眼下午就下起了雨，我和安迪还有他的女朋友艾丽丝坐在外面的露台上边喝咖啡边聊天。

安迪：说到幸福感，这要看是什么方面，比如说职业事业方面，个人方面，还是有分不同场合，比如说在晚上和艾丽丝在一起坐在这里喝一杯白葡萄酒就觉得很幸福。这种感觉特别好，我感觉到家庭温暖，这种感觉与钱无关，其实也很简单，往往在一些细小的事情上，人们也可

以感觉到幸福。

（安迪把手搭在艾丽丝的肩上）我觉得今天之所以能够做一些事情，实现自己的目标，与家、与艾丽丝关系很大，像风车项目如果没有这种感觉，没有艾丽丝的支持，就不可能有这个项目。所以非常重要的是要有一个好的感觉。

艾丽丝：要我说为什么会爱一个人，这很难说，应该说是我们两个人找到了彼此，我也喜欢这个山区，我喜欢动物，也比较喜欢静的地方。

上图：安迪和女儿在割草（摄影：薄义群）

安迪：我对我现在的生活很满意，我可以直接打一个10分，我感觉很好，我在这里有一个家庭的感觉，当然如果你同时有很多项目要做，肯定会遇见很多困难。当然我现在是生活在今天，站在这里，每天晚上我会自问一下，我今天做了什么，实现了什么，第二天早上起来又是新的一天，看见天上的星空，感觉到好冷呀，但这种感觉就是特别好，再加上一杯好的咖啡。

艾丽丝：安迪让我觉得很快乐，因为他不复杂，很容易相处，两个人可以一起做很多事情，因为他很简单，所以两人在一起很开心。我们在一起从来不会觉得无聊，他就是我的幸福所在。

安迪：我觉得我们不要寻找很大的东西，要从小的开始，幸福可以从一件小事上获得，比如说一杯咖啡、一杯葡萄酒和一个可信任的伴侣，很多人老觉得要在远方寻找幸福，老是想寻找新的幸福，但实际，幸福就在你的家门口，以前我也是老想要离开这里不想当农民，但我最后还是留在这里，而且在这里生活了，最后在这里在自家门口也找到幸福，而且在自己的家乡里享受这种生活。所以应该说我们还是可以从小事、平常事中找到幸福的。

04

彼得·弗吕克

Peter Fl ü ck

前任市长

赶到布里恩茨（Brienz）市政厅已是下午4点。如果不是墙上画的徽标和德语说明，我绝不会想到这里竟然是市政厅。实际上这就是一座简单的两层木制楼房，看上去有些陈旧，而且门前的地面显然还在整修。这时一阵大风夹杂着雨点把我吹进了市政厅。弗吕克先生已经在二楼会议室等候了。

彼得·弗吕克在布里恩茨市做过两任市长，现在是伯尔尼州的州议员。他之所以引起我的兴趣是因为他们的市长与我们中国人想象中的市长完全不同，另外就是当年他是自愿当市长的，因为只有他一个候选人，也就是说如果他不做，布里恩茨可能就没有市长了。

technik ag
Sanitär
eizung – Lüftung
englerei

当市长是为了给大家做些事情

半年前有一位负责水利的中国部长来访问过，所以你们是我接待的第二批中国来客，我先简单介绍一下瑞士的政治制度。1648年瑞士赢得了独立。1812年瑞士联邦宣布成为中立国。1848年，瑞士的第一部宪法诞生。我们共有26个州，每个州都有高度的自主权，比如可以制定自己的宪法和法律。瑞士实行两院制，由两院选出7名成员组成的政府是瑞士的最高权力机构。

彼得·弗吕克显然准备得很充分，还专门做了PPT文件。我刚一坐

下，他就介绍起了瑞士的政治制度。但是我对他的个人经历更感兴趣。

我是从2001到2008年当市长的，干了两届，一共是8年。

有多少人跟我竞争？第一次没有竞争对手，我是唯一的，就自动当选了，也没有所谓的反对票。第二次有一位竞争对手。当时我拿到了850票，对方拿到300票。布里恩茨有四个政党在议会中有席位，以前是五个。我所在的自由党（FDP）在这时算是第二大党。

为什么要竞选市长（笑，没回答）？

是为了权力吗？“奈、奈”，不是为了权力，这个职位是没有权力的，公民才有权力。本身我就喜欢政治，而父亲也做过市长，我从孩提时开始就关心政治方面的事情，觉得这方面的事情也需要有人去做，去推进。但我弟弟就对政治没兴趣。为什么我要做市长，因为我想通过自己跟各方的协调工作，能够促进一些事情，成就一些事情，为老百姓做些事情。

我自己觉得做得最大的事情，就是灾后重建工作。为这事我投入了近一年的时间，到处奔波，几乎占据了我全部时间，对我来说那是非常繁忙，压力很大的一年。

2005年8月，瑞士阿尔卑斯山区连降大雨导致泥石流。布里恩茨是当时受灾最重的地区，共有2人遇难，25个家庭无家可归，多处房屋和道路被摧毁，交通中断，外面救援人员无法进入。当时彼得·弗吕克带领居民进行了自救。灾后重建工作将于2010年完成，总投入达3500万瑞士法郎。

另一个觉得比较自豪能够推动的事是要建一个体育馆。一方面我本身很喜欢体操，另一方面这里也有一个蛮强的体操俱乐部，我也知道中国的体操是很强

上图：弗吕克介绍自己家的节能改造

的（笑）。我从7年前就开始推动这个老百姓也很渴望的一个体育馆的建设提案，直到最近才通过说可以建了。第三个是前面湖边要建一个湖边走廊，也是一个新的项目。现在是小小的一条道，将来会做得宽一些，做成一个湖边的景观。既可以为旅游者提供方便，而且会有较大的空间，本地的孩子也可以在那里做些运动什么，也会有一个大型一点的停车场，旅游车可以调头，所以会对整个区域有所改进。

老百姓满意吗？很难说，有人满意，也有人不满意。让所有人都满意是不可能的，但是我坚信大多数人是满意的。

当市长的收入跟一个学徒的收入差不多

现在虽然不是市长了，但我还是伯尔尼州的州议员。有时候也挺忙的，很少有正常的一天（笑）。要参加各种活动，要开会。每年要开五次全会，总共是两个半星期。其余时间我就做公司的事情。以前，差不多花费五到六成的时间做市长的工作，但灾后那一年重建几乎是百分之百，公司也就交给我弟弟等人去打理。正常的话，我一般早上7点多就到办公室了。

我有两个孩子，两个儿子。一个是在我自己的公司里工作，另一个是做木雕的。学完这个木雕之后他去了美国两三年，在艺术学院学习，回来以后做一些比较现代的作品。

彼得·弗吕克和弟弟一起经营着一家建筑设计公司：Flück Haustechnik AG。

有一个同事给我算过，当市长的收入跟当一个学徒的收入差

上图：弗吕克离开布里恩茨市政厅

不多。

家人支持我吗（笑）？这个问题挺有意思，确实是这个现状。做这个工作需要家庭很大的理解，首先是太太的理解；第二是公司里的家庭成员，像弟弟，还有儿子也要理解。因为我把时间花在市长的工作上，公司的事情就需要他们承担。但是我们这个家庭有从政的历史，父亲也当过市长，所以我们家里会理解。大家都觉得，总有人要去做这项工作。如果大家都认为这项工作不讨好，谁都不做的话，只能是无能的人或是不适合的人去做。而我具有企业管理的能力，我觉得可以用到行政管理上去，这样对于当地的发展，当地企业的发展包括我自己的企业发

BE·83468

展都会有好处。

做市长与做生意有冲突吗？没有太大的冲突。不过有一次，因为我当市长时推出的一些措施和举措，有一个酒店不满意我的做法。原来这家酒店是我公司的客户，后来就再也不跟我的公司合作了。当然因为职务关系，我也会建立很多关系网，会有很多新的客户，或者是相互之间介绍推荐，这也是一种平衡，有人不跟你合作，也会有新客户。

布里恩茨位于美丽的布里恩茨湖畔，自古就被称为“木雕之乡”。旅游业和木雕业是当地的两大支柱产业。布里恩茨人口有3000人左右，其中90%以上讲德语。

下一个目标是什么？从从政的角度来说，我已经做了很多了。现在我还是州议员，已经做了三年。我现在已经52岁了，应该说这么多年从政我牺牲了很多，很多事情没法做，跟家庭跟好朋友们。我觉得在现在的州议员的位置上我还能做很多事情，但从政治支持率上很难讲，如果我的支持率高的话，可以考虑去做国议员，但这不是我所有的目标，我还要把家庭因素等等都要考虑进去。

搞节能建筑是我的信仰

我是在这里（布里恩茨）长大的。长大后曾经到苏黎士学习过，然后去过伯尔尼，我还是比较开放的，喜欢这里，也可以去其他地方。我在苏黎士是进行技术培训，说实话，我也挺喜欢苏黎士，想留下，但是我父亲在这里，我们的公司是家族企业，虽然我父亲没有强制我一定要回来，我也可以决定回与不回，但我最终决定还是回来。

喜欢这里什么？这里有很多非常好的条件，一是大自然的条件，有很多水、湖、河，还有冰川。另外这里非常安静，我喜欢这种宁

上图：参观木材厂

上图：瑞士山区的民居

静的环境，空气好。我喜欢的运动也可以在这里做，夏天可以游泳，冬天可以滑雪，秋天可以骑车，提供了很多我喜欢的东西，提高了生活质量。

补充说一下苏黎士，这边有很多人想要走出去，去到大城市，其实是去开阔眼界，接受教育或是工作一段时间，我觉得这个很重要。人不能老在一个地方待着，出去看了以后是为了回来更好地把看到、学到的东西运用到本地的工作当中，有新的见识和想法。我觉得这个很重要，而我的同事也都会到大城市里去看看。

彼得·弗吕克的公司离市政厅不到五分钟车程。应我的要求，他带着我参观了他的公司。目前他们公司正在推广一个叫做Minergie（Minimal Energy最低能源消耗）的项目，而且弗吕克已经把自己公司办公室的一半按照新标准进行了重新装修。

现在由于气候变化和油价的提升，能源缺少，让我们有一个挑战就是在建筑当中尽量节省能源，关键是做到房子的绝缘，像墙体窗户要做到不漏风等，对于他们来说挑战很大。比如对于能源的消耗量，州政府都有规定。就供暖系统来说，1993年一平方米取暖可以是12.1升油的使用量，到2009年就只能是3.81升的用量，可以说是要降三分之二。所以整个房子的绝缘性就变得很重要。比如说原来的墙体是10公分厚，现在就必须加厚到19公分，才能达到较好的保暖效果。按照政府的规定，将来能源的使用会有个标准，分等级，将来买房子非常重要的就是需要有一种“能源证书”。如果是低能源的，也能带来好处。评级和发证书也包括对老房子的检测评定，现在建新房子没有问题，都会按照政府的有关文件，但旧房子就要考虑

上图：瑞士山区的民居Chalet

并不断改造，因为会影响到将来卖房子的价格，如果能量销耗大，价格就会低。

有些协会团体在政府条例规定的基础上又进行研究和设计，设计了一种新方案，叫做Minergie（Minimal Energy 最低能源消耗），如果按照这种方案来建房子，它的节能性会比政府规定的还好。我们公司就是做建筑方面的，像埋管道、墙面、卫生设备、空气通道、取暖等等，里面外面都要做。我们公司创建于1956年，有19名员工，5名是专家，安装工人有11名，3名是学徒。政府的条例也给我们提供了很多的工作，像取暖的，很多房子都要改造，很多房主会请我们去看，提建议，这个房子要怎么去做。在这个区域像我们这样的公司，可以给客户提供方案，也有工人可以直接改造的，我们是唯一的一家，所以有较好的条件。

在瑞士，MINERGIE节能房屋标准主要用于衡量建筑物是否使用了最先进的节能技术，以及建筑内部是否大量使用了再生能源。

除了把公司重新装修，弗吕克也在改造自己的家，按照他的说法是要达到Minergie的标准。他家位于半山，是那种瑞士的Chalet，前面花园很大。

在我们这里所有城市规划、交通、建筑都要统一规划。内部装修是自由的，但外部的模式和颜色，甚至屋顶的形状，还有配备多少绿地，都是有规定的，尤其是在一些环境保护区、旅游区等范围的建筑也有很多规定。而且每个市都有自己的建筑方面的规定，无论是500个人的市还是2000人的市。有些地方可能要建特别传统的，而有些地方可能要建特别现代的。而且按照我们的划分，州下面还有大的分区，分区下面还有市，层级很多。像布里恩茨所属的分区有29个小市，所以一个分区要找到一个共同解决方案是很困难的，这是件很不容易的事，每个市都要为自己的利益去争。我做过这样的工作，我知道其中的苦衷。各市也有自己的条例，比如说建筑条例，市议会要开会，提案讨论公民投票表决。再比如垃圾的回收，每个市都不同。

花那么多钱重新装修房子值得吗？如果有钱的话，有些人可能去车买一辆保时捷，但把房子进行节能改造这是我的信仰。而从经济角度来讲，也很重要，可以省很多能源，把这些能源加起来，我们算过10年以后就可以取得回报。

这时弗吕克的妻子从房子里向我们走过来，一边向一个经过的邻居打招呼。

邻居会不会受我们的影响？这个要看他们自己了，不能逼人家。但很多人会这样做的。一是节约能源，另一方面如果他打算把房子卖掉，早晚是要这么做的，否则房价是要贬值的。你看现在能源价格在不断升高，节约能源将是很有意义的事情。

上图：瑞士山区的民居Chalet　下图：弗吕克与妻子

05

菲利科斯·塞勒 和 苏姗·塞勒

Felix Seiler and Susanne Seiler

少女峰观测站管理员

以前有机会上过少女峰，也曾站在斯芬克斯观景台上感叹山下风光翻卷，山上气吞万里的银色壮美。但是如织的游人，魔幻的冰宫、餐厅、邮局和商店都在提醒人们这里是旅游景点，我绝不曾想过欧洲海拔最高的高山观测站就藏身其中。与外面的喧嚣世界相比，观测站里面会是一番什么景象呢？在里面生活和工作的又是什么样的人呢？

今天天气格外好，从山脚下可以清晰地看到少女峰上的皑皑白雪和蓝天白云。齿轮火车载着我一路向上。一丛丛野花，一排排山林，一片片青草……像放电影一样在全景车窗间轻轻掠过。与意大利的无拘无束不同，瑞士的美也是那么工整。那些看似不经意间流连在山坡上的一朵花，一棵树，实际上都是人工努力的结果。这就是瑞士！

在幽长的隧道里爬行一段时间后，齿轮火车在海拔3454米的“欧洲之巅”（Top of Europe）停了下来。说是欧洲之巅，实际上这里并不是欧洲最高的山峰，而是欧洲海拔最高的火车站。游人鱼贯而出，安静的山洞顿时嘈杂起来。

一对头发略显花白的中年人驻立在人群中注视着过往的游人。他们就是我今天的采访对象：菲利科斯·塞勒和苏姗·塞勒夫妇，他们是少女峰观测站的管理员。

寒暄之后，他们带着我来到了一扇宽大的黄色铁门前，一般游人是不太会注意的，可能以为这只是一个隧道通风口。门上挂着一个不显眼的牌子，写着：Jungfraujoch（少女峰观测站）。塞勒先生打开中间的一个小门，我们俯身进去。“咣当”的关门声把游人的喧哗关在了门外。我跟着菲利科斯夫妇向另外一个世界走去：观测站。

不是那么枯燥无聊

铁门内外是两个完全不同的世界。越往里走，越安静，除了有时有科学家上来做研究之外，这里绝大部分时间是菲利科斯夫妇的二人世界。我们在客厅里的长条桌子边坐下。他们还准备了咖啡和小点心。

菲利科斯·塞勒：这里有很多很复杂的设备，我和太太的工作主要是负责维护这些设备，照看观测站的房子。如果有人来这里做研究，我们还要负责协助他们。我们和另外一对夫妇轮流值班，大概每2到3周轮一次。我们不直接做科研，但给所有来这里做研究的科学家提供帮助。以前科学家做科研的话，他们必须在这里住着，亲自动手操作设备，但现在因为有了互联网，他们可以将一些设备安置好就可以回去了，在下

面进行追踪观察，而我们就负责在这里保障设备的正常运作。我原来是电器工程师，在IT行业有多年经验，所以对于IT行业很熟，对这些仪器设备都能够维护和操作。

我们每天早上6点之前就必须起床，一般是在太阳升起之前，首先我要看看外面有没有下雪，如果下雪了，我得到上面把雪扫掉，否则雪就会影响到仪器的测量。我们在这里每天很重要的一项工作是做气象观测。这里是瑞士最重要的气象观测站之一。每天我们要做五次气象报告，每3小时做一次，从早上8点开始，用计算机把数据输送出去。11点钟就有一次，我太太刚刚就是做天气预报去了。我们还要做的工作就是设备维护，每天上午还要定期巡视一下所有设备，看看有没有错误的地方，有时要更换过滤器，或是需要添加什么附加材料的。另外会经常有客人到访。每周都有一到两个团体来参观，像昨天就有很多学生，他们是做冰川研究的，所以我们还必须给他们介绍这个观测站。有时出现电路故障或是防火警报，停电，系统会自动断掉，我们就必须将这些设备重新启动。有时下面的一些科学家要变动程序呀，也可以联系我，如果不是很大的变动，我们就可以帮助更改。

苏姗·塞勒：此外，我们还要打扫所有的房间、厨房等等，要做的事情很多，方方面面，挺有意思，不是那么枯燥无聊。

少女峰观测站隶属于瑞士The International Foundation High Altitude Research Stations Jungfraujoch and Gornergrat（HFSJG）基金，于1931年投入使用。其成员组织的科学家都可以申请来这里做研究和实验。

苏姗·塞勒：我们不是从早干到晚，我们每天很早起来工作，每天最后一次气象报告在晚上8点，好像昨晚10点我接到一个电话，一个科学家被困在电梯里，尽管是晚上我们也要随时候命。

菲利科斯·塞勒：一天下来自己的时间不多，还要自己做饭，像下面有个科学家说电梯出故障了，我还得下去看，所以随时都必须准备有些事情发生。应该说这里的工作还挺有挑战性，一天到晚挺忙的，到了晚上基本上比较累了，业余时间也少，看会儿电视或看会儿书就睡着了。

上图：菲利科斯与科研人员

少女峰观测站

应我的要求，菲利科斯夫妇带我参观了整个观测站。他们说以前这里的配套设施还比较简陋，但现在已经比较完善了。

菲利科斯·塞勒：这里不是酒店，所以科学家们上来做实验，要自己带上吃的东西和原料，后面有一个厨房，要自己做菜做饭，我们不用给他们做。这里有五个实验室，还有会客厅、图书室、起居室和暗房，我们也有自己的卧室。共有10个客房，是单间，可以让科学家住的。

苏姗·塞勒：现在有三位科学家住在这里，比利时的有一位，瑞士的有两位。食品是科学家自己带来的，我们也可订购，山下的人可以送上来。这是我们的办公室，这是数据库，这是资料登记卡，都是历年保留下来的，而现在是采用电脑登记了。

菲利科斯·塞勒：这里是图书馆兼工作室，那边墙上挂着的是历年来在这里工作过的人，中间三位科研人员是来这里研究时去世的，是同一年，但不是做同一项研究的时候去世的。那时的科研很难。即使现在也会有些危险，有时候我在外面的房顶上扫雪就比较危险，因为有可能有雪崩，有时可能有石头从山上滚下来。

这是紧急通道，如果万一前面不能出去的话，这里每个房间都有一个紧急通道可以下来，作为一个救急的地方，也是我们的天然冰箱（笑），可以把食物放在这里。

我们坐着电梯来到了斯芬克斯实验室，在这里除了做天文观测之外，还有一项很重要的工作就是气象观测。经过一年多的训练，菲利科斯夫妇俨然已经成了经验丰富的天气预报专家。

菲利科斯·塞勒：天气不好的时候，我们就在室内做气象观察，天气好时就在户外做。瑞士国家气象局在全国有28个气象站，天气预报的所有数据都在这里采集，相当精确， 瑞士人感觉蛮准的。这里有些数据是不能通过自动采集的，比如气压，我们就要手工记录并输入进电脑，有些数据会通过仪器自动采集进来，如气温呀、风速都可以直接显示，还有一些需要我们用肉眼观察，比如是哪一类的云，云层有多高，能见度有

左图：少女峰观测站的观景台（摄影：薄义群） 右图：观测站内的客房（摄影：薄义群）

多远。你看这些云（他指着远处的云层），有不同的高度和种类，有的在2500米高的，高的有6000米高，像今天看到的云是这类的（他看了看窗子下边的高度和距离对照表），挺高的，应该是6000米以上。如果是很高的云，湿度低，不会下雨，如果像这种云湿度很大，就会降雨。

我们在这里只是记录数据，不需要做分析。专家会在不同地区采集数据，再根据这些数据预测。我们做的只是观察，然后记录数据。

苏姗·塞勒：我们观察能见度，云层的数量、质量，温度是自动采集和记录的。观察能见度和高度的方法是我们把山作为参照物，根据看到的山峰的不同，来确定能见度，比如可以标注为很清楚，或一般清楚等等。

当我们转身要离开的时候，菲利科斯看着天上的云说要下雨，不过不用担心，是明天。事实证明他的预报很准，第二天确实下起了雨。

目前来说还是很喜欢这项工作

菲利科斯夫妇都比较消瘦。菲利科斯穿着蓝色外套，苏姗穿着深紫色外套，粉色衬衣。谈话的时候，菲利科斯先生明显讲得多，苏姗则适当地做些补充。

菲利科斯·塞勒：最有意思的地方是这里有来自不同地方的科学家，可以跟他们沟通了解不同领域的科研，像医学的，大气的，冰川的，通过这些科学家可以了解很多最新的信息，还有就是这里的气候变化无常，很有意思。另一方面，我们两人可以作为一个团队来工作非常

左图：菲利科斯　右图：苏姗在工作

享受，两个星期在山上工作，包括周末，然后再休息两个星期，就可以自由了，发展自己的爱好，做自己喜欢的事情。

苏姗·塞勒：这里的科学家来自世界各地，有中国的，有日本的，不仅仅是瑞士本地的，所以我们接触的人都是不同的，觉得很有意思。

菲利科斯·塞勒：夏天的时候这里日照时间特别长，早上6点钟太阳升起，晚上9、10点钟太阳才下山，冬天的时候9点半太阳升起，下午3点半太阳就下山了，冬天日照特别短。所以夏天我们睡得特别少，而冬天又要在短短6个小时内做完各项工作，与日照结合起来，否则天就黑乎乎了。今年一二月份雪下得特别多，天气也不太好，有一个月我们在这儿的时候只有两三天有太阳，外面什么也看不见，这样时间一长，心里就会压抑了。

苏姗·塞勒：我们在这里工作一年了，对我来说，我们两个还是很喜欢，虽然日夜在一起，但目前来说还是很喜欢这项工作。

下山后都会做些什么?

菲利科斯·塞勒：我们家很靠近伯尔尼，从这里坐火车回家要4个小时。我们回家第一件事就是休息，因为山上的工作很累，业余时间我

参加了划船俱乐部，我还是教练。我们喜欢旅游，自己还有一艘小帆船，夏天的时候还可以在比尔湖上划船，还会去远足。

苏姗·塞勒：我喜欢慢跑，参加过少女峰高山马拉松，从因特拉肯出发，全程42公里，高度差有1800米，不是平地跑的。

菲利科斯·塞勒：因为少女峰海拔比较高，所以我们也会有高山反应。现在每周回去再回来第一天都是会有点问题的，下去平地的时候好像有时差的感觉，有一点不舒服。下山后的适应期只有一周，再休息一周后就又回到山上了，又要重新适应。但如果在下面病了，肯定就不能上来了。还好到目前为止我们还没有生过病。

希望寻找生活中一些不同的东西

菲利科斯今年52岁，苏姗49岁。他们原来从事的都是高薪工作，然而现在两个人的工资加起来只有苏姗原来一个人的工资那么多。

菲利科斯·塞勒：我们以前的工作都做得挺长的，太太做了15年，我做了25年，我们不想一辈子都这样做下去，想有些变化。我以前在一

上图：开往少女峰的齿轮火车（摄影：薄义群）

家IT公司做了25年，主要是为一些大客户提供计算机辅助服务。IT行业变化很快，工作是不错，但压力比较大，年轻人也越来越多。在一家公司做了25年，我觉得我应该在有生之年再尝试一些其他事情，做自己喜欢的事情。说实话我有一份好工作，但我希望寻找一些不同的东西。

我们都喜欢山，而且希望有机会能在一起工作，后来我们就看到了一个招聘广告。当时在伯尔尼一张当地的报纸，说以前在这里工作的一对夫妇想做一些其他事情，所以他们想寻找有想来这里工作的人。

苏姗·塞勒：是我周末在家时看到的报纸。

菲利科斯·塞勒：当时是我太太跟我讲，说可能是一件有趣的事情，那是一个周末，她说。

苏姗·塞勒：我们终于有机会做点别的工作了。

菲利科斯·塞勒：有意思的是广告上说是要找一对夫妇，这在招聘中是很少的。上面还有少女峰观测站的LOGO，这对我们来说有点触电的感觉。招聘要求夫妇没有负担，没有孩子，喜欢在山上工作。而且招聘上还说有两点比较重要的就是要有语言的要求，因为这里有来自各地的科学家，需要沟通，但这对于我们来说没有问题，因为我会说三种语言，瑞士德语、法语和英语，太太还会说意大利语，所以我们可以接待游客。此外我也是做IT行业的，也比较喜欢做一些研究方面的东西，我太太还有医学方面的背景，这是很好的搭配。我们觉得自己比较适合这些条件。我们提交申请一两周后，我们就收到了邀请，先是面谈，然后让我们来看看实地工作怎么样，我们在这里呆了一天。当时经过筛选的

上图：少女峰的积雪

有三对夫妇来到这里实地考查，还是蛮多人应聘的，有多少人报名应聘我就不知道了，但有三对走到最后。一天下来后，负责人就问我们是否感兴趣，我们说是呀，然后负责人就说“That is your job”（你们被聘用了）。

苏姗·塞勒：我做护士做了15年，以前还在医疗器械公司做过，销售医疗设备，做ICU和手术室监控技术的培训，有新的设备怎么用我都得去培训，然后销售出去的设备我还得去给别人做培训，还要定期去看它们是否能正常运行，所以那时出差的机会比较多，每年有2到3周在外

国给人培训，后来就觉得两人能在一起工作很不错。

菲利科斯·塞勒：我来这里印象最深的是新旧结合，这里有最新的科研项目，最新的课题，最新的设备，但这个观测站却有着77年的历史，以前的设备也有留下来继续使用的，所以说这里是最新高科技的东西与古老的相结合，那种结合让我找到了一种平衡。以前的工作就是技术不断地更新，没有回头看历史的东西，指标也是季度指标、利润，都是短期行为，而这里的研究，还有保持传统的东西，这是我感兴趣的地方。简单讲以前的工作是为股东赢利的，是纯商业性质的，而这里的工作不是为了股东，这里是公营的，我们今天的工作我认为是在为人类做

些事情，这是有区别的。

最浪漫的事是坐在山顶看日落

菲利科斯·塞勒：我们还没有孩子，为什么？因为开始的时候工作特别忙，有很多事情要做，决定以后再考虑。后来到了三十多岁我们去了很多地方旅游，有阿拉斯加，有澳大利亚，走了很多地方，回来后我们继续原来的工作，后来买了房，我们觉得两个人也挺好，就决定不要孩子了，享受二人世界。我妹妹有三个小孩。

苏姗·塞勒：其实我们家的亲戚有好多孩子，可以享受一个大家庭。

谈话间已经日上三竿，于是我们一起到“欧洲之巅”的餐馆吃饭。走出大铁门，我们好像又回到了尘世，观测站的宁静立刻被鼎沸的人声所取代，让人有些不适应。隔着餐馆的玻璃可以边吃饭边欣赏少女峰绮丽的雪景。他们夫妇二人都吃素。

菲利科斯·塞勒：会不会吵架？（笑）好像基本上没有，但有时会有小小的争执。

谁更固执？当然是我更固执了（他看了一眼苏姗），如果不这么说，太太就会不开心了（笑）。我们的结合是非常好的，非常能够互相理解，所以所有的事情都能够交流，这种好的关系并不是在高山上才产生的，没上山前也是很好的。

有没有什么浪漫的事情？当最后一趟火车离开，游客都走了，天气好的话，我们会拿上一瓶红酒和土豆片，到Sphinx（斯芬克斯实验室）平台上去看日落，在那里喝点东西，这是最美、最浪漫的事情。

上图：少女峰

幸福就是可以做自己喜欢的事情

菲利科斯夫妇是1986年2月20日认识的，并于2002年2月20日结婚。他们说之所以选择2002年2月20日结婚是因为2月20日按西方人的写法应该是“2002”，恰巧与2002年的阿拉伯数字写法相同。

菲利科斯·塞勒：我在她之前还有其他女朋友，我发现我们并不合适，后来都分手了，单身了几年，我想找过其他人。1986年我参加了一个电台交友活动，在收音机里介绍自己的经历。

苏姗·塞勒：我在电台听到他的声音，觉得很特别，开始接触的是他的声音而不是人，然后就给他写信。

菲利科斯·塞勒：现在人们是在电视上交友，我们那时候是电台。后来我收到了有11封信，太太是其中一个，有些还有照片，但太太的信里没有照片。

她写的信很特别，她说她喜欢山，其实她并不是想找一个对象，但我又一想，你不想交朋友，你给我写信干什么？（大家都笑了）所以我必须在字里行间去理解她想说什么。所以也显得比较特别。那封信还保留在家中。

在给我写信的11个女孩中我见了7个，有5个只见了一次，后来跟苏珊走到了一起。

你们怎么理解幸福？

菲利科斯·塞勒：幸福就是可以做自己喜欢的事情，掌控自己的生活。

苏姗·塞勒：对于我来讲健康和自由都是很重要的。还要有一种和谐的生活氛围，我喜欢跑步，不过在上面这里就没法跑了，不过夏天这里有一条通道，有2公里长，所以还会跑一跑，回到山下，基本上每隔一天就会去跑跑步，也会做慢跑，骑自行车等其他运动。

菲利科斯·塞勒：每当太太去跑步时，我就会去划船。

苏姗·塞勒：我绕着湖跑步，而他就在湖里划船。我们经常是形影不离。

菲利科斯·塞勒：有时还一起去骑自行车，步行爬山和划船。

尊重是婚姻持久的秘诀

和睦的婚后生活是幸福的基础。让人羡慕的是菲利科斯夫妇这么多年来感情甚笃，几乎没有吵过架。他们如睦相处的秘诀是什么呢？再次见到菲利科斯夫妇是在7月的一天，菲利科斯正在沃伦湖（Wohlensee）上划船，苏姗在跑步。

菲利科斯·塞勒：双方之间发生问题会怎么办？我们之间没有发生过很严重的问题。当我们有不同意见的时候，也会有不统一的情况出现，那是很紧张的。

苏姗·塞勒：我们会讨论。

菲利科斯·塞勒：我们会针对那个问题讨论，尝试去理解对方的观点。在我看来，对我们的关系很重要的是融合，我不是一个个体，我是这段关系中的一部分，我要把苏姗也放进来，这很重要，因为当她不开心的时候，我也不会觉得开心。我们要找到一个方法，让两个人都会感到快乐。这就是带来幸福的秘诀。

上图：菲利科斯夫妇追忆甜蜜的过去（摄影：薄义群）

苏姗·塞勒：也许，到现在为止，我对菲利科斯还有不满意的地方，但可能过了一个半小时我会发现，这些事情都太小了。不要因为偶然的事件或者很小的事情，而使我们的生活变得困难。我认为我们要乐观一点，往好的方面想，这是很重要的。我也要考虑一下，到底菲利科斯是怎么想的，也许是我理解错了。所以我会尝试去理解他的想法，然后讨论，我觉得这样很好。

菲利科斯·塞勒：我认为幸福也是从另一个角度看问题，让生活变得更美好。我们也是这样做的。

能分享一下你们能在一起那么久的秘诀吗？

苏姗·塞勒：尊重。我要尊重他，因为我就不能改变他（的性格）。要尊重和重视对方，这是很重要的。还有一点重要的是，我不会对他做一些他对我做我就接受不了的事情。

菲利科斯·塞勒：尊重是很重要的一点。我认为重要的还有，我们有很多共同点。我们都很快乐，我们都喜欢运动，我们都喜欢享受大自然。我们有自己的空间去做自己的事情，我们也会一起分享，这对我们的关系是很重要的。不是百分之百所有的事情都一起去完成，有时也会自己去做，然后一起分享。

苏姗·塞勒：我们之间还有很重要的一点是，我们会开玩笑，相互拿对方开玩笑。

菲利科斯·塞勒：自我认识你以来，你就是一个很好的人， 你现在也是一样，这是我每天都很重视、很珍惜的地方。对我而言重要的是，你在我身边，我会觉得幸福；在你身边工作，我会感觉很舒服。当我感到开心与你分享的时候，你也会觉得开心。

苏姗·塞勒：重要的是两个人在一起开心，一起欢笑。

菲利科斯·塞勒：是的。

最美的花总在身边

你认为金钱是幸福的来源吗？

苏姗·塞勒：我不这样认为。金钱只能在很少方面带来幸福，相反，金钱会带来很多忧虑。

菲利科斯·塞勒：人要有足够的钱，能够负担起日常的生活所需，这是很实际的。到了月尾的时候不能入不敷出。但是只有钱是不能带来幸福的。

会给现在的生活打几分？我会给9分。（笑）我对现状已经很满意了，但生活总是可以更好的，现在我已经很幸福了。

苏姗·塞勒：我也会给8到9分。在上个星期，我有一个很棒的经历，我第一次跑了78公里远，当时就有10分的快乐程度，很棒。

菲利科斯·塞勒：我想说，1加上10，你的开心程度就是11分。（笑）

苏姗·塞勒：那就是当时的感觉。

菲利科斯·塞勒：我们对现在的生活有什么不满意的吗？（菲利科斯想了一会，转头问苏姗）你有什么想法吗？

苏姗·塞勒：就个人来说，没有什么不满意的。但也有让人担心的事情，比如环境污染的现状和气候的改变，还有全世界面临的战争。可怜的是，很多人感到不幸福是因为他们总在争吵，总在斗争。

菲利科斯·塞勒：没错。人们不满意的是，发生在他们身边的战争，还有贫穷，还有疾病。

苏姗·塞勒：是的。

怎么理解不开心?

菲利科斯·塞勒：也许就是不满意，当人们不能做自己想做的事，当人们不满意自己的现状，就会不开心。

苏姗·塞勒：我想不开心就是虚度时光，或者不能实现自己的愿望，这些事情都会让人不开心。因此，我觉得自己很幸福，起码现在我可以实现自己的愿望。我有这种幸福的感觉，可以实现自己的愿望。

菲利科斯·塞勒：要是人有太高的期望，现实总是会带给人不满。

苏姗·塞勒：我还想到，人们总是比较，觉得不开心就是因为觉得别人比自己开心。

对一个寻找幸福的人，你有什么建议?

苏姗·塞勒：我认为幸福是不用去寻找的，幸福就在我们的周围。

菲利科斯·塞勒：把握好机会，然后充分地去利用它。还有不要把目标定得太高，而是享受现在。有句格言是：生活本身就是目标。最美的花总在身边，而不是在你不能到达的远方。不然，你就不会快乐。

苏姗·塞勒：是的。享受现在。

菲利科斯·塞勒：享受今天。

苏姗·塞勒：享受现在。

06

汉斯·嘉格勒

Henz.W.Gäggeler

大学教授

汉斯·嘉格勒戴着长沿遮阳帽，一幅反光很好的太阳镜与花白胡须形成鲜明反差，他穿着运动外套、运动鞋，一身很专业的登山远足打扮。他是伯尔尼大学的化学教授，也是瑞士知名度颇高的保罗谢尔研究所(Paul Scherrer Institut PSI)的副所长。

我们今天一起乘火车上少女峰的高山观测站。“以前我经常上少女峰观测站，差不多一年要6次，”嘉格勒教授说，“现在少了，一年三次左右”。早上8点多，齿轮火车缓缓从因特拉肯东站开出，向被誉为“欧洲之巅”的少女峰驶去。

虽然不是旅游旺季，但上山的人依然很多。有白皮肤的也有黄皮肤的；有老人也有小孩；有本地的也有外国的。我们的谈话在嘈杂声中进行。

嘉格勒教授

我喜欢中国

因为去过中国多次，嘉格勒教授很自然先跟我讲起了他在中国的经历。

我去过中国6次，在我的学院里也有中国的来访学者，他们来自兰州和北京。记得四年前我去过西藏，是中国科学院召开的一个大型研讨会，关于西藏气候演变的，全世界有三百多科学家去那里参加会议。虽然我没有直接做过西藏这个地区的研究，但做过蒙古、苏联交界这一山区的研究，所以也把我邀请去了。应该说我与中国人接触从80年代就开始了，我曾两次到过北京大学。

对中国人印象如何？我对中国人印象很深，我最早接触中国人是在20世纪80年代，或者是70年代末。当时我在德国，有一个来自广州的学者，那时候很少有中国人能有这么长时间在国外学习，非常少。从她身上你可以看出中国人和瑞士人有点像，他们都很爱动，喜欢劳动。在我的研究所的中国同事都很年轻，他们工作非常非常努力，应该说在工作的勤奋程度上我们很像。我妻子跟我去过中国两次，我们都很喜欢中国。你们非常友善，非常开放，你们喜欢接触人，你们经常笑（笑）。但是瑞士人不怎么爱笑。应兰州现代物理研究所（IMP）的邀请，明年我们还会去中国，我们会去兰州现代物理研究所，这是第二次，你知道，IMP在中国非常有名。

汉斯·嘉格勒是瑞士保罗谢尔研究所的副所长。保罗谢尔研究所是一所跨专业的自然、工程科学研究所，拥有1200名工作人员，是瑞士最大的研究所。它的重点研究项目是：固态物质研究、物质科学、基本粒子学和天体物理学、生物学、医学以及能量和环境生态学。

有一次我在瑞士参加一个国际会议，有三个同事跟我一起去，一个来自中国，一个来自俄罗斯，还有一个是美国的，他们都是年轻科学家，还有我妻子。我的家离开会的地方不远，他们都来了。我问他们愿不愿意跟我一起去滑雪？来自俄罗斯和美国的两个同事说："我不喜欢

左图：嘉格勒教授

滑雪，我不会滑雪。”那个中国同事说：“我不会，但是我要试一下。”她不会滑雪，但是那一整天她都在非常努力地尝试。这就是很典型的中国人。她那时30岁左右吧。

我喜欢中国菜，特别是南方的。但兰州的我不太喜欢，他们好像喜欢把什么东西都放在一起煮，看起来不舒服。我喜欢辣的，但太辣也不行，我去过泰国，那里的辣我受不了，但中国的还可以。

观测站与铁路公司的关系非常紧密

嘉格勒教授的研究领域主要是空气质量和化学元素。他经常上少女峰观测站做研究，所以对这条铁路和观测站已经非常熟悉。

少女峰观测站是1931年投入使用的。这个观测站跟目前正在使用的这条铁路有着非常紧密的关系。你知道当年是阿道夫·古耶尔·塞勒（Adolf Guyer-Zeller）提议修建这条铁路的。他说要在山上打通隧道修建铁路，当时遭到了瑞士联邦政府的反对。那是19世纪末20世纪初，人们很反对在山上建这些设施。因此塞勒先生就提议在修建铁路的同时再建造一个观测站，建一个欧洲最高的观测站。正是因为这个观测站，这条铁路才得以修建。因此我们的观测站与铁路公司的关系非常紧密，有了铁路我们上来也更容易了。

观测站建好之好，那些气象专家就不是很高兴，因为观测站是建在山坡上的，而不是在山顶，所以气象学家就说我们需要另外一个地方，这也是我们在山顶修建斯芬克斯（Sphinx）实验室的原因。那应该是1937年，如果我没记错的话（笑）。

嘉格勒教授说我们那天运气很好，晴空万里，正好可以欣赏少女峰的美景。此时火车正好经过劳特布鲁嫩（又称瀑布镇），一条条瀑布飞流直下，水雾弥漫，仿若仙境。见此情景车厢里的人骚动起来，纷纷拿起相机试图定格那美丽瞬间。嘉格勒教授指着远处的瀑布说，这里经常有人玩低空跳伞，所以事故特别多，有的掉下来摔伤了，也有降落伞挂到树上的。齿轮火车继续一格一格地向上攀爬着。

斯芬克斯建好之后，气象学家和天文学家都很高兴，因为后来天文学家也在那里设立了观测点。但是现在天文学家已经不在那里观测了，他们搬到了采尔马特峰附近的戈尔纳格莱特观测站（Gornergrat），离开有10年左右了吧。

除了气象和天文研究之外，这里还进行冰川研究。非常有名

上图：少女峰观测站图书馆

的阿莱奇冰川就在这附近。专家们主要研究冰川运动、历史以及消融速度。另外一个研究领域就是医疗。科学家想研究海拔高度对人体的影响，这也是这里曾经很重要的一项研究。但现在这已经不再重要了，因为人们都去西藏做这项研究了（笑）。

还有一项研究，也是我的研究领域，那就是大气，空气质量。因为全球气候变暖，因此这项研究也正变得越来越重要。

少女峰高山观测站在欧洲有着非常重要的地位，因为它是欧洲唯一一个海拔高度达到平流层高度的观测站。这里我要解释一下，大气层分对流层、平流层和电离层等几个部分，对于研究全球变暖来说，来自平流层的数据至关重要。而少女峰观测站是欧洲唯一一个高度达到平流层的观测站，如果你要研究平流层在发生什么变化，你就必须来这里。世界气象组织曾要求凡是欧洲有关平流层的研究，其数据必须是采集自少女峰观测站的。

我们努力工作，也要享受生活

我喜欢高山运动，所以我经常上山，徒步，爬山，有时也去高山滑雪。比如说，刚才你就看到很多人拿着滑雪板上山，这也是我经常做的。我过去还是个高山向导，当了很多年。我还曾经是瑞士阿尔卑斯俱乐部的主席，做了6年。在部队的时候，我还是个雪崩方面的专家，我有非常丰富的高山经验。

如果没有经验，在高山上徒步是很危险的。每年我们这里都有很多意外事件发生，也有人因此丧命，当中大多数人是游客，他们没有高山经验，也没有雪崩方面的经验。我曾经有一次在山上掉下来，掉落了三百多米，那是一座高山，人们都以为我死定了。他们看着我掉下来，从一千米高的地方掉下来，他们想这个人肯定活不了了，他必死无疑。

上图：阿莱奇冰川（摄影：薄义群）

当时我也做不了什么，我的腿有两处骨折，什么都做不了。后来人们找到了我，他们手里拿的唯一一件东西就是收尸袋，他们见到我的第一句话就是“哦，他还活着！”（大笑）那时应该是1972年，很久以前的事了。

不过现在我已经不做向导了，我年纪大了，而且经验也不足了。你知道，要想成为一名高山向导，你必须非常有经验，而且每星期都要上山。当我做了教授之后，我就没时间经常上山了，所以我现在只为自己、家人和妻子当向导。

我经常去意大利的阿尔卑斯山区，因为我们的房子离那里比较近，然后就是奥地利的阿尔卑斯，法国那边的阿尔卑斯很少去。但是由于我工作的原因，我经常参与一些项目，有机会去南美的安第斯山脉，新西

兰、俄罗斯和西伯利亚，世界上很多有名的山我都去过。

一讲起爬山经历，嘉格勒教授显得兴致很高，不时爽朗地笑出声来，那应该是他生活中的一个美好记忆。

在我们家有一个非常严格的规定，那就是我们努力工作，同时也要享受生活，这是我们应得的，没有任何妥协。

加入俱乐部是结交新朋友的好方式

加入俱乐部是结交新朋友的一个好方式，在这里不仅有学术圈子的人，也有来自其他行业的专家，在这里我们成为了朋友。

要加入阿尔卑斯俱乐部，首先你要申请，再就是需要有人推荐你，然后才有资格入会。另外我还做过伯尔尼大学一个高山俱乐部的主席，要加入这个俱乐部的条件是你必须爬过非常难爬的山，但阿尔卑斯俱乐部不需要这样。那个俱乐部叫瑞士学院俱乐部（Swiss Academic Club），它在伯尔尼非常有名，因为他们组织了1956年登上珠峰的活动，这也是欧洲人第一次登上珠峰。俱乐部会员都要交会员费，一般都比较合理，一个人一年100瑞士法郎，如果是学生就更便宜。

1956年5月18日，瑞士人第一次成功登上世界第四高峰洛子峰(Lhotse)。1956年5月23日成功登上海拔8848米高的珠穆朗玛峰，这是欧洲人首次征服世界屋脊。

我们现在年纪都大了。你知道随着年龄的增长，人也在变。当年轻的时候，你喜欢有挑战的攀爬，在外宿营，高山滑雪，当年纪大的时候，你就不太喜欢这些了，我们不喜欢喧闹的人群，所以我们选择去一些偏远的地区。像这个年纪的人，我喜欢去一些不是很有名气的山，不是很重要的地方，甚至没有人知道，这是我现在比较喜欢的。因为我们不再需要证明自己了，你看一切已经结束了。这也是人生的演变过程。

搞环境研究的教授不应该排放太多污染

我非常喜欢伯丽那山（Bernina），离圣莫里茨不远，这是瑞士最东部唯一一座海拔超过4000米的山。我对这个地区非常了解，近30年来几乎每个夏天我们都会去，怎么说，差不多成了我的故乡了。

我们在山上有一栋房子，我们经常去那里度假。我们只用太阳能，那里不用电，通过太阳能可以转换成电能。所以这是个节能屋。而在伯尔尼附近的房子，我们对它进行了改装，比如取暖系统尽量节约能源。在瑞士，如果我没记错的话

上图：少女峰上的景色（摄影：薄义群）

人均耗能量是中国的10倍左右，在瑞士是人均6000瓦，这在瑞士很典型，而中国好像是人均500瓦左右。

瑞士人的人均收入在世界上名列前茅，平均每两个人就有一部汽车，每个人平均每年驾车出游里程高达1万公里。

我开车吗？开车？！我不喜欢开车（笑）。我喜欢使用公共交通工具，比如火车。你知道我是一个有关环境研究的教授，搞环境研究的教授不应该向大气层排放太多的污染。而且当我们告诉学生要保护环境的时候，我们这些教授却整天开着汽车，我们没法向他们解释。这也不是很好的生活态度。我有全国的通票，可以坐火车、汽车、轮船，一票通行。

有汽车吗？我们有一部汽车。我妻子也有一张通票，所以只有在确实需要的时候我们才开车。放假的时候，有时我们开车，有时我们坐火车，如果太远，我们就在当地租一辆车，因为我们的房子在山上，我们需要用车来代步。

我知道我属于异类（笑），但这就是我们的生活方式，我们决定这样生活下去。会不方便吗？如果乘坐公共交通工具，你就要学会按时间表生活，比如你必须7点正出门，但如果自己开车，早一点晚一点都无所谓了。一开始会有些问题，但是一年之后，我们就习惯了。现在已经不再有任何问题。

在瑞士，每年约有2.76亿人次使用铁路，是全国人口总数的40倍。有一半的成年人经常乘坐火车。瑞士火车的行驶公里数是欧洲其他国家火车行程的两倍多。

健康是非常重要的

再有三个月我就退休了。但我还要在保罗谢尔研究所（Paul Scherrer Institute）做些工作，同时我还有一些邀请。10月我要跟妻子去新西兰，要半年时间，去参加一个气候研究的项目。明年夏天我要去俄罗斯，然后就是中国兰州，你看我好像慢不下来。

我比国家规定的退休时间早了点。在瑞士男性退休一般在65岁，但你也可以在60岁选择退休，所以我的选择是63.5岁（笑）。

瑞士人规划自己的生活就像瑞士钟表那样准确，有规律。嘉格勒教授在讲自己的退休时间的时候用的是63.5岁，而不是用63岁半，精确到了小数点后一位数。

我非常喜欢工作。我有机会发起了多个研究项目，现在这些项目都由年轻人来做了，他们也是我教出来的，所以他们已经不再需要我了（笑）。我的学生很优秀，他们在负责这些项目，这一点我很高兴。我的最后一个项目会在一个月后启动，我要去蒙古开展一个冰川研究项目，研究气候变化，那里离中国不远。

我有两个孩子，儿子31岁，女儿29岁。小时候，他们都喜欢跟我们一起爬山，但现在他们不喜欢了。女儿两星期前刚结婚。我妻子跟我的爱好相同，我们是在阿尔卑斯俱乐部认识的（笑），现在我们也经常一起爬山。

现在觉得幸福吗？能跟你爱的人长相厮守当然是幸福的。我跟我妻子关系很好，我们对此都很满意。另外很重要的就是健康。我不知道我是否应该告诉你，我想说的是我的儿子病得很重。这也是我说健康非常重要的原因。否则对家庭的影响会非常大。

如果我们死了，对于孩子治病来讲，钱当然是个问题。瑞士的工资还是很高的。我妻子在一所高中学校，也是教授，我们两个工资加起来还是相当可观的，我们多挣一些钱这样就可以为儿子治病了。但是健康还是非常重要的，是最重要的事情之一。

说到这里，嘉格勒教授变得严肃起来，谈话也变得沉重了。那扇不愿被开启的门不经意间被我打开了一道缝。由于高原反应，我的头脑有些发晕，为了不再引起老先生的伤心事，我们的谈话逐渐被窗外的风景吸引过去了。

07

热内·舒尔德

René Schuldel

厨 师

我们约定见面的时间是下午6点半，当我如约赶到伯纳库斯餐馆（Benacus），但热内·舒尔德那天特别忙，我只好在外面等。

雨后初晴，伯纳库斯餐馆门前的长条桌和高桌椅都湿露露的。夕阳西下，光线柔美，凉风习习，因特拉肯一派安逸恬静。

过了20分钟，热内才匆匆从餐馆里走出来。他剃了光头，戴一副黑框方形眼镜，眼睛炯炯有神，扎着长及过膝的黑围裙，深色衬衫，这身打扮在很多欧洲餐馆里都能看到。热内·舒尔德，32岁，是位厨师，是位颇有名气的厨师。他有自己的电视节目和自己的菜园。“我很荣幸有这样一个菜园，因为它是世界上最大的菜园。（大笑）在像瑞士这样小的国家，我拥有世界上最大的菜园。”

我为每一道佳肴而生

因特拉肯（Interlaken）横卧在美丽的少女峰Jungfrau脚下。这个名字起源于拉丁文，意为在两个湖泊之间：布里恩茨湖（Brienzersee）和图恩湖（Thunersee）。从这里可以远眺艾格峰（Eiger）、僧侣峰（Mönch）和少女峰（Jungfrau）。少女峰最高，海拔4158米，僧侣峰次之，海拔4107米，艾格峰再次，海拔3970米。阿勒河（Aare River）穿城而过。因特拉肯是瑞士最古老的旅游和疗养地之一，每到旺季，这里游人如织。

我出生在因特拉肯。我祖母来自瑞士的法语区，父亲在因特拉肯出生长大。我母亲来自瑞士中部的埃蒙塔尔（Emmental）。我今年32岁了。8月2日是我的生日。

为什么起个法国名字？你知道，瑞士有三个语言区：法语、德语和意大利语（应该是四个语言区，还有一个是罗曼语），在与法国交界处是法语区，当然也有法国菜。在瑞士，热内是一个非常常用的名字。

瑞士有四种官方语言，但每种语言的使用人数非常不同。使用最广泛的是德文：26个州中有17个是德语州，占人口比例的63.7%。瑞士西部地区主要使用法语，占人口比例的20.4%。使用意大利语的州主要是南部的提挈诺州，约占6.5%；而罗曼语只在三语州——格劳宾登州被使用，只有约0.5%的人讲此语言。

我16岁时开始学烹饪，然后在维多利亚——少女峰酒店（Victoria Jaungfrau Hotel）工作了三年，这是一间五星级酒店，因特拉肯最大的酒店。我还在部队服过役，并晋升为军官。这是专业军队，但我们不用长年都呆在部队里。

为什么喜欢烹饪？不知道。也许是一种激情吧。我从来没有想过喜欢或不喜欢，这是我一生中唯一要从事的工作。

为什么这么说？

这也就是说我是为这种激情而生，为每一道佳肴而生，为每一款美馔而生，为所有光临的顾客而生。我想说的是你可以学习烹饪，你学到的只是如何做菜，但是要把菜做好，你必须走遍全球，你必须亲眼去看，你必须理解文化，你必须喜欢别人，这很重要。你必须为你所生活的地方争光，你知道这很重要。这是我喜欢烹饪的原因。同时做厨师，你必须要与客人打交道，知道如何选择葡萄酒，每天要更换不同的菜单。这也就是说每天我们有不同的汤，不同的色拉，还有西班牙的Tapas，一种佐酒小点。我们有五道主菜：鱼、肉、蔬菜、意粉和另外一种不同的东西，最后是甜品。每天都是这样，每天都要改变。

你学烹饪不仅仅是学一门手艺，而是从心底喜欢烹饪？

是的，当然。

我觉得人的一生经常会去探寻什么是幸福，甚至当晚上上床睡觉的时候也会思考。我在晚上睡觉的时候，一上床就能睡得很好，然后我就知道我做的一切是对的。（憨笑）你知道我是什么意思。

瑞士实行全民兵役制。所有适合服兵役的男性先接受基本训练，并通过定期军事训练以丰富知识、提高能力。凡20～50岁的健康男子都要当兵服役。应征第一年在新兵营中接受训练，为期17周，有了连队编制，然后返回原来的工作单位或学校。20～32岁之间，需有8次被召到军中的时间，每次接受3个星期的训练。此后，受训的次数以及每次长度都随着年龄的增加而递减。33～43岁之间属军事后备役，要有3次被召，每次受训两周。43～50岁时为后备民兵，只再回军队一次，为期两周。一个男子一生中的服役期，加起来大约为一年左右。现在瑞士可以随时征召入伍的民兵预备役人员有35万人，占全国人口的5%，占适龄男子的90%。瑞士有700多万人口，职业军人仅有3500人。

上图：热内在做菜

忌妒

热内虽然年轻，但在瑞士已小有名气，他还拥有自己的有关做菜的电视节目。

我有自己的电视节目，名字叫Funky Kitchen Club（疯狂厨房俱乐部）。Funky是有点疯狂的意思。这个节目分成三部分：第一部分是我们直接到菜园去，我的菜园不仅仅是指房前屋后的菜园，而是指我所生活的地区。比方说如果我需要用土豆做原料，我就直接到农民那里买土豆，然后我的节目将只做有关土豆的菜；第二部分我请农民来到我的厨房，让他看着我如何烹饪他所提供的土豆；第三部分是在晚上，我的厨师会把这道菜放到餐馆的菜单上供顾客选择。这就是一期电视节目的大概构成。下一个节目可能是草莓，那就要去到农场，寻找草莓，基本上一期节目只关注一个产品。我们首先是在菜园里疯狂地寻找，在我的菜园里寻找，然后我们回到餐馆来做有关厨房的这一部分，我与提供食材的农民一起做，让他看一看我是如何烹饪他的产品的，晚上，人们来到餐馆一起品尝。

疯狂厨房俱乐部（Funky Kitchen Club）是一个瑞士的电视节目，由Mountain Multi Media和ProSieben Switzerland公司联合制作。这是一个做菜节目。顾名思义，疯狂厨房俱乐部（Funky Kitchen Club）分为三部分：疯狂（Funky）、厨房（Kitchen）和俱乐部（Club）。“疯狂”部分是指到处疯狂地去寻找做菜用的食材。交通工具可以是直升飞机，也可以是奔驰的Smart。“厨房”部分是指回到热内位于因特拉肯的伯纳库斯餐馆（Benacus）进行烹饪。“俱乐部”部分是指邀请一些本地名流或重要客人来一同品尝，分享烹饪的乐趣，并做出评判。

我在为因特拉肯赢得荣誉？并不是每个人都这样认为。（笑）我觉得有时候有些人会忌妒，这是一个问题。

谁？我想应该不是一群人，而是某些人，我不知道。当你生活在自己的国家，有些人不知道如何赚钱，当你赚了钱，这就证明你是最好的，然后就……在因特拉肯，有时我在外面走或者像今天坐在这里，对每个路过的人我都会打招呼，这里差不多每个人我都认识。

我还是个消防队员，在消防队工作。这个工作对我很重要，通过它我能认识很多人，可以和他们接近，与他们一起工作，并可以借此了解他们。在消防队里人员组成相当复杂，人们来自不同地区，来自不同行业，有厨师，有建筑设计师，有银行家，大家为了一个目的来到这里。这很有意思。

右图：热内在给我们讲述他的工作

benacus

瑞士就像个美丽的花园

大约四分之一的瑞士人参与有组织的志愿工作，从事与各种协会、俱乐部、慈善组织和政治或公众组织。

有时候当我来到苏黎士，人们会说这就是电视上的那个人，但是在这里，在因特拉肯，我是一名来自伯纳库斯饭店（Benacus）的厨师，这很不同，你知道。这让我感觉很好，你知道（他提高声音加重了强调的语气）。

我拥有世界上最大的菜园

这应该是一个有意思的故事。我拥有这个世界上最大的菜园。（附近教堂的钟声传了过来）

任何一个地方都是我的菜园？是的，可以这样说。确切一点，我的菜园主要包括少女峰地区，我的烹饪，我的创意基本都来自这里，但是我的菜园同时也会翻过阿尔卑斯山来到奥地利，来到法国的阿尔卑斯山区，这都是我的菜园。举个例子在伦敦，一个大厨的菜园只是餐馆前面像这样的一个小菜园（他用手指了指旁边的一个小花园）。而在这里，我只需要三分钟时间就可以去到农场，那是我的菜园。

我觉得有地域特色的也是有季节性的。当你在一个地方做菜，你所做的菜也是有季节特性的。这也就是说只有在适合的季节，你才能在这个地区找到合适的有这个地区特色的原材料。比方说我们在冬天不做草莓，你知道，我们只有在草莓生长的季节才做草莓。这也正是我们的主张所在。我们直接从菜园选材，选用最新鲜的原材料。这也就是说只有在夏天我们才有色拉，在冬天我们只有冷拼盘，你知道，冬天我们没有新鲜的番茄，我们买不到它们，我们用的比较多的是瑞士产的鱼。有时候我们也会选用亚洲风味。有时我们选用美国食材，也就是汉堡，我喜欢这种风格，但是我们的面包是来自那边的面包店（他用手指了指不远处的面包店）。肉也是瑞士本土出产的，但汉堡却来自美国。（笑）你知道，这就是我喜欢的。

我喜欢我的菜园吗？当然，我很荣幸有这样一个菜园，因为它是世界上最大的菜园。（大笑）在像瑞士这样小的国家，我拥有世界上最大的菜园。（笑）

中文文身

热内显得很成熟，说话也很有哲理，与其年龄有点不相称。他有一个女朋友，为了纪念这段恋情，他还在脖子上刺了两个汉字文身："火"字和"忠"字。

闲暇时间一般怎么过？我没有什么爱好。（笑）我觉得我的家庭就是我的爱好，意思是说只要我有时间我都会回家。我在这里工作，我有一个电视节目，我又在消防队工作，我还有一个女朋友。（笑）我的女朋友是世界上最好的，因为她对于我所做的每件事情都很理解，如果她不理解，她会尊重我的决定并帮助我来完成，你知道，这很重要。这非常好，因为我们的关系非常好，每星期我要有一天做消防训练，一天拍电视节目，晚上我都是在餐馆做菜。我每天都太忙了，属于自己的时间非常少，基本上每天都要工作十二三个小时，有时候甚至要工作十八到二十个小时。

此时，他女朋友正好经过，热内向她打招呼。

我女朋友也是因特拉肯人。她有一家很大的公司，主要从事举办大型活动。她在离这不远的军用机场举办过活动，她举办过乡村音乐和摇滚音乐节，是在这里举办的。她有一个大型活动策划部门，她可以在任何地方举办活动。

脖子上的文身？是的，我女朋友也有同样的文身（中文的“火”字和“忠”字）。她的文身在脖子后面，我的在脖子侧面。文身是为了纪念我们在一起两年了，这感觉很棒，我们觉得要珍惜这段时光，因为谁也不知道以后的两年会发生什么。我们希望彼此能珍惜，所以就一起做了文身，即便将来分手了，它也会提醒我们曾经拥有过一段很快乐的时光。“火”很重要，你知道，生命是短暂的，所以需要热情。“尊重”的意思是尊重他人，尊重你所做的一切，尊重一切事物。

“忠”字英文应该是loyalty（忠诚）的意思，可能他把它理解成了respect的意思，即尊重。

我跟父母住吗？不，我和女朋友住在一起。我父母也住在因特拉肯。我的房子很小，实际上我很少有时间呆在家里。

我不喜欢明星的称谓

7月份见到热内的时候，他正在温特图尔（Winterthur）给一家超市做形象代言。活动结束之后，一群年轻女孩子围着他索要签名。

瑞士并不是很大，我不喜欢明星的称谓。我生活在因特拉肯，做自己的工作。当你生活在一个地方，人们会用一种平常的方式看你；但当你到了大城市，其他人就会认出你，那是不一样的你。我的意思是，在这里，我可以有自己的餐馆，我可以安静地工作。我的工作是主厨，而不是电影明星，这一点对我来说很重要。

有人索要签名？这会让人很开心，这的确是一种很棒的感觉。我不知道为什么会这样，我只是一名厨师。但这是一种很好的感觉，其他人都会很尊重你，人们可以接受真正的自己。和他们交流、谈话是很开心的。当然，你看到的，并不是每天都会发生的。我可以像平常一样走路回家，这是没有问题的。当你在街上走的时候，要是你喜欢，可以让人们看到你；要是不喜欢，也可以让人们看不到你。这是很简单的事。我会出门，在街上走走、散步，这只是你想怎样做的问题。

会觉得不方便吗？我会做我想做的事情，这是我的生活。我没有要求别人要做什么，从来没有，我只做我想做的事情，我也知道我可以做什么，这很重要，你知道。对我来说，重要的是要尊重别人，重要的是你站在街灯下面，所有人都会看到你；但当你在街灯旁走过，没有人会看见你，这就是问题所在。你明白我说的话吗？当我每天醒来的时候，我不会去想会在街上遇到多少人，要怎样穿着打扮或者戴太阳眼镜，你明白我的意思吗？当我醒来时，我会为我的工作感到高兴。我在餐馆工作时，路过的人会看着我。我不知道他们为什么看着我，我会忘了我在电视台做节目。但我在餐馆这里工作，这是我的地方，有时候我也会忘了人们会认得我。我不相信人们说的，成为明星很难或者做其他事情很难，其实并不难。

快乐是早上醒来马上投入工作

每次见到热内，他都是那么忙。他自己开着车到处寻找最新鲜的食材，他亲自下厨，他要代言，他要拍广告……能跟他聊天的时间很少。我们的谈话经常是在厨房里，他边忙边聊。

快乐就是每天早上醒来，不是为了等到晚上；快乐就是每天早上醒来马上投入工作，而不是想着什么时候工作结束；快乐是可以自由选择自己喜欢做的事情。快乐是对待事物，而不是按照自己的意愿摆布事物，就好像这是蓝色，不是红色。但不能因为自己喜欢红色而去改变它，它还是蓝色。还有尊重也是快乐的一部分，当然还要有健康的身体。我觉得很幸运的就是，现在的我很健康，这让我感到快乐，这也属于拥有自由的一部分。

什么可以带给我快乐？首先是我的工作，因为我花了一天中的大部分时间在我的工作上，我的工作是能给我带来最多快乐的。当我不开心时，就会很生气地回家，这是很重要的一点。然后是我的家庭，我的同事。不，我的同事比我的家庭更能使我快乐。我和团队一起的时间比我和女朋友在一起的时间要多。也许，一天中我会和女朋友一起6小时，这6小时大部分是晚上的时间，我们会一起聊天，然后早上一起喝喝咖

啡，而剩下的时间，我都和我的团队在一起，整天。和各位同事保持好联系是很重要的，他们能带给我快乐。

女朋友有抱怨过吗？（热内笑了笑）她没有选择。就像，她也有一份很忙的工作，我理解她的工作，她也理解我的工作。她有她的工作，我也有我的工作，她来我的餐馆吃饭，每一样东西她都要付钱；而我参加她举办的活动，我也要付钱。我想，要是我们见面的时间比现在多的话，也许我们就不能继续一起了。有一点好处就是，当我们周末见面的时候，我们会过得很愉快，我们会谈论很多话题，不会吵架。我知道，

有些情侣要是见面太多了，关系太密切了，要维持这种关系就很难。

我怎么平衡家庭和事业？这不是事业，我认为这只是我的工作。我并没有想过去寻找自己的事业，它要来的时候就会来，要走也拦不住，这是很平常的。对我而言重要的是，我在我的餐馆工作，处理很多不同的事情，这会让我越来越强大。我和有自己生活的人一起工作，得到他们的回应。其他的，都要自己独自去面对。事业对于其他人来讲，就是当上了经理，或者有一艘游艇。但对我来说，事业就是我的工作，我可以从中赚钱，别人也因为我的工作而给我报酬，其实是很简单的。然后

上图：伯纳库斯餐厅

为未来接管这家餐馆的主厨，尽我最大的可能和忠诚。

我最喜欢做什么？我没有想过这个问题。（笑）我想，现在我做的（当厨师）就是我最喜欢的。我想，能在消防队工作就是我喜欢做的，是我喜欢做的第二件事情。因为这对我来说，是一个很好的改变。救火训练，紧急事件训练，所有和队员们一起的训练，还有和他们一起聊天，一起喝啤酒，这些都是我生活的一部分，都是我喜欢做的事情。要是有时间，我也喜欢运动。还有就是到别的餐馆坐坐，开车兜兜风。我不是一个旅行者，只是有时来一个几周的短途旅行。我更喜欢4天的旅游，怀着愉快的心情，到城市里走走看看，然后回来，这就是我喜欢做的事。

钱可以让生活变得简单，但不是更好

热内是因特拉肯当地一个消防队的志愿消防队员。虽然平时自己的工作已经很忙，但热内还是要抽时间参加消防队的演习和正常值班。他说能为家乡人做点事是自己的荣幸。“疯狂厨房俱乐部”的导演玛蒂说在瑞士的年轻人中，热内算是比较特别的一个。他的特别之处在于他有自己的信念，然后付诸行动。即使有过失败，他也不会放弃，能继续坚持他的目标。

金钱对我重要吗？钱是生活和工作的一部分，钱能带给人快乐，也能使生活更舒适。但是快乐是不能用钱来衡量的。很多富有的人，用钱去买他们没有的东西，去买一些必不可少的，但他们又没有的东西。当然，有钱可以更快、更好地达到目的，生活中总会有这样的人。在某个时间，也许会感到快乐。但如果你总是寻找，这意味着金钱是你寻找的动力。我认为，钱可以让很多事情变得简单。对我而言，钱就是，当我外出的时候，3个月或者两天，我和女朋友一起，我会住进五星级的酒店，好好享受，这就是钱带给我的好处。我在那里花很多钱，但我可以好好享受，专心地和女朋友在一起，不用担心其他事情。你明白我的意思吗？当你从富有变成贫穷的时候，这是很艰难的生活，你失去得太快。这就是我的看法。钱可以让生活变得简单，但不是更好。

可以给我的生活打几分？我想这是没有界限的。我打8分。（笑）我不会给满分，我给8分，也许在未来的10年里，我会更快乐。当然，有时候，某一天只是2分，而某一天是11分。快乐是很重要的，也是一天的感受，它和很多的事情有联系。

我有一个小故事，我有一个顾客，每天都来喝同一种酒，但他

右图：因特拉肯早晨上班的人们

很快乐。我不清楚他的工作是什么，他来了就和我打招呼，我甚至不知道他的名字。有一天，他来了，我跟他说，我调了一种新的酒，叫他试一下，是很好的酒。那人说，不用了，我喜欢我喝的酒。我说，不，试一下，我可以给你带来新的感觉。然后他做了改变，尝试了那种酒，说，这酒还蛮好的。我认为，他说这酒好喝比说他经常喝酒要好。然后我问他，知不知道这是什么酒。他说，不知道。我说，这就是你每天都会喝的酒。这就说明，他来这里是一个过程，已经是一个习惯，他不是要来喝酒，他不了解他喝的酒是什么味道，他只是喜欢来这里。快乐对这个人来说就是喜欢来这里，点上一杯酒。

08

弗利维斯·育宾

Flavius Jobin

木雕老板

布里恩茨是瑞士有名的木雕之乡。除了德国的黑森林地区，在这里也能找到阿尔卑斯山区非常有特点的咕咕钟。这里大概有三分之二以上的人口以木雕或木雕相关的行业维生。小镇上还有一个拥有一百二十多年悠久历史的木雕学校。

我赶到布里恩茨是下午两点，因为不是旅游旺季，所以镇子上的行人很少，偶尔有汽车在大街上快速驶过。这里的房子一般都是不超过三层的保留原木色彩的木制房屋。因此育宾的黄色外墙木雕博物馆就变得尤为显眼。

弗利维斯·育宾是育宾木雕公司（Jobin Company）的CEO,也是这个家族企业的第五代掌门人。他看上去很干练，40岁左右，虽然是学木工出身，但出现在我面前的他看起来更像一个商人。

木雕是从做黄油的模具发展起来的

走进育宾的木雕博物馆（Living Museum）首先映入眼帘的是一只高达一米的展翅欲飞的雄鹰，双眼炯炯有神，扫视着进出的人们。

通过这个博物馆，我们想给游客提供一个开放式的生产环境，让人们了解我们的产品是如何生产出来的。同时在这里，我们还给孩子们提供一个场地，给他们提供刻好的木雕，让他们上色。现在比较安静，但是到了旺季很多家长带孩子来这里。这是瑞士圣诞树装饰……

一位木雕师傅一边听着音乐，一边雕刻。布里恩茨的木雕技艺在欧洲属于上乘。在博物馆的雕刻作坊里游客可以一睹雕刻师的高超技艺。这个作坊已经有100多年的历史，而且至今还在使用。这些雕刻师都在当地的雕刻学校接受过4年正统的雕刻训练，经过他们的巧手，这些木头就被赋予了生命与个性。

左图：木雕师　右图：木雕艺术的历史图片

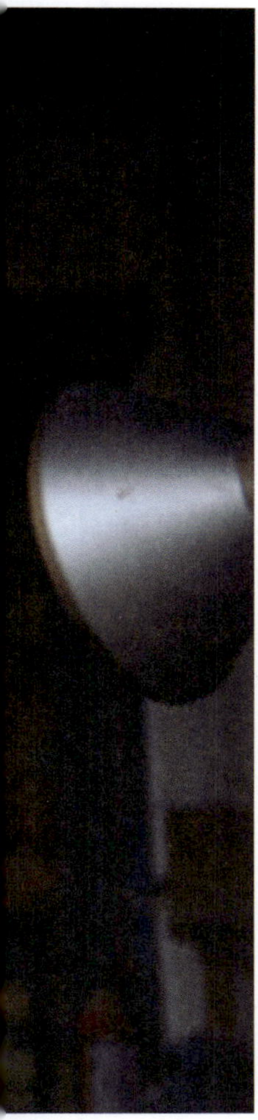

我们用的最多的木材是椴木，我们这个地区就产这种木材，但是胡桃木也很普遍，主要来自瑞士或欧洲其他地区。用得最多的还是椴木，本地产的椴木。

他正在雕刻的是瑞士国家博物馆委托我们做的。瑞士当年成立时有三个州，这是三个创始者之一。在布里恩茨有一个木雕学院，专门教授雕刻技术，但基本上是一些最基本的技术，然后进行考级，如果要达到这位木雕师的水准是需要很多年的。在这个快节奏的时代里，慢慢细心雕刻是很难的工作，手工技能是一种传统，是机器无法代替的。当然有些机器能够做得更好，我们也会选择用机器，但是传统技艺是不能丢的。

Living Museum博物馆内收藏有世界上最多的瑞士木雕艺术品以及各式的音乐盒，以及两百年来种类繁多的古董音乐盒和音乐机器。所展出的作品约有500多件，其中包括一百多年前费时5年完成的精美橱柜、由一整棵梧桐树干所雕刻的一群圣伯纳狗，连绳子都是由同一棵木材所雕刻出来的，其做工之细腻令人叹为观止。

两百多年前这个地方是很贫穷的，除了农业以外什么都没有，气候环境也很恶劣，没有河床，经常泛滥成灾。250年前，政府就决定要投资这里，将这里的人从贫穷中解困出来，但做了80多年都没有成功，没有找到正确的路子。后来旅游业开始发展了，最早是英国来的，后来是德国的，这里的旅游业逐渐发展了起来。最早的时候，人们来这里订做的都是一些实用性的木雕，像这种用来做黄油的模具当时卖得就很好。到1900年左右，这里已经有1600多位木雕师傅了。当时我们的公司在瑞士五六个城市都有分公司，还参加了巴黎和芝加哥的世博会。一战结束到二战之前，欧洲开始工业化生产设计过程，这对于我们来说是致命的，那时的产品要求有实用功能，而且越简单越好，实用性特强，因此木雕的产品显得有些多余了，艺术也好像被忽视了。

在第一次和第二次世界

大战期间，很多人纷纷逃到了瑞士，当中就有曾在前线冲锋陷阵的，也有普通老百姓。他们来到瑞士无以为计，就手工做一些玩具来谋生。这期间，手工制作的玩具得到了很大发展。

你看这只熊，实际上我们的很多雕刻都融入了实用功能。日本也有一个地方专门刻熊，但熊雕的发源地应该是布里恩茨而不是日本。当时是有个日本的将军买了几个熊雕回去，他是打猎的，回去后说我们村里冬天人们没事情干，也可以在家里雕这个，就这样雕刻熊就在当地传开了。我去日本看过，那里熊的样子与这里的很像。

我曾经被认为是很疯狂的人

19世纪的时候，这里受到法国巴黎文化的影响，不仅有木雕学校，还有绘画学校，在欧洲都很有名。很多艺术家来到这里，互相交流，结伴旅游。

记得我的曾曾曾祖父辈，有一个叔叔在巴黎学雕塑。他认识罗丹，而且是好朋友。他非常喜欢去巴黎创作，而且每年都要去一次。画的很多的是裸体素描，可是他从来没有雕过本地的女人。村里人就问他为什么一定要去巴黎，刚开始他不愿意回答，后来被逼急了，他说："巴黎的女人没有像土豆袋子似的肚子。"所以当地人一听都不高兴了（笑）。

育宾木雕公司创立于1835年，是一家家族企业，目前已经到了第五代传人：弗利维斯·育宾。为保存瑞士传统木雕工艺起到了至关重要的作用。

左图：育宾介绍木雕　右图：木雕工具

实际上，我父亲是想让我哥哥来继承这个公司的，但是他已经不在公司了。为什么?

我想他是被迫的。而我却曾经被认为是个很疯狂的人。当我完成学徒的时候，父亲说你可以继续学徒，也可以上大学，我说算了吧，我想做些实际一点的事情。另外一件让人觉得疯狂的事是我去意大利学镶饰，而且是走着去的，我从瑞士一路走到了罗马。走之前我想让一个朋友一起去，他说："你疯了吧。"但是当我回来之后他却说："你知道，我也一直想做这样的事。"（笑）

后来我又想学法语。在起初的六到八个星期里，我想做一些跟日常生活不同的事情，所以我去了一家修道院学习。但是不幸的是，那里太安静了，没人愿意多说话，所以在那里没学到什么东西（笑）。但是我帮他们装上了玻璃，抵御冬天的寒风，所以他们给我提供免费食宿。这非常有意思。当我回来的时候，我那个朋友又说这也是他想做的事，但在这之前他却说我是疯子。

在去过意大利和法国之后，我在美国工作了一年，然后回到瑞士，这是我自己的决定，那是2001年，“9.11事件”前的9个月，我决定接手公司。

公司几乎毁于一旦

我觉得我做的工作是最有意思的，这也是我现在还在这里的原因。至于如何领导公司走向未来，目前看这还是个比较难于回答的问题。但是如果我们往回看，我们这家家族企业已经经历了两次世界大战，而在我的这个时代，我们经历了“9.11事件”，它几乎让我们的公司毁于一旦，在那段时间几乎毁于一旦。“9.11”发生的时候我在香港，我正在看电视。当时我们正试图打入香港市场，但当我看到所发生的一切，我立刻意识到后果将是灾难性的，因为当时公司收入的40%来自于美国市场，40%来自日本，10%来自英国。几分钟之后，我已经很清晰地意识到公司将再过一到两年苦日子。“9.11”发生的时候，公司有60名员工，我一回来就马上裁员到12人。2004年公司出现了转机，但是2003年我们的营业额只有2000年的20%，也就是说我们损失了80%。在那两年我们的利润倏的一下就没了（他用嘴在手上吹了一口气），但是我们生存了下来。然后2005年我们这里（布里恩茨）又遭到了洪水袭击，当时水已经到这里了（他指了指身边的咖啡台）。紧接着去年开始的金融危机。所以我认为市场不会对我们生产的这类产品有大规模需求，但是我觉得消费者会购买一些产品，这些产品是与他们已经去过或将要去的地方有关联的。正是基于这种考虑我们去跟客人讲解这种传统技艺，甚至让他们自己动手做些东西。有时在一些旅游推广活动上，我们会专门组织这样的活动，一些跟团来的客人就可以一起参与进来，雕刻一些自己喜欢的东西，比如牛、音乐盒或手表等。他们把这些东西带回家，也

左图：木雕师正在工作　右图：育宾的木雕博物馆

带回去了一些珍贵记忆，因为这是他们在欧洲旅游十几天唯一的机会自己动手做东西，他们去品尝，去聆听，去品闻，却从来没机会自己动手做。如今人们并不想参与太深，他们不想走得太深，你知道这只是一些表面肤浅的东西，人们只想蜻蜓点水，有点感受就可以了。我也不会让他们涉入太深，但是如果这是一个全球的平台，那机会将是巨大的。这也正是我认为目前我们这些产品还有前途的原因。

有想过把公司搬离布里恩茨吗？如果我能把所有这一切都打包，我可能会考虑把公司搬到一个更繁华点的地方，但是……（笑）如果是在瑞士的话，我会选择琉森，或者是上海（大笑）。但是作为一种旅游产品，我正考虑用几年时间在全球建立一个连锁销售或特许经营的网络。因为如果你看中国、法国、意大利，人们都在外出旅游，但是这些人特别是那些来自成熟市场的游客，他们更需要一些自己动手的机会，但是没有人提供这种服务，没有人。所以如果以特许经营的模式，我们就可以走向全世界，我们就可以成功。

如果真把公司搬离布里恩茨，我认为我们的雕刻会失去本源，它就不是正宗的了。所以我认为如果你要进入中国市场、印度市场，你就必须把本土的技艺和产品融入进来。让人们来感受它，通过本土化，它将有可能是全球的，然而你做的却是本土的东西。但是如果你把他们的产品拿到其他地方去，这将没有任何意义，你知道，你必须本土化。而对于我们来讲布里恩茨是公司的根基所在，也是我们延伸和发展的起点。

事实上瑞士的木雕工业正在复苏。因为人们很想知道他们所购买商品背后的历史、背景，这也正是瑞士木雕工艺的优势所在。如果你说这个产品有１７０年的历史，你还能讲出它背后的故事，那将非常令人印象深刻。当人们了解到这些以后，他们会自然地把这些历史和故事与这个产品联系起来，也就是他们买的不仅仅是某个产品，而是它背后的故事。如今，特别是一些西方游客他们不能正确评估一件产品的价值，因为现在产品的价值与其中的付出是脱节的，彼此没有关系。这也就是说要使产品卖出好价钱就必须进行交流，让他们知道这段历史。当然我们公司现在规模还小，我们必须做市场营销，我们没有1000万的预算去做营销，这是不可能的，所以我们就做小规模的广告，并让更多的人能够参与进来，这是我们目前能做的。

我有三个孩子，分别是11岁、9岁和5岁。孩子喜欢木雕吗？我不知道，现在说还为时尚早（大笑）。我最小的儿子９岁。一般周六或周日我都很早起床去工作，我妻子和女儿单独睡，我这个小儿子就会起来，他去煮咖啡（大笑），只有在这么短的一点时间里我们才有机会交谈。你知道，他对这里的一切都感兴趣，我会给他讲有关公司的事、市场营销等等，他听得津津有味。也许将来他会继续有兴趣，但现在说还太

右图：木雕博物馆内部

早。我不会去强迫他。但是我觉得公司的未来不应仅仅依靠这个家族所能产生的能力，它应该依靠于那些对这个行业感兴趣的人，如果是其他人也可以。我是说这个公司对我们家族很重要，它的品牌和理念都是对这个家族最好的传承，如果是其他人来管理，我想问题也不大。

幸福是在生活中找到完美的平衡

育宾一直很忙碌，这对于他应该是一件好事，因为忙就意味着有生意，公司的运转也将尽快恢复到9.11之前的水平。整天为了家族生意忙碌的育宾除了与日俱增的压力，他生活得幸福吗？我试探着给他发了电子邮件，有点意外的是他很快回复了我的一连串问题，虽然有些简短。在0与1的二维世界中，我继续寻找着幸福。

在某种意义上，幸福更接近于爱。自己快乐地生活，并把幸福和爱

传递给他人应当是我们生活中一个最重要和最愉悦的任务。幸福是在生活中找到完美的平衡，接受不断的变迁，因为生活除了我们自己还包括周边的一切，生活并不完全受我们左右。既然活着，就不要惴惴不安，就不要闷闷不乐，去幸福地生活是生命中最美好的部分。

幸福的反面是不安，幸福发自内心。只有创造幸福和传播爱才能改变不幸的现状。我给予别人爱和幸福，这将带来更多的爱和幸福。相信别人会感激我们所做的一切，相信这种感激有一天会以某种爱的方式回

报给我们，这会给我们带来幸福。被关爱的感觉就是幸福。认识到我们绝大多数的问题都是相互关联的，会使我们变得幸福，也可以让我们保持幸福。

我最喜欢做什么事？我没有最喜欢的事情。我喜欢很多东西，例如制作或者推出顾客喜欢的产品和服务，和我9岁大的儿子雷米一起徒步旅行，清晨醒来俯瞰美丽的布里恩茨湖。

我喜欢旅行，去发现并思考其他人不一样的生活方式，然后回到家里，跟太太和家人团聚。

金钱能带来幸福吗？完全不同意。赚钱和存钱好比在艰难时期储备食物、水、柴火和武器，能够给予我们安全感，使我们的生活有保障。然而，盲目地为钱奔忙会使许多人远离幸福。

给现在的生活打多少分？9分。我的幸福接近满分（10分）。这样，我还有希望追求更多的幸福（育宾在后面加了一个笑脸图案☺，我能想他一定在一边打字，一边在咧着嘴笑呢）。

对现在的生活有什么不满意的吗？我对成千上万的小事情感到不满意，有些事情相对重要一点，有些没那么重要。但是，把不满意的东西转变成使自己、顾客、朋友和其他人满意的东西，是我每天生活的一部分。

对那些追求幸福的人有什么建议？

追求幸福是永无止境的，因此我的建议是去把握现有的幸福，而不是一直不断地追寻幸福。完全认识到什么东西使我们幸福以及感受到幸福的感觉和意义，就表示你已经获得足够的幸福。我个人认为解释这个看似简单的事物是一件最困难的事，我感到当我说得越多，我的认识得到进一步加深。一定要分析、下决心去做，并行动。

上图：木雕作品

09

科里斯蒂安·冯·奥曼
Christian von Allmen
飞行员

下午三点半，我们的车行驶在劳特布鲁嫩（Lauterbrunnen）的山谷里。略显阴沉的天色丝毫掩盖不住天地之大美。山谷的一端散落着瑞士典型的木屋chalet，木头因岁月累积沉淀出严肃的黑色；另一端兀然矗立着皑皑雪山，山势不高，似乎触手可及，又显得平易近人。青山翠谷间肆意地生长着大片大片的绿草，一朵朵黄色的小花或三五成群或涂鸦般散落其中。一阵微风，它们就像律动的音符在山谷中跳动。相信这与陶渊明的桃花源相比，只会有过之而无不及。

劳特布鲁嫩在德语中是泉水众多的意思，因此又得名“瀑布镇”。一条条水带在沟壑之间凌空起舞，升腾缥缈。水势不大，轻盈的山风夹带着晶莹的水珠弥漫开去，它的朦胧飘逸不知道吸引了多少文人墨客为之嗟叹。德国诗人歌德至此游览就曾留下了这样一首诗：Spirit Song Over The Waters。诗中这样写道：

Down from the lofty
Rocky wall
Streams the bright flood,
Then spreadeth gently
In cloudy billows
O'er the smooth rock,
And welcomed kindly,
Veiling, on roams it,
Soft murmuring,
Tow'rd the abyss.

山脚下，两架直升机静静地停放在停机坪上。背后看似机库的木房子上写着两个字：Air Glaciers。这里就是我的采访目的地。科里斯蒂安·冯·奥曼是这家高山救援公司的飞行员。然而在做飞行员之前，他父亲让他学的却是厨师。父亲说：“你必须先学一门手艺，有踏踏实实的可以生活的手艺才行。”

救人是我们日常工作的一部分

救援站并不像我想象得那么紧张忙碌，甚至有点冷清。偶尔有骑自行车锻炼的人或徒步者在此经过，几个小朋友在旁边玩耍。我推门进去，办公室里空空荡荡的，这时一个中年人走了出来问我干什么，我说要找科里斯蒂安·冯·奥曼。他随口说了一句："我就是。"言语中我看不到他对这次采访的期待，似乎我的到来可有可无。

我们公司总部是在瓦莱州的西昂（Sion），共有六个这样的基地。每个基地都有一个基地长负责全面工作。我们这里总共有三架直升机，有14名员工，有两位是兼职的，有需要时才来工作。我是站长负责日常安排和分配工作，我本人也是飞行员。

我们要做很多业务项目，像山上建小屋需要运输材料，如果山上需要食品我们也帮助运输，还有救人、救动物、旅游观光，还有提供跳伞服务。

我们公司是商业公司，所以提供的服务都是需要付费的。一般来讲如果顾客有这种需要的话，可以先咨询，然后报价，如果客户觉得OK，就签合同。当然营救除外，这是没法事先报价的（笑）。瑞士都是有医疗保险的，救援之后，账单一般由保险公司付。目前公司的营利状况比较困难。在瑞士有几家这样的公司，但这家公司是最早的，还有另外一家REGA，它只做高山营救，而且必须是会员才行。

Air Glaciers 是一家瑞士提供飞机计程服务、直升机辅助滑雪、紧急救援服务和一些定期航班服务的商业航空公司。

这里紧急救援的工作不多。在这个区域事故发生不多，一年

上图：科里斯蒂安运送建筑材料（摄影：薄义群）

200～300起。冬天大多是滑雪的事故，另外就是低空跳伞，还有就是徒步行走。绝大部分是建筑材料的运输，如木材，还有建筑材料，木板石板之类，这些工作差不多占到了我们总工作量的50%左右，材料运输是我们的重头业务。旅游观光使用飞机的是我们业务的20%。

这里牛比较多，所以我们还要经常救牛。比如说牛在山上一条腿受伤了，我们就要把它救下来。那是值得的。每条牛都是有价值的，衡量一下救下来还是值得的。

在这里低空跳伞的人特别多，事故也比较多。他们经常从瀑布上跳

下来（他指了指身后不远处的瀑布），有时候伞打不开，或是挂在树上了，就需要我们去求援。有时我们可能正在运输建筑材料突然接到求救电话，我们就马上赶过去救人，10分钟之后，我们救完人可能又接着回来运送建筑材料了。严重的事故大约每年10～20起左右吧。

我们的采访是站在停机坪的围栏外边进行的。科里斯蒂安穿着一双拖鞋款式的黑皮鞋，他的脚一会从鞋里抽出来，一会又放进去。

第一次救人？第一次我救的是一位母亲和小孩，那应该是在1989年或1990年左右。当时我是飞行员。她们从山谷中的水道一块岩石上

掉下了去，后来她们爬到了水中的一个大岩石上，但上不来。水挺深的，那时正好是春天，流水挺大的，河谷挺深。我们过去营救，对我来说还是第一次，也蛮难的。你知道，我们用的是差不多80多米长的绳锁把她们救上来的，这是空中救援中比较难的一项。不过通过平时的材料运输我们会积累很多经验，到了救人的关键时刻，就可以用学到的经验来救人。

喜欢这项工作吗？喜欢。救人已经是我们日常工作中的一部分了。做完困难的事情，救了人当然挺开心，不过还要不停地做，所以会觉得比较平常。

干嘛一定要上大学？！

科里斯蒂安留着棕色短发，穿着白色略显陈旧的Jack Walfskin汗衫，一条灰色牛仔裤。他不爱说话，不太容易进入谈话角色。

我最早开始学的是厨师。以前我住在这里经常看到飞机，就挺感兴趣的，希望将来能当一名飞行员，但是我父亲说“你必须先学一门手艺，有踏踏实实的可以生活的手艺才行”。我于是就先做了厨师，后来在餐厅做服务生，自己还经营过山区的服务餐厅，然后在这个基地当修理工人，后来当上了飞行员，现在是基地长。

我当时追问了一句：为什么不去上大学？科里斯蒂安轻轻地耸了一下肩膀，想了一会，他似乎不太理解我为什么会问这样的问题。

上完九年基础教育后，我就去学厨师了。为什么没有继续深造？在我们山区不是都要上大学的，不太追求这个，而是要学一

上图：飞行基地

门手艺，大多数人都这么想，在瑞士也大多是这样，这一点可能跟其他国家不一样，我们比较实际。在瑞士，技工工人的价值与其他国家完全不同，干嘛一定要像其他国家的年轻人那样上大学，对不对？！不一定要上大学。

而且在这里不是学完学徒就完了，我们还会根据自己的兴趣，再去学一些别的东西，这样职业选择就更广，并不是一开始就定了说我一定要读大学。瑞士的各类职业技能进修教育非常系统化，非常方便。

在瑞士，在就读一到两年的托儿所后，儿童从7岁时开始进入学校学习。他们通常会在学校学习9年，属于义务教育，它包括小学和初中阶段。在此以后，一部分人会去接受更高等的教育，其中真正升入大学的也就占10%左右；另一部分人则去接受职业培训或是当学徒，学得一技之长，日后从事一种实际操作的职业，这部分是瑞士教育体制中的主流，也是瑞士教育的最大特点，大约有75%的青少年会走上这条路。一般会有400种培训和技能的学徒计划供这部分学生选择。

上大学以后会不会找到更好的工作？现在没上大学，工作也不错呀。我父母不会这么想，他们也不会强迫我。当时我感兴趣的是飞机，但父亲认为学开飞机的时间长，还不如早点先学一门其他手艺。1989年我开始当飞行员，之后到1997年我离开过一次，到其他公司开更大型的直升机，还飞欧洲其他地方。我开过苏联的那种很大的飞机，那是一种双螺旋桨的飞机，是专门运送材料的，那时候是在德国和意大利的一些地方工作。今年1月我又回到了这里。

在我们聊天的时候，几个小朋友一直在我们附近玩耍，其中的一个刚刚牙牙学语。他一会在地上爬着，一会趴在滑板车上，一会又用手去挖地上的洞，挖完了还把手放进嘴里，好像要尝尝是什么味道，有时又抬头望着我们。后来我才知道，这几个小孩都是科里斯蒂安的孩子，另外一个女的就是他的妻子。可能知道有人要采访科里斯蒂安，他们是故意来这里看看的。在我的要求下，我给他们拍了张全家福。

我今年41岁，我的家就在附近（他指了指不远处的村子）。我父母有一个酒店，业余时候我会帮他们砍树，在森林里。另外那里还有山羊，我为山羊割草。砍树对我来讲既是劳动，也是爱好，是一种很好的运动，还有就是打猎，爬山。

不要梦想去达到自己不能到达的目标

当我7月份再次来到冰川飞行公司劳特布鲁嫩基地的时候，这里已经完全换了一番景象。几架直升机不停地轮流起降，有人在这里乘飞机

右图：科里斯蒂安

观光，有人坐飞机到高空跳伞。基地里一派忙碌。科里斯蒂安一直飞来飞去，我等了一上午，没有办法，最后只好先到他家里采访他的妻子苏姗和他的父母。

苏姗：我们第一次见面是在我祖父母那里，在教堂的一棵树下遇见的。我已经忘了我们是什么时候认识的。当他培训做飞行员时，他是住在温特图尔的祖父家，他的祖父是我们家的熟人。有一次，他来我们家做客，我们就认识了。后来一起出去过几次，基本上温特图尔狂欢节期间我都是和他在一起的，因为他从伯尔尼来，不知道这个节日。就这样，我们就一起了。他曾经去过加拿大生活，还有其他的经历都让我印象深刻。我们认识的时候，我只有10岁。

我认识他的时候，他还不是一个飞行员，但已经让我印象深刻了。后来他带我一起飞行，这让我很快乐。

我们家的分工其实已经很明确了。他去上班不在家的时候，很多的事情都由我负责。他主要负责体力活，平常的家务活和照顾孩子就由我负责。

对现在的生活满意吗？满意。我很享受我们一家人在一起的时光。我也学会了怎样和孩子们度过每一天，怎样和他们相处。我很享受和他

飞行基地

BITTE TÜRE SCHLIESSEN
PLEASE CLOSE THE DOOR

们一起做事的那种气氛。

科里斯蒂安做什么会让我高兴？（苏姗思考了一会）我想，他晚上能早点回家，我就很高兴了。在晚上，我们才有家庭生活。这样就可以让我高兴了。

科里斯蒂安家族在劳特布鲁嫩有一个酒店，到他这一代已经是第四代传人了。现在酒店由科里斯蒂安的弟弟经营。科里斯蒂安的父母也会抽时间帮着打理。

科里斯蒂安的母亲：事实上不是，虽然他很聪明，可以把所有的事情都做好。但是在这里，还是要生活，所以首先有一份工作是很重要的。有一份工作就是有生活保障，人在思考的同时也要动手去工作。虽然会有艰难的时候，但人还是可以做手工艺品使全家人活下来。即使是技术人员或者专家有时生活也会有艰难的时候，但那时我们会想，大自然为我们准备了很多的快乐，在未来都是我们的，我们也会很珍惜钱。这是我们对孩子的期望。

我们没有后悔。这里有大自然，日子也过得很好。孩子的未来由他们自己决定。我们很高兴看到，当节日到来的时候，我们的孙子也会来这里和我们一起。

科里斯蒂安的父亲：我很满意，我的妻子还在陪着我，孩子们也都长大了，我觉得一切都很好，我很满意。

科里斯蒂安的母亲：的确，现在我和他都很享受。能够一家人在一起，对于现在拥有的感到幸福。我们希望不要只顾着工作，然后身体健康。可以继续在这里生活，保持良好的身体状态，享受瑞士的生活。每天会因为生活中的小事而感到开心，不要梦想去达到自己不能到达的目标，这对我来说就是幸福。我希望在未来我能继续工作。

科里斯蒂安的父亲：我幸福吗？能够每天都有健康的身体，可以享受每天的好天气和美丽的大自然，这就是幸福。

科里斯蒂安的母亲：还有工作，享受工作，这也很好。

不要左顾右盼，走自己的路

科里斯蒂安有三个儿子，平时绝大部分时间是妻子来照看。夏季是他最忙碌的季节，主要是观光旅游、空中跳伞、运送建筑材料以及紧急救援任务。科里斯蒂安的性格很像他的父亲，有些内向，讲话经常是惜墨如金。

左图：伐木是科里斯蒂安最喜欢的运动（摄影：薄义群）

我父母的计划是要我继承父业，有一天能接管酒店，而我的弟弟学的是银行管理。但是后来全都变了，我做了其他的工作，我的弟弟离开了银行，接管了酒店。我当了很多年的飞行员。我住在这里。以前的基地长是一名老飞行员，他需要一名本地人，而且是真正喜欢飞行的，要全心投入去工作的，不是为了工作来工作的人来接替这个工作。

幸福是什么？我觉得幸福就是你早上醒来的时候会有希望，好好享受这一天。到了晚上，所有的问题都过去了，可以满意地入睡，这对我来说就是幸福。我的工作可以给别人带来快乐，我就会快乐。我的家庭，我的工作也给我带来幸福。或者，给别人带去快乐，我也会感到幸福。

金钱能带来幸福吗？金钱可以让生活更加安稳，更加舒适。但仅有钱是不能带来幸福的。通过工作来赚取生活所需要的钱，这是必须的。但如果只有钱，是不会幸福的。

给自己的生活打几分？我不会给最高分，我觉得9分已经足够了。

喜欢这里乡村的生活吗？村里的大部分人都认识，人们会称呼你的名字。我曾经在大城市生活过一年，虽然和邻居经常碰面，却不知道他们名字。而这里的每个人都相互认识，知道每个人在做什么，就像住在同一个房子了，每个人都保持友好关系，这样的生活，简单的生活，让我感到幸福。

右图：飞机在工作（摄影：薄义群）

AIR-GLACIERS
HELIPOOL
HB-ZNA

10

斯托勒
Stoller

火车司机

采访斯托勒是在从因特拉肯开往少女峰小齿轮火车的驾驶室里。驾驶室很小，站两个人还可以，再多一个就有点挤了。斯托勒已经开了十几年火车，现在还带了一个徒弟，这天正好是他们师徒当班。

斯托勒长得高大魁梧，足有一米八，穿着蓝色工作服。他看上去颇似中国国家足球队原主教练施拉普纳，只不过头顶已经秃了，胡子倒是比较浓重。由于时间关系，我和斯托勒只聊了半个小时就只能下车赶往另外一个采访点了。

为了太太我回到了山里

我们火车公司的司机有四十多名，大部分是机械工出身的，所以对于我们来讲学开火车并不困难。每个司机上岗前都要跟着师傅三个月时间，然后才可以自己开。他现在就跟着我学呢（他指了指正在开车的一个小伙子）。实际上我们公司人不多，就要求一专多能，像我们司机的工作其实还包括开火车、维护火车和火车线网的正常运作等，所以不是天天开，也不会觉得枯燥。

这时火车要靠站，斯托勒停止了跟我的采访，专心致志地看着徒弟操作，嘴里还念念有词："慢一点，慢一点，哎，Good。"他给了徒弟一个赞扬的手势。

像我们这种小火车，一般前后两趟车之间的距离都不太远，所以一定要控制好速度。当列车进站时就要小心，要将火车停靠得离前一列火车一定距离。火车的速度是要控制的，在行驶过程中也要与前一辆火车的之间保持一定距离。

我们少女峰的这种小齿轮火车实际上是3轨窄轨火车，在2条窄轨之间有一条齿轮轨，供齿轮火车驱动。每列火车有两三节车厢，由一辆动力车驱动，最高速度可以达每小时24公里。

有什么特别经历？嗯，今年年初下大雪，大风雪非常罕见，整个通道必须将雪除掉，我们三个同事一起除雪。这时我感到自然的力量，特别大，而我那么亲近自然，可以用自己的力量，三个男人将通道清通，让火车畅通。这是很难忘的经历，也挺自豪的。

少女峰上的这条铁路是有"瑞士铁路之父"之称的阿道夫•古耶尔•塞勒（Adolf Guyer-Zeller）倡议，并于1896年至1912年兴建的，竣工当年8月1日通车，终点站是海拔3454米的少女峰站，这也是欧洲海拔最高的火车站。

我父亲也是开火车的。这里有很多一代传一代的，都在这里工作。铁路公司是这里最大的企业，提供了很多就业机会，很多家庭从祖父到父亲再到儿子都在这里做，是很自豪的事情，像一个"帮"一样。但是我年轻的时候选择了去苏黎士，我一开始的初衷不是这样的，我想做其他事，我特别喜欢飞机，飞机世界是我年轻时候的梦想，所以年轻的时候去了苏黎士，做了飞机机械师。

上图：火车站

为什么会回来？最主要是因为我太太喜欢这里的生活。我太太也在这个地区长大，她是在另外一个村，离这里有两个山谷远。太太是做酒店的，原来在我家附近的酒店工作，我们就在那里认识的。后来从苏黎士回来，是因为我太太希望回到山里去。

这个选择很难吗？从1976年至1986年，10年时间我是在苏黎士工作。当初选择是有一些难度，但当初回来以后第一份工作也是跟飞机有关系，军用飞机，在因特拉肯附近有一个军用飞机公司，在那里工作，生产飞机零部件，后来因为工厂搬走了，所以我才重新找工作。

说实话这是一个很难的转折，有两年时间我都觉得心里头压力很大，很难度过这个转折。那个时候，我改行，我知道我父亲热衷开火车这一行，但当时我自己还没有完全进入状态，除了在公司工作以外，回到家我基本上不与父亲聊这些。

齿轮火车

现在喜欢这个工作吗？95%是喜欢吧。现在应该说已经喜欢上这个工作了。如果不出什么意外，我会做到65岁，直到退休。

小村庄的干净有利于孩子成长

我们这些在山区长大的孩子从小在父母的引导下，就喜欢大自然，喜欢接近这些大山，所以说这些环境对我来说是很自然的一部分。我住的村庄叫劳特布鲁嫩（Lauterbrunnen），就是火车上来的第一站。这个小村有800人，周围几乎每家每户都认识，知道他们做什么，家里有多少人口，非常熟悉，就像一个很小的团体，非常亲密。村子里也有一些社团、俱乐部，会一起做一些喜欢做的事情，还有合唱团，非常融洽。到了苏黎士大都市，每个人之间很陌生，谁也不愿意去了解别人，住的也是公寓，自己把门一关就是各自的天地，觉得没有小村的和谐亲近感。

斯托勒今年54岁。讲起话来有些严肃，不苟言笑。

城市跟山里的生活还是有些不同。在大都市可以接触到很多信息，各种娱乐设施，然后也可以接触各种不同的文化。但这也是个人的选择。当初我之所以去苏黎士，也就是想看更多的东西。在苏黎士随着时间的推移，我也结交了不少朋友，公司就是一个30人的团队，会一起做一些业余爱好，也挺不错的。其实在大都市里有人喜欢不让别人太过接近，希望保持自己的私人生活空间（他提醒徒弟要控制速度，注意安全）。不过有一点特别要强调，那个时候大城市已经有吸毒的情况了，而在我家乡的小村庄却还是那么的干净，这对于孩子的成长是好的。

我有两个孩子。女儿24岁，儿子22岁。儿子是直升飞机助理工。女儿现在在索洛图恩，也是在伯尔尼州，在医院工作。儿子跟我们一起住，女儿自己住，还没有结婚。

更喜欢谁？应该是同样对待，可能更喜欢女儿一些（他憨厚地笑了起来）。女儿经常回来，平均每个月至少两次，因为他们喜欢回来跟我一起去滑雪，特别是冬天。

我夏天喜欢骑自行车，冬天滑雪或是雪地行走。我们村子里有滑雪俱乐部，我也参加了，有400个成员，除了当地人，还有外面来的人。这里有一个不是专业的滑雪比赛，只能有800人可以参赛，而我们这个俱乐部可以优先报名，所以很多人加入俱乐部。这里是世锦赛的两个场地之一，在这个专业比赛的一周后就有这个业余比赛。

以前在苏黎士住了10年，那时候冬天每周我都回来滑雪。现在要滑的话天天可以滑，我经常开火车到了格林德瓦那一站，下班就可以滑回去了。基本上每周至少两次。

少女峰铁路历经百年而不衰，如今已经成了少女峰旅游业的重要组成部分，仅2008年一年就有62. 8万人次通过它登上了上少女峰。

这些年运送了多少乘客我已经记不清了，但是在2000年的时候，有一天我就开了五趟火车，拉上来8400多人。

上图：“欧洲之巅”车站

11

明珠
Ming Zhu

导 游

一阵鸟叫把我从沉睡中唤醒，拉开窗帘，一阵凉风带来丝丝寒意。这是一个典型的因特拉肯式的早晨：东边天上露出一抹殷红，掠过少女峰的皑皑白雪，远处躲在阴影里的山峰畏寒般抱紧云床。从阳台望去，阿勒河（Aare River）像一条玉带悠然飘去，偶尔几只野鸭打破平静，掀起阵阵涟漪。

河对岸的一扇绿色小窗被轻轻推开，不知道是早起的少妇为孩子准备早餐，还是习惯早起的老人想第一个呼吸清早的第一缕新鲜空气。因特拉肯沉浸在浅睡中。

四只白天鹅列成长队沿阿勒河向东低飞，像是结束了一晚的夜下班回家了。河面上留下淡淡寂寞的雾气。窗外的闲静被CNN的急促播报打乱了：格鲁吉亚军事政变、俄罗斯反对党呼吁普京下台、塔利班还在发动恐怖袭击。

匆匆吃过早饭赶到因特拉肯东火车站。这里已经人头攒动，大多是等候上少女峰的火车的。不知道什么时候，一位留着齐耳短发、穿着红色运动衫、灰白牛仔裤的中年妇女向我走过来。"你好！我是明珠，英文Pearl的意思。"她是中国人，一个远嫁到瑞士的中国人，现在在少女峰铁路公司做导游。

在瑞士大多数人是租房住的

明珠1999年来到瑞士，丈夫是瑞士人，目前已经在瑞士定居。她是一同陪我到少女峰高山观测站采访的。可能是做导游的缘故，明珠的话很多，速度也很快，而且还经常把中文和英文夹杂在一起讲。

少女峰有两个传说，一个是单纯美好的传说：传说天使来到凡间，在一座美丽的山谷里居住下来，并且还为它铺上了无尽的鲜花和森林，镶嵌了银光闪烁的珠链，还为它许愿说："从现在起，人们都会来亲近你、赞美你，并爱上你。"被天使祝福的少女峰果然得到了人们的喜爱。

还有一个很浪漫。美丽的少女和英俊的青年相恋，却被传教士因忌妒而分开，化为两座山峰永世俩俩相望，也就是现在的少女峰(Jungfrau) 和艾格峰(Eiger)，从中作梗的便是中间的僧侣峰(Mönch)。也有人说艾格峰是一个坏蛋，不适合少女峰，僧侣峰认为他们不适合，就阻止它们见面。德语中Jungfrau其实是"处女"的意思。所以这么多年少女峰还是那么年轻漂亮，还保持着处女之身。（笑）

列车员走过来查看车票，并在我们的车票上打了个洞。

从因特拉肯坐火车可以直接到少女峰上的Top of Europe（欧洲之巅），这里建有欧洲海拔最高的火车站。建这个铁路最初的想法，并不是旅游，而是要在雪峰上建一个科研站，研究气候的。当时建这个铁路是要经过国会批准的，这个项目是瑞士科学院提的议案，最后是因为要在Sphinx建这个科研观测站，才最后决定要修建这条铁路的。现在与旅游结合起来，每年都有65万人上少女峰。历史证明劳民伤财的事情并不一定是坏事，（笑）就像中国的长城、法国的凡尔赛宫、埃及的金字塔，还有瑞士的铁路，有了铁路我们才能四通八达。

这个火车初建时就是用电的，100多年前就有这个想法了。一个是水资源丰富，可以发电，很便宜，用蒸汽不可能，因为有很多隧道。另外用电可以减少机车的重量。如果要烧煤什么的，瑞士又没有那么多煤的资源，一百多年前就是这种想法了。so第一辆火车是1890年开始运营的，第二辆是1893年，这个是1912年，开始运营，但是1896年已经开始建造了，造了16年，到了2012年就是100年庆了。

上山的火车有一段要在艾格山里面穿行，有7.5公里都是隧道。

右图：瑞士街道

什么人住在这个山里呀？什么人都有，我和我丈夫就住在这里。我是从上海大城市过来的，但是这个山里和我父亲在中国出生的山里是不一样的，以前连电都没有，这里什么都有。我父亲很小就从山里出来了，因为祖父去南洋教书，不知道怎么就去世了，所以我父亲三个兄妹很早就从山里出来了。Jungfraubahn（少女峰铁路公司）是这里的公司，总共有750人在这个公司工作。在这里有很多农民，不种粮食，而是养牛。还有一些高科技的企业，为飞机和飞行公司生产零件。最主要是从事旅游业，不光是饭店宾馆，还有冬季滑雪，这里是滑雪胜地，火车缆车方便。主要以旅游业为生。

我丈夫退休了，所以我们常年住在这里，以前在这里买了Chalet（瑞士典型的小木屋）。城市里不少人周末都住在这里。冬季滑雪很有名，这里是滑雪胜地，像我们住的Grindelwald（格林德瓦）平时才2800人，但是到了旺季，最高峰的时候有2万多人。但是不便宜，要有一身的装备，衣服什么的，要住酒店、吃饭，还要买一周三天的火车通票，这都是很贵的。在瑞士大多数人是租房住的。不像我们中国有钱就买

房、买房、买房……

为什么不买房子？因为土地有限，房子也有限，另外很多房子是公司掌管的，公司出租给你。不可能像中国那样有那么多房子，你知道土地是有限的，而且在这里买房是很贵的。很多大的公司有房子。买房子每年都要付费，每年年初都要做功课，就是交税，如果自己不能完成，还要叫律师帮助你完成，又要付钱。交税按照房产的价值来算，有很多步骤，买房了就不用租啦，很多都要算进去的，它（政府）很坏的（笑）。买房子聪明的人一般都是银行贷款，像我们中国人尽快把银行的钱都还了，在这里如果你全部付清了，交税就要交得更多，要发现这种情况，这样税后可以少交一点，要会算，要有个balance（平衡）。

瑞士的工资收入怎么样？又是一个很难回答的问题，因为每个人职业不同地位不同，差别也多。工资高的人，税交得越多，最高的人交到70%，低的人就交得少。一般来说4000到7000瑞士法郎的收入，普通家庭。瑞士人一般不买房，每个月租房、交保险，都得自己掏钱，花费很多的，不像中国人存很多钱，他们基本上没有很多钱存下来，还要度假，花钱。

我跟丈夫一见钟情

我丈夫已经71岁了，但仍然非常强壮。他在伯尔尼出生，在伯尔尼大学读书，化学专业，是博士。我丈夫以前在罗氏（瑞士一家制药公司）工作，是Vice President（副总裁），世界各地到处走。我与丈夫认识十几年了，一见钟情。我们是在上海认识的，那时我已经工作了。三十几岁。我学的是Chemical engineering（化工机械专业），但我丈夫教了我很多东西，像废水处理呀等等。下午我们经过格林德瓦我会指给你们看，我们少女峰这里的所有生活用水产生的废水，就是最终经过管道到格林德瓦的废水处理站的。我们都喜欢爬山。我们爬了很多山。

哪一年来的瑞士？Ok, 第一次来是1999年，那时还没有结婚，不过婚事已经差不多定下来了。后来就来了，到我丈夫退休后我们就settle down，定居在格林德瓦了。房子是他以前就买好的。

对瑞士的第一印象是什么？当然是和中国不一样。第一次来他就带我去登山了，他说我，“这个女人不错，从大上海来的，那里都是平地，没有一点山地，很有登山才能”。我真的是很有登山的才能的（言语中她对此颇感骄傲）。之后越登越多，有一次我和他登山，晚上就住在山上小木屋里。住一晚，第二天继续，攀登3000多米的高山。另外两个瑞士年轻人，比我们年轻很多，目的地也一样，他们先出发的，过了6个小时，我们下来的时候看到他们，他们才上来，看到我们，很惊讶，就问我丈夫，我是从哪来的，从西藏来的吗？不，是从上海。

登的是哪座山？我现在不记得了，反正我登过Mönch（僧侣峰，海拔4107米），艾格峰没登过，太危险。我还登过Schwarzhorn，就是黑牛角山（海拔2928米），都是使用金属天梯的山，近垂直状的山，我都登过。一般我们从家出发，先走下去，然后再上，从来不乘缆车，全部用脚登爬。一般我们从早上6点出发，中午吃一点自己带的干粮，total（总共）11个小时，来回11个小时。他们这里的山和我们中国的山又不同，中国的山要爬就要买票，然后有建好的阶梯，这里一般都没有的，一般都很有难度，红的是一般很难的，再难的就是蓝的（她指着一张旅游地图说），而我的程度差不多中级、高级了，哈哈哈……（开心地大笑）

第一次登山有没有浪漫的事情发生？你们想着好像是很浪漫，其实不是的。这个山上的小木屋，用的是很扎人的毯子，睡的是通铺。不浪漫的，这里都是professional，专业登山的人。不过心中还是有一种“共享”的浪漫感觉。以前我跟他说我想住在帐篷里面，我从来没有经历过，他说他不要，因为他们当兵的时候住多了，很苦的，不愿意再住帐篷。到现在我还想买一个，他说你会后悔的，很潮湿的。今天你真

左图：明珠与朋友在交谈

幸运，天气很晴朗，明天就会有云了（她看了看远处的少女峰对我说）。

他很喜欢中国文化

我和先生在生活上有文化差异吗？很奇怪，我们俩在吃上很融合，因为他不会在吃上挑剔，这不吃那不吃，我也是这样的。最主要是他有大公司经历，在全世界很多国家都工作过，他在墨西哥工作四年，日本四五年，伊朗工作二三年，就在伊朗大革命期间，霍梅尼运动时期他都经历过，是在当时最困难的时候回来的。他经历很多，military army（部队），吃过很多苦，and 也吃得起苦。在吃的方面他都能适应，以前工作的时候每天飞机上来下来很多次，换飞机，咚咚咚，到了一个地方就换一次飞机。在生活上的差距基本上也没有，磨合得很好。

国内有兄弟姐妹吗？有的，我是最小的，上面有四个，三个姐姐一个哥哥。我每个月打电话给我父母，几乎年年都回去，去年回了，今年没回，所以明年上海世博会期间准备回。父母年纪大了，身体不是很好，所以让他们来瑞士可能不行。兄弟姐妹也会过来，他们的孩子也会来，现在中国开放了嘛，来也方便了。

丈夫也和家人见面吗？回去就一起吃饭，而且他回去都尽量说中国话，他会说德语、英语、西班牙语，意大利语会说一点，

日语，还有中文都会说一点。你7月份还会来吧？来我们家看看，我们的房子不会像豪宅的，我们家里有很多中国的东西，我们到中国旅游看到好看的东西，不算贵的都会买。他很喜欢中国的文化。他最早一次到中国是1987年，去了山海关，后来到了北京火车站，看到那么多人排队买票，想着，他一看这样，怎么

上图：雪山中穿行的齿轮火车

办？……（她突然被外面的风景吸引，惊讶地说，真漂亮，你今天真幸运）

在瑞士生活着2～3万中国人。瑞士1/3家庭属于双国籍婚姻。异国婚姻的离婚率略低于瑞士同国籍婚姻。男方为瑞士人，女方为外国人的组合占异国婚姻中的2/3。

每天都很充实

我丈夫喜欢登山，我认识他以后登过很多的山，这里的山，还有中

国的山都有。他还喜欢literature（文学），culture（文化）的东西他都喜欢。他会弹一手好钢琴，因为6岁就开始学，以后大学读书，当兵，然后到处工作，有40年没弹了，但现在弹起来还是很好，小时候学的东西不会忘的，就像骑自行车一样。他是伯尔尼出生的，也是伯尔尼大学毕业的，退休后现在住在格林德瓦。他退休后都做什么？他现在做consulting（咨询）之类的，主要是跟environment（环保）有关的。像我们住的格林德瓦那里的社区环保方面做得不错，像废水处理之类，但他们还想再提高一步，所以邀请我丈夫去为他们工作，他们说“真高兴你住在我们这里”，真的我不是吹，他确实是这方面的专家。是搞污水

一提到丈夫，明珠的语气中充满了骄傲和自豪。当着别人盛赞自己的老公，这是很多中国女同志不会做的。而且，与她老公有关的内容占了我们谈话的绝大部分篇幅。

我在Jungfraubahn工作，就是少女峰铁路公司，做导游，是partime job（兼职），我喜欢这个工作，兼职的，有事就干。一个月也就一两个团吧，不是很多，是签合同的，正式职员，有工作做就付给我工资，公司要给我支付养老金的。上次一个沈阳来的客人说我看上去像30岁，其实我已经46岁了，可能因为人开心就显得年轻吧。

你们有孩子吗？没有，因为我和他结婚的时候年龄都不小了，特别是他，我们考虑到如果有孩子的话，肯定遗传基因会不错，但是现在的教育也是一个问题，社会那么复杂。我又一想，到我80岁了，孩子还那么小，就是考虑到responsibility（责任），就是要负责任，孩子一看，啊，父母这么老。还有一个就是两个人生活是很好的，我以前没有结过婚，是初婚，他以前结过婚，有两个孩子，女儿是在Belgium，比利时，布鲁塞尔的一个法律国际组织里面工作，他的儿子也是搞旅游方面的，hotel management（酒店管理），在国外工作。

有些中国人是很传统的，但我觉得没孩子就没孩子嘛，没孩

处理方面的专家吗？污水处理是一部分，还有risk managing，就是那个危险处理。

我丈夫退休了，很多公司都邀请他做事，像瑞士航空公司等都邀请他做，现在住的格林德瓦也请他，他工资很高的。

为我的老公感到自豪吗？对对对，很自豪。

上图：阿尔卑斯小镇街道

子也不错，我们可以享受更多的二人世界，到这里，这里，这里……另外就是年龄已经太大了，我也不想要了。

丈夫老了，还登山吗？登的，我们还登的。但选择不是很危险的山，我们都有冰服、登山服、登山绳等一套登山用品。现在登山的次数稍微少一些，生命是宝贵的，哈哈哈，如果出差错了，真的不合算。他以前在南美洲，智利、厄瓜多尔的山，他都登过，每次有机会出差，周末就登，我跟着他登过很多。

每天都做什么？我们也有自己的社会活动，像朋友。以前同事呀，工作之外，天气好的话就爬山登山，他现在每天都弹钢琴，我现在每天都要学德语，跟他学，我德语比较差。你知道德语有方言，不好学。我学德语有自己的书本，我朗读，他听，我做作业，他检查。我第一次跟他说都是说英语，德语听不懂，看电视他做翻译，没有语言障碍，我们都会说英语。我现在尽量说一点德语，现在我努力了。

现在最想做的是什么事？过好每一天，让每天都很充实。因为我先生会弹钢琴，我现在每天也在跟他学。我跟他说我父亲很爱中国文化，他说，好呀，你可不要忘记，然后叫我写书法，他会画画，给我很多画画的书，给我DVD，反正就是每天过得很充实。就是这样，过得很充实。

瑞士的山区什么都有

最喜欢瑞士的什么？我最喜欢这里的自然，nature（自然）是我最喜欢的。不喜欢的也有很多，偶尔到城市里去也是需要的，虽然我们是在格林德瓦山区，我们都有internet（因特网）与世界各地联系，我先生现在经常与过去的同事email联系，不是什么世外桃源，与世隔绝的，没有这种感觉。我们也有自己的汽车，从家里哗哗哗就可以出门，或者是乘火车也很方便。在格林德瓦什么也都有，像超市呀什么的，不像我父亲过去说到的中国一些山区，封闭、闭塞的，因为我们这里都是旅游的地方。

还有一点印象很深的是，这里的房子质量都很好的，这里冬天很严寒的，很冷都是积雪，所以房子的绝缘功能很重要，像我们中国夏天很热就开空调，哗啦哗啦，一边开一边浪费很多energy（能源）。这里房子供暖的系统有很多种，你从广州过来的可能不知道。一种是通过油加热来供暖的，还有一个是用电来取暖。我们家的房子在1200米高，供油的车开不到我们那里，我们房子供热是通过地热的，就是用电来供热的，晚上电费低的时候，这个装置就开始工作，到了白天就开始放热。因为晚上电费便宜对于居民来说是合算的，还有就是晚上有足够的电供应，anyway，我们这里的电太多了，这里也鼓励晚上用电。还有就是用木头，也就是烧壁炉，很浪漫的。像这种天我们就不用电发热了，那太热了，冷了就烧壁炉，很浪漫的。

我们家在格林德瓦。房子是两层楼，在山坡上。我们买的二手房，如果一些房子离路近的就用油了，and还有一个原因就是以前油价便宜，所以很多人用，但后来油价高了，他们就不划算了，哈哈哈。所用的油不是柴油，好像是一种专门用油。我们的房子是1982年建的，但是十几年前买的，是chalet，山中别墅，下面一层是水泥砖头的，上面全是木头的，房间里也全是木头的。

在下山的途中，我们还专门下车到明珠家所在的格林德瓦地区徒步行走了十几分钟。初夏的5月，阿尔卑斯山区分外妖娆。山坡上一片嫩绿；远处小教堂的塔尖在山影中显得渺小而安静；不知名的野花在微风中摇曳，有红的，有黄的，有白的……色彩饱满。险峻的艾格峰近在眼前，褪去了冰雪的覆盖，刀锋般的山脊被绿色装点得温柔起来。明珠跟在我的身后，还时不时的追问："这里漂亮吧？！我带你来这里走没错吧？！"

山里人与城里人会有心理差距吗？我看过电视，瑞士东面山区那里可能会，那里人口比较少，年轻人喜欢往城里跑，剩下老人。但这里不一样，因为旅游搞得好，青年人就可以在这里找到工作，不一定要到城里去，有汽车，很方便的。如果是城市，像苏黎士，什么东西都很贵的，赚得起才花得起，如果赚不起待在那里也没什么意思。

喜欢山区生活吗？是的，我很喜欢，这里的山区和中国想象的很偏僻、很落后不一样，真的是什么东西都有，开车半小时就到因特拉肯了，坐火车也就35分钟，到伯尔尼首都也就一小时就到了，很方便的，对不啦。这么小的国家嘛。我们家的花园有800多平方米，都是有坡度，有斜度的，我先生夏天割草都挺难的，我想我还是要重新找房子，找一个花园小一点，坡度小一点的，他都71岁了。这在瑞士是一个很实在的问题，花园大花园小，花园大意味着干活多。我们花园里有很多树，连房子有800多平方米，都斜着上去的，车子停在车库，要走七十几节台阶才能走到家里。我觉得你要看看外面的风景，光问我，可惜不可惜呀？

（她指着窗外）这里是翁根（Wengen）了，这里的居民是不能开汽车上来的。刚才到的劳特布鲁嫩，那里有停车场，居民的车子必须放在那里，然后乘火车上这里，有些不方便。它的常住居民只有700人，看上去空空的，很安静。

生活质量不是钱能衡量的

我对瑞士人的印象不错，他们说话慢慢的，节奏不像我们上海人那么快，我们太快了。一般来说人都比较和善，特别是住在山区里面，走在外面不认识的人都会互相打招呼“Grüzi”。上次我和丈夫去Brienz（布里恩茨），那里的人也很好，不认识的也会打招呼。总的来说我觉得这里的人很好，当然也会有坏人，这是很正常的，但总的来说是很好的。

在占瑞士人口60%多的德语区，人们用得最频繁的一个词就是“Grüzi”。这个字在德文字典里是找不到的，它是瑞士人特有的，相互见面时打招呼的瑞士德语，相当于中文里的“你好”。瑞士人把它作为区别自己与德国人的标志。

瑞士人的生活态度与中国人有什么不同？每个人都不同。拿我丈夫说，我丈夫与我很接近。我们很合得来，虽然年龄有差距，但他身体情况很好，最主要我们有很多共同语言，不光是我们学的一样，还有对生活的看法（她看了看车站站牌）。我们最好不要漏站。我和他很合得来。他是1938年出生的，第二次世界大战期间，当时瑞士物资缺乏，吃的什么都靠进口，而欧洲周围国家都在打仗，他们很努力，像在他的自家花园，那一点地方，自己种土豆，生活也很困难，他们也用过粮票，像中国用的粮票，所以我和他的经历，在很多方面，尽管有差别，但也有不少相同的，我是1963年出生的，我们那个年代也有粮票、油票、鸡蛋票呀，虽然我们生活的国家不同，隔着这么远，但我们很多想法都是一样。

举个例子？像我们对于生活价值的态度相同，比如说不是你有钱了你就要挥霍，让人家觉得你很有钱，我们不是这样的，我们就是很平淡，追求生活的真谛，就是向往自然与文化，nature and culture（她又用英文重复了一遍）。

做兼职钱够用吗？我和我丈夫很像，有钱够用就行了。有些人把时间花在赚钱上，不行，我们是花在其他方面，旅游呀，文化呀，我们要上音乐厅去听听音乐，看书，学习，活到老学到老。德语也有相似的说法，中国有成语是“水滴穿石”、“熟能生巧”都能找到德语相同的说法（她讲起了德语）。

这种生活态度与国内不一样吧？中国开放也30年了，有些人也早有这种想法，想法也不全是为了赚钱。在那时我就是这样，不是老想着赚钱、赚钱，生活质量是第一位的。为什么我们选择住在格林德瓦，就是因为life quality, quality of life （生活质量），生活质量不是钱能衡量的。

我有一种感觉，瑞士人与德国人相比，德国人喜欢炫耀。你知道在欧洲，很多岛屿德国人喜欢去，像一些西班牙的岛屿，呀，（她接着讲起了英语）My husband also has a lot of friends, because, now one man he is living in Ibyzaa（根据发音的拼写），a Spanish island. He is Swiss, but he is not very happy, because his neighbour is German, the German show his house, with a swimming pool, ok, swimming pool, he is not happy. His wife is also Swiss, maybe she like warm environment, maybe it' s his wife' s idea to move to the island. You know sometimes he called to my husband, one hour, so long, chat, they are not very happy.（我丈夫有很多朋友，现在就有一个住在西班牙伊比萨岛的，他是瑞士人，他不是很快乐。因为他的邻居是德国人，有时候这个德国人就向他炫耀自己的房子，有游泳池，一个游泳池。这个朋友的妻子也是瑞士人，可能最初是她的主意才搬到西班牙的，因为她喜欢温暖的环境。你知道有时候这个朋友给我丈夫打电话，一打就是一个小时，这么长，他们聊聊天。这个朋友不是很快乐。）

我不喜欢爱炫耀的人。我没有名牌，也从来不会，到国内旅游，从南到北从西到东，除了广东以外，基本都去过了，新疆我们呆了两个月，丝绸之路南北线，喀纳斯，都去过，有山就爬。我们旅游的时候都很朴素。从来不穿名牌，他也不讲究名牌。所以一定要看education background（教育背景），我先生是受过这种高等教育的。一般特别讲名牌的人，其实他们的文化程度一般不高的，他们好像要用名牌来弥补一下自己的空缺，因为觉得不自信，空虚。我是觉得这样。

你讲究名牌吗？（她反问我，没等我回答，她又接着说。）不一定的，啊？！质量要好，不一定要名牌，看上去好一点，看上去和谐，不同的场合穿合适的衣服就行了。我有一次到黄山竟然看到有人穿皮鞋爬山。

当我们从少女峰上下来回到因特拉肯已经是下午五点多了。车门一打开，安静的火车站立刻喧哗起来。就在明珠跟我说“再见”的时候，一位老人悄悄走到了她身边。明珠一看到他，显得非常高兴，赶紧给我介绍说这就是她老公。老人家个子不高，比较瘦，一米七五左右，穿着米黄色T恤衫。他是专门开车来接明珠的。由于时间关系，我们没有交谈，握手寒暄之后就此道别了。

12

马库斯·布什厄

Markus Bösch

邮政巴士司机

“我们一路漫游，在隆河峡谷度过了令人神往的一周，然后，从洛伊克转路前往吉米山隘，山上依然积雪很厚，最后，取道因特拉肯，去迈林根。这是一次赏心悦目的旅行，山下 春光明媚，一片嫩绿，山上白雪皑皑，依然寒冬。”柯南道尔在他的《福尔摩斯探案——回忆录》中这样描述。时光流转，一百多年后，这里的景色依然如故。早上8点钟，我坐上车前往迈林根（Meiringen）。与柯南道尔的描写有所不同，山谷里多了层如纱般的雾气。如果他看到此景，不知道又要让福尔摩斯侦破什么惊耸案件了。

迈林根是阿尔卑斯山伯尔尼峡谷中的一个小镇。柯南·道尔生前经常到这里来观光，他笔下的大侦探福尔摩斯中的一些侦探故事就是以迈林根为背景的，因此迈林根又被称为“福尔摩斯镇”。

今天要采访的邮政巴士司机马库斯·布什厄就生活和工作在这个有着传奇色彩的小镇里。

8：40，我如约来到了迈林根。马库斯已经等候在巴士总站了。他穿着一身制服，戴着墨镜，头发整齐地向后梳着，一丝不苟，花白络腮胡子流露着成熟的魅力和风度。他长得很结实，浑身散发着一种严谨和认真，不知道是否跟他开了２３年的邮政巴士有关。

开邮政巴士是我小时候的梦想

为了这次采访，邮政巴士公司专门安排马库斯为我单独开了一辆邮政巴士，而且选择了一条开往山里的路线。据说沿途风景相当漂亮。车刚一驶出总站就看到了一个大广场中间的福尔摩斯博物馆，于是我们的谈话就从福尔摩斯开始了。

这个就是柯南道尔广场，前面中间的小房子是福尔摩斯博物馆，里面的摆设都是跟小说中模仿的。你看，这个就是福尔摩斯雕塑（他手指着广场旁边的一个雕塑：福尔摩斯叼着烟斗静静地坐在那里）。你知道，福尔摩斯虽然是虚构的，但他在我们这里也算是一个名人了，在一些餐馆的菜单上，像福尔摩斯圣代冰淇淋和华生沙拉之类的名字比比皆是。

这里有很多人叫夏洛克（福尔摩斯的名字）吗？（笑）“奈”，没有。夏洛克在这里并不是个常见的名字。

谈笑间，邮政巴士驶出了小镇，不远处一座瀑布映入眼帘。

前面那个就是赖兴巴赫瀑布了。当年福尔摩斯就是在这里跟敌人决斗，最后两个人都掉了下去。后来伦敦的福尔摩斯协会还在那里立了块铜匾，有时间你可以去看看。

不愧是福尔摩斯镇，当地人对福尔摩斯还真是知之甚多。为了不跑题太多，我赶紧把他从福尔摩斯的世界中拉了回来。

我是在苏黎士出生长大的。小时候我们家经常来劳特布鲁嫩（Lauterbrunnen）度假。我们经常是一家人上山的时候，自己爬上去，下山的时候坐邮政巴士。所以小时候就经常看见这种车，这种黄颜色给我留下了非常深的印象，觉得能够开这种车在山谷里行驶，那是好美的。从此我就梦想着能开上邮政车。

我一开始在苏黎士开邮政巴士，开了两年后，就来到这里了。我们内部有空缺时会有信息，当我看到消息说，这里有个老师傅退休了，有空缺，因为喜欢山，而在原来的州里没有山，很平的，我喜欢这里的山区。当时我已经结婚了，有两个孩子，一个两岁，一个四岁，都在学前的年龄，太太也支持我，这里有山，很漂亮。最后我们觉得不错，就在学前全家都搬过来了。算算看，到今年我已经开了23年邮政巴士了。

这时汽车来到一个转弯处，马库斯很谨慎，按了一下喇叭，立刻传来了一种很独特的声音，很低沉，很特别。据说巴士的黄色车身和这种独特的喇叭声已经成了瑞士邮政巴士的标志。但马库斯却把这个喇叭声形容成经过一冬天之后生了锈的声音。

我每天早上骑车或是步行去上班。我家离公

上图：马库斯在开车

司很近，只有七到十分钟路程。我自己也有汽车，欧宝。我们在总站里有调度，由他来安排司机的线路和发车时间。中午我一般休息半小时左右。提前一个星期基本知道跑哪条线。但一般早上才知道这一天的班车时间表，旺季会增加车。我们一条线有两位驾驶员。

从下面总站出发的有六条线路。没有哪条特别喜欢，但是开了一个星期这条线，下周要换了就会很开心，也算是有点变化吧。

以前邮政巴士司机的地位很高

瑞士称得上是一个公交车上的国度。尽管该国每两人拥有一辆汽车且国民富裕程度全球居首，但出于环保等因素考虑，瑞士公交事业非常发达，公交车的覆盖密度、服务水平及方便程度，在全球名列前茅。而瑞士公路交通中，最有特色的要属邮政巴士了。

以前的邮政车既投送邮件，也可以载人。第一辆这样的邮政巴士出现在伯尔尼，那是1906年。当时主要是送邮件，将邮件送到各个地方。后来发现不仅可以送邮件，还可以载人，所以就增加了邮政车的功能。以前送邮件送包裹，和一些小的邮局都有关系，会有些信件和包裹交接，会跟人们联系得更多。但是后来交通发达了，邮政车的邮政功能也就没有了，现在有专门送信送文件的，大约12年前开始分开，可能是因为大家都用网络了，这有关系的。你看圣诞节礼物邮寄也少了。跟以前有些不一样了，现在跟人打交道的机会没以前多了，有点失落吧。

以前邮政车公司是国有的，但现在私有化了，但公司还是叫做邮政公司，然后下面有邮政车。很多地方都有办事处，总部在伯尔尼。瑞士差不多总共有2000辆邮政车，一年要运输900万人左右。我们这里的交通结构有一个分割，市区里有自己的交通公司，而邮政车公司负责市区外，有人居住的地方基本上邮政巴士都可以到达。

瑞士邮政主营业务为函件、物流、金融和客运四大类，邮政巴士（PostBus）、邮政函件（PostMail）、邮政物流（PostLogistics）和邮政金融（PostFinance）是瑞士邮政（Swiss Post）品牌旗下的四大子品牌。瑞士邮政是自负盈亏的企业。

以前邮政公司是国有企业，邮政司机的地位也很高。比方说在一个小村子里，神父是最厉害的，第二位的是警察，第三就是邮政巴士司机了。现在不行了，私有化后，收入各方面也不如以前了。以前工资高，还有终身保险，可以一辈子做下去，但现在公司内也有竞争了，还要签合同。

左图：迈林根的福尔摩斯雕塑

一条小狗看到巴士过来，冲着我们汪汪地叫了起来，好像是在跟马库斯打招呼。

这家人收藏了四辆邮政巴士（他指了指小狗身后的房子），他们的祖父以前也是开邮政巴士的。我现在开的已经是第四代了。我身上的这个标志牌上有个邮政车，那是以前的老款。这种车自从我上班后就没有再投入运营了，不过作为古懂，如果有特别活动，人们是可以租的，我以前就开过。

我家里还收藏有二十多枚有关邮政车的纪念徽章，最有价值的是最早那一枚，15年前的。

夏天，很多人开私家车上来度假登山，车特别多，要特别小心，责任心必须强。虽然自己的车大，有时交会时，我倒车倒得快，所以还是得我让道的。

有什么开车危险的经历？刚开始的时候，开车上来，有两次边上碰擦了一点。车队管维修的就停了我两个星期，不让我开往上的山路，其实是挺小的擦伤。之后又让我继续开了。

目前，瑞士邮政巴士有2000多辆，这些汽车每天行驶在总长一万多公里的线路上，将散落在阿尔卑斯山区的1700多个村镇和400多个村镇火车站紧密联系在一起。每年运送乘客达一亿一千万。

我知道我开车的技术会比私家车司机的要好，我了解这些路线也有专门的驾驶技术，所以我特别能体谅对方如果倒车慢或倒不好，我一定要有耐心，不要急，要多体谅对方，这种场合不能急，不太安全，要让对方慢慢倒。

邮政巴士是公共交通工具，我的责任自然会很大。从乘客的安全来讲，我认为慢慢开会比开得飞快，可能到终点还要快，还要舒适，所以不能太着急，要很有把握地慢慢开，要让乘客在很放松的情况下坐你的车，你一开快人家就紧张，否则到终点也不太舒服。

在瑞士山区，很多公路都比较窄，一般只有双车道。但是邮

慢慢开可能比开快车还要先到终点

在山区开车技术要求很高。刚开始一两年，每次驾车都得出汗。第一天有一个驾驶指导，告诉我路线和哪些是要小心的地方，哪些是要注意的。第二天我自己开都行了，那我就能上岗了。现在已经开得很好了，要不断地练习。尤其是

上图：马库斯沿途与路人打招呼

阿尔卑斯山区徒步者

政巴士车体非常宽，所以在会车的时候，必须有一辆车先停在紧急避让带上，另外一方才能通过。在我们上山的过程中，就遇到几次会车。有一次一个女孩开车迎面过来，看到我们的车她就往后倒，很明显她的技术一般，倒得很吃力，马库斯看到这种情况马上招手示意她往前开，自己娴熟地把庞大的邮政巴士倒了回去。

你问我什么时候觉得自己是最开心的？（他思考片刻）每天晚上关了车门，送走了乘客，他们都觉得满意，自己就觉得挺开心的。或者是检查一下车况，如果一切都完好，没有刮蹭，那也挺开心的。

年纪大变得宽容了

马库斯在迈林根开了21年车，沿途很多人他都认识。因为是公司为采访安排的专车，所以我们可以在中途停下。来到hotel Rosenlaui，我们在外面坐下，边喝咖啡边聊。旁边就是雪山，一个小女孩躺在两棵树间

的吊床上休息，朵朵白云衬托出天边纯净的蓝，身边的小河淙淙而过。

做这个工作挺开心的，讲一个小故事：我们这些车是可以供旅游团包租的。有一次我开车带一个团到格林德瓦。把客人送走，回来时已经晚了，最后一班正常运行的邮政车5点就该结束了，可是我看到在路边有一个团队的人没赶上车，不知道是看错时刻表了，还是什么原因。他们一看到我的车开心死了，向我招手，以为是最后一班，其实这不是我们正常的路线，而且我的车是包车，那天也不用搭乘沿途的乘客，但我想他们要走下山得花两个小时，而且还要去其他地方，搭火车也赶不上，于是我就把他们拉上了。我觉得做了一件挺开心的事情，给别人带来方便。

开了这么多年车，也认识了很多人，结交了不少朋友。比如说有经常来这里度假的，有从英国来的，荷兰来的，他们都知道有个叫Markus的司机，就会看看我什么时候开车，跟着我的车上来。以前在苏黎士的朋友到这里来旅游，也会到下面的车站喝杯咖啡。在这里很多人喜欢重复去一个地方，有时候看到熟人就会很开心，觉得很亲切。

会不会有熟人就不收车钱了？“奈”，不会。（笑）公是公，私是私。

马库斯点上了一根烟。Batton (Silver)，是个德国牌子。他在想问题的时候习惯捋捋胡子。

这里变化大吗？（他捋着胡子，思考了一会）有好多，好多（笑）。先说人吧，这家酒店很有历史（他指了指Hotel Rosenlaui酒店的大门），以前是现在总管的妈妈在这里管理的，现在她已经去世了，所以人有变化了。再说路吧，原来的路是石土路，现在是水泥路；还有车，前两代的车要比现在的车小。车越来越大开起来虽然会更辛苦，但是可以载更多的人，可以让乘客坐得更舒服。

自己变化大吗？（沉思了一会）呀，年纪越来越大了嘛，自己变得比较宽容，不那么急了，比较relax（放松）。以前年轻时候看别人开车觉得慢，就很急，但是随着年纪增长，更能体谅别人，理解别人了。

年轻人不喜欢开邮政巴士

邮政巴士是由从1849年起行走于瑞士各地的邮政马车演变而来的。起初只是收送邮件，在第一次世界大战后，邮政巴士逐步开始载运乘客，成为公共交通工具。目前瑞士邮政雇员人数近4万，位居全国各行业第二。其中邮政巴士公司有3000名员工。

我在公司里开车时间差不多是最长的，还有两个跟我差不多。

会为这个职业骄傲吗？当然会，还是很自豪的，挺喜欢这个工作。

左图：徒步者小憩

如果与其他私有的汽车公司当司机相比，还是在这里更好。

有没有参加什么业余活动的协会？没有，挺遗憾，因为工作时间，没法和大伙在一起。别人有时间，我不一定有时间。可能跟我的工作也有关系，每天要与很多人打交道，所以回家后就想静一静。我喜欢听音乐，或是晚上在沙发上看电视也是挺放松的。喜欢听各种各样的音乐。现在我比较喜欢古典音乐，不是歌剧那种的，其实以前我也不是很喜欢古典音乐，但现在比较喜欢。以前我喜欢摇滚乐，但是我自己不唱。

年轻人喜欢这个工作吗？年轻人不是很喜欢这个工作。因为这个工作要经常加班，跟大多数人的生活习惯、作息习惯不同，这样就没办法参加一些社会活动了。在瑞士人们习惯参加各种各样的聚会，或者俱乐部。但是这个工作就不行了，一般都不能正常休息，也就没时间去参加这种社交活动。前两年我们公司来了个司机，他以前是在工地上开卡车的，但过了一年就走了，就是因为不能正常休息。虽然开卡车累一点，但至少周末是可以正常休息的。

我为什么能坚持下来？与其他行业相比，我还是挺喜欢这个工作。当然也有时会觉得挺辛苦的，跟别人时间不一样，很难做自己想做的事情。但是我还是比较喜欢这个工作，另外跟其他工作比，好像也没有更好的。特别是最近经济不好，也不可能换工作。

将来会不会招不到司机？这要看经济情况的发展。一个是你喜欢不喜欢，一个是要看经济发展。如果没有其他工作，你也只能做这个工作

左图：马库斯开车在路上　右图：徒步者

了。但是招到司机还是没问题的。瑞士人有时候对工作比较挑剔，有些工作不愿意做，公司就只能请外国人来做。如果经济确实不好，不爱做的也要做，瑞士人也要改变观念。

打算什么时候退休？（他又捋了下胡子）10年后再说，看情况。如果到时有很多年轻人来了，要裁员啦，那就不得不退；或者自己经济情况还行，那就可以稍提早一点退休了。

在家吃中国火锅

马库斯今年51岁，他母亲80岁，住在苏黎士，父亲前两年去世了。

我中午一般是在家里吃饭，走路10分钟就可以回家了。回家后把太太准备的中午饭热一下。如果自己做我只会做意大利面条。晚上工作完后会喝点啤酒，晚上有客人想喝，也会喝点红酒。因为工作原因，所以不太常喝酒。

我太太以前是护士，在一家诊所工作的，现在在一家残疾人保险公司工作。工作地点是在伯尔尼，一周她要工作四天。

我喜欢旅游，去过丹麦，去过西班牙，去过葡萄牙。我喜欢开着车去，带着房车，以前自己有，现在就租。我还喜欢赛车，今天下午就把巴塞罗那站的转播录下来了，晚上回去看。我最喜欢看下着雨比赛，因为会出现很多状况。

还有什么业余爱好？我喜欢驾驶摩托车，有一辆宝马摩托车。很独特的，我特别喜欢弯道，喜欢去Grimselpass那边的一个山口。为了追求刺激？我追求的不是速度。你知道，开巴士是封闭的，摩托车完全在大自然当中，可以闻到山里的味道，花香，你看到的，你感觉到的，与自然融成一体，之间没有隔离。这是我最喜欢的。

自己去吗？有的时候自己一个人去，因为不是每个周末都能休息，我是轮休的，所以如果是周间我只能一个人去。但是如果是周末，朋友也有时间，我们就会一起去。上周我们一共20人开摩托一起去了意大利，用了三天时间。

带太太了吗？太太去过两次，第一次和最后一次（笑）。她不喜欢在那么弯道里，左晃右晃，晕死了。

服务员不小心把盘子掉在了地上，发出清脆的响声。马库斯对她笑着说：“幸好不是玻璃的。”看得出，这里的员工他都很熟。

我有两个儿子，一个25岁，一个23岁，年轻的在伯尔尼工作。大儿

右图：马库斯的家（摄影：薄义群）

子在苏黎士学了印刷方面的手艺，后来回到家里住了。在卢塞恩附近的一个城市工作，开车40分钟。小儿子平时周末回来，一家人大多呆在家里。上周末是小儿子23岁生日，我们就在家里一起庆祝。小儿子的愿望就是吃中国火锅，于是我们在家里吃了中国火锅。一家人可以一边吃一边聊，不用专人做准备，或是一个人在厨房呆着。中国火锅在瑞士很流行，我们一般元旦前夕都吃中国火锅，在超市就可以买到所有的材料，很方便，瑞士很多人都吃。

给自己的生活打多少分？应该接近10分吧。（微笑）

看过福尔摩斯的小说吗？“奈”，没有（笑）。

邮政巴士已经是他的全部了

马库斯的家离单位走路只要10分钟。这是一栋三层楼的“双拼别墅”，装修得简洁实用。我7月份再次到访的时候，马库斯的太太阿娜丽丝正在家织毛衣。

阿娜丽丝：织织毛衣，可以打发打发时间。当马库斯去上班，我把家务活都做好了以后，我就会织毛衣。这在我上幼儿园、上小学之前，我还是一个小女孩的时候，就已经学会了，在瑞士这是女孩子必须要学

的。我没有女儿，有两个儿子，一个25岁，另一个23岁，他们也会织毛衣，是从我这里学的。现在家里的三个男的也不用给他们织什么东西了，只是我高兴的时候，就织点小东西给自己，当成是生活的一种调节。不是每天都会织，只是我有兴致的时候，就会坐下来，静静地织毛衣。但要织好这件大衣，我还得花多点时间，多点练习。

我是20年前才搬来迈林根的，我和马库斯都是在苏黎世长大的。我对现在的生活很满意，虽然每天要坐2个小时的火车去上班，是去要2小时，回来也要2小时，从迈林根到伯尔尼。我没有想过要搬去伯尔尼，因为马库斯也在这里工作。要是我不愿意，我也可以不做那份工作，我是自愿去伯尔尼工作的，我很喜欢这份工作，这与以前的有所不同，我可以学到新的东西。

我和马库斯是怎么认识的？当我和马库斯在德国莱法州遇见时，我就知道那是他了，已经27年了。我们是在滑雪的时候遇见的。我们认

识是因为我的一个同学，他和马库斯在同一个划船协会，经常一起去划船，就介绍我们认识了。后来我们就在一起了。他是一个很安静的人，我要找的就是这种人。

我喜欢他什么？他总是对人，对家庭都很有耐心，很心平气和，换成是我就做不到这样。

我们幸福吗？我们结婚27年，这是一段很长的日子，但也是很美好的日子。在瑞士，也是有很多人结婚很长时间，但也有些夫妇是已经不再一起了，但大部分的还是在一起的。我对现在的生活很满意，我们有自己的工作，有自己的孩子，有自己的家，我们很享受家人团聚的时光，这已经足够了，很满意了。

马库斯的大儿子帕斯卡在卢塞恩附近工作，他现在还跟父母住在迈林根。我们的谈话是在马库斯家的草坪上进行的。

左图：马库斯与车友路上休息（摄影：薄义群） 右图：马库斯的大儿子帕斯卡（摄影：薄义群）

帕斯卡：我在卢塞恩附近工作，是一名印刷技术员，我住在迈林根。晚上有空的时候，我喜欢和朋友一起去酒吧。在那里工作是因为兴趣。我会有3到4小时的空余时间，白天从早上7点开始工作，一直到下午4点，中午有一个小时的休息时间。

我很佩服我父亲，一个人可以做同样的工作做那么长时间。这是很辛苦的工作，每天都要开车，我就做不了这样的工作。

他过得开心吗？我没有想过他会去做其他的事情，他开邮政巴士已经开了23年了，他很喜欢这份工作。这份工作他做了23年，已经是他的全部了。

最吸引他的是什么？最吸引他的是总是可以有新的尝试，可以和不同的乘客交流，感受不同的文化。

赚更多的钱并不意味着快乐

有时间的时候，马库斯喜欢约上一帮朋友骑上摩托车到阿尔卑斯山里兜兜风，他们曾经骑着摩托车去意大利。这其中不乏年逾花甲的老人。他们也很喜欢跟马库斯在一起玩。

马库斯的朋友：马库斯是一个很可爱的人，他是一个很好的朋友，很好的伙伴。有空的时候，很喜欢和他来到这里赛车。我们是很好的邻居，关系很好。有时候我们会相互到对方的家里坐坐，有时候也会一起到餐馆里面吃饭，喝点小酒。我很高兴，他也喜欢开摩托车，这是我们的共同爱好。然后可以和我们一起赛车 。他是一个很可爱，很好相处的人。

马库斯：我现在很开心，因为和同事们一起来郊游，享受大自然，吸收新鲜的空气。能和朋友们在一起，我很开心。不需要开得很快，只是来享受这个过程。

开摩托车和开邮政车有什么不同？开邮政车人可以坐得更高一些，看到的风景会更美。开摩托车是一个人开的，想什么时候停就什么停，有兴致的时候可以停下来喝喝咖啡，看看风景。

钱能带来快乐吗？不，我认为不会。我对现在的收入比较满意，我很喜欢现在的工作。要是要我从事自己不喜欢的工作，即使能赚更多的钱，我也不会快乐的。

我认为什么是幸福？对我而言，最重要的就是身体健康。能给别人带来幸福，那么自己也会幸福的。还有就是不要奢望太多，这样看到的更多的是积极的一面，这样会更容易快乐。帮助别人，也能使我快乐。

左图：少女峰雪山山脚下的火车（摄影：薄义群）

后记

幸福在你心里

我不想像狮子那样每天起来就要奔跑，但为了寻找幸福，我确实过着狮子般的生活。在阿尔卑斯山区的二十多天里，每天都是早出晚归，奔波劳碌。我也希望能放慢脚步，喝上一杯咖啡，爬爬山，享受一番大自然的恩赐，但是我寻找幸福的脚步不敢慢下来，否则就完不成任务了，“慢”成了难得的奢侈品。

近些年来，英国、日本一些发达国家纷纷刮起了“慢活”风，劝导人们放慢生活节奏，从慢吃到慢疗，从慢慢购物到慢慢休疗应有尽有。而在瑞士我发现好像人们从来就没有“快”过。瑞士人常说会休息的人才会工作。休假是他们的头等大事，周末也是如此。瑞士人休假是纯粹的休息，他们不带手机，不穿西装，或徒步，或划船，或上山，或下海，或翱翔长空，或驰骋山野，这是一个不受干扰的个人世界。

与慢相对应的是忙。这个字很有意思，左面是心，右面是亡。太忙了，心就死了。不知道瑞士人是不是早就知晓了“慢”与“忙”的奥妙?

渐渐地，我开始喜欢阿尔卑斯了，喜欢这里的优美风景、清新空气、雄壮的高山、皑皑白雪，喜欢酒店里类似中国铁板烧的一道菜：石头烧，喜欢黑人女服务员整天笑嘻嘻地用德语称呼我为“Chef”（应该是领导的意思吧，我猜的）。我问她说：“你幸福吗？”她笑着说：“我很幸福，每天都很幸福。”然后大大咧咧地将一个类似围裙的东西套在我的脖子上，周围的客人带着好奇的眼光看着我们，这是怕石头烧的油溅到衣服上。不得不承认，我越来越喜欢瑞士了。在旅程行将结束的时候，我不禁自问：我究竟喜欢瑞士什么呢？

那种知足常乐？那种对金钱的淡漠？那种对平淡生活的享受？那种对大自然的热爱？那种张弛有度的生活节奏？那种对幸福的理解？也许兼而有之吧。

亚里士多德说过："幸福是灵魂的高尚活动。"从某种意义上说，幸福就在我们的心里。"很多时候，我们感觉不到幸福，是因为我们把幸福的门槛建得很高，把自己挡在了幸福的门外。"林夕在《幸福的门槛》中这样写道。既然这样，我们为什么不把心中的那道门槛拆掉，把幸福请进来呢？

当汽车离开因特拉肯奔驰在前往苏黎世机场的高速公路上，雨水从车窗倾泻而下，一股乡愁漠然涌上心头，我想家了。此时此刻，我的幸福是回家，幸福在家里。不，确切地说，幸福就在我的心里，是家给了我心灵的慰藉。

薄义群

致谢

自觉不是一块写书的料，偏又要在书中寻找幸福，这个过程是痛苦的，尤其是当诸多繁琐事围绕着你不能自拔，如果不是一份坚持，相信那份追寻幸福的热情早已消融、淡化。天将降大任于斯人，必先苦其心智，劳其筋骨，饿其体肤。我时常用孟子他老人家的这句话来安慰自己。一路走来，受益匪浅，回想起当年的莽撞少年，对着电脑有时不禁哑然。在此要特别感谢那些帮助我完成此书，帮助我完成心灵成长的人们。

首先要感谢瑞士驻广州总领事馆总领事聂伟先生（Werner E. Nievergelt），正是在聂伟先生官邸的晚餐，才有了《寻找幸福：阿尔卑斯的另一种生活》系列选题的灵感。而且聂伟先生公务繁忙中还要亲自过问项目的进展和执行情况，同时在签证等方面也给予了大力支持。同时，要特别感谢瑞士驻广州总领事馆的相关工作人员对本项目的倾力支持，在此就不一一列名字了。

感谢南方电视台区念中台长、余瑞金副台长为本书找到了一个准确定位，亲自出谋划策，并把这样一个难得的洗涤心灵的机会交给了我，涕零之至。在项目的运作中，余瑞金副台长还教会了我很多新工作方法。区念中台长放下身架，不辞辛劳，拿起相机为本书拍摄了插图。想起区念中台长在《影响你所生活的世界：对话世界传媒巨头雷石东》一书中的上乘创作，相信他的摄影作品一定会为本书增色不少。

感谢瑞士国家形象委员会、瑞士因特拉肯旅游局、瑞士戈姆斯旅游局对本项目的赞助和大力支持。特别是瑞士国家形象委员会的Lisa Schilling小姐和Katharina Antonietti女士，为了这个项目的顺利推进，她们花费了大量精力和时间为我们挑选合适的采访对象，并确认安排采访行程。通过此次合作，从她们身上我对瑞士人有了更多的了解，也多了一分敬佩。

感谢参与此次项目的我的同事们，正是大家的精诚合作和不畏辛苦才保证了采访的顺利进行，本书以及同名纪录片《寻找幸福：阿尔卑斯的另一种生活》的按时高质制作完成。他们是：编导肖琳、摄像叶剑、拾音马汉阳、翻译兼采访欧阳之英、德语翻译罗慧敏、平面设计傅锦文、统筹曾庆祥。还要感谢南方电视台新闻中心、制作部、经济频道、都市频道以及办公室、总编室的同仁的大力支持。

感谢那些接受我们采访的人们：退休老人汉斯（Hans Ueli Flück）、KWO水电站副总经理穆森伯格（Stefan Mützenberg）、农民安迪（Andy Imfeld）、布里恩茨前任市长弗吕克（Peter Flück）、少女峰观测站菲利科斯夫妇（Felix Seiler，Susanne Seiler）、伯尔尼大学教授嘉格勒（Henz. W.Gäggeler）、因特拉肯伯纳库斯餐厅厨师热内（René Schuldel）、布里恩茨木雕店老板育宾（Flavius Jobin）、劳特布鲁嫩冰川飞行公司飞行员科里斯蒂安（Christian von Allmen）、少女峰铁路公司火车司机斯托勒（Mr. Stoller）、导游明珠、迈林根邮政巴士司机马库斯（Markus Bösch）。是你们的故事让我们对幸福有了新的感悟。

在瑞士采访期间，冰川飞行公司（Air Glaciers）、少女峰铁路、少女峰观测站、迈林根邮政巴士公司、Gossweiler传媒公司、因特拉肯Bödeli消防队、伯尔尼交通博物馆、瑞士COOP超市等单位和组织，以及Eliana Burki小姐、Christine Lauterburg、Diana小姐都对本项目给予了大力支持和帮助。在此，一并表示感谢。

最后要感谢我的家人，特别是我的妻子和女儿。在本项目的运作过程中，我几乎很少有时间陪伴她们。时常的内疚让我更珍惜那种家的温暖。

将本书献给那些渴望幸福，并努力寻找幸福的人们。

不知道是不是巧合，值此收笔之际，音响中传来了许巍的《完美生活》：

青春的岁月
我们身不由己
只因这胸中
燃烧的梦想
青春的岁月
放浪的生涯
就任这时光
奔腾如流水
体会这狂野
体会孤独
体会这欢乐
爱恨离别
体会这狂野
体会孤独
这是我的完美生活
也是你的完美生活